문성실 장편소설

巫

신비소설

무 II

길이 끝나는 곳

달빛정원

巫

신비
소설
무
II

차례

제1화
깊은 비밀 7

제2화
그대의 인생은 누구의 것인가 51

제3화
그대는 무엇으로 사는가 113

제4화
그대가 보는 것은 무엇인가 167

제5화
이어도 237

1

 승덕이 떠나고 낙빈마저 떠나버렸던 북편 방은 그들이 다시 돌아온 후로 매일 북적였다. 낙빈을 통해 예전의 밝은 모습 그대로 돌아온 승덕은 비록 실체는 없어도 다시 암자를 들뜨게 하기 충분했다. 비참할 정도로 가슴 아픈 이야기를 남기고 떠났던 승덕이지만 다시 돌아온 그의 모습에는 그늘 하나 없었다.
 육신이 있을 때는 그림자처럼 따라붙어 떨어지지 않았던 고통과 죄의식이 죽음의 강을 건너는 동안 승덕의 곁을 떠나버렸다. 죽음 너머의 세계에서 이제는 고통을 잊은 가족들과 사랑하는 이들을 확인했기 때문이리라. 하지만 망각의 강을 건너는 동안 상처받은 기억만 사라진 것은 아니었다. 살아생전 서로 깊이 사랑하고 의지하며 보살폈던 암자 식구들에 대한 기억도 전부 사라져버렸다. 그것이 강을 건너는 자가 지켜야 할 법칙이니까.
 모든 것을 잊어야만 했던 그곳에서 낙빈과 암자 식구들을 기억하고 되돌아온 것은 기적과도 같은 일이었다. 그 어떤 기억도 남기고 싶지 않았던 망자가 끝내 잊힌 기억들을 하나하나 되찾으며 다시 이승의 세계로 돌아온다는 것은. 그렇게 낙빈의 손을 잡고 이승을 향해 다시 걸어 나온다는 것은 이적異蹟이었다.
 모두를 버리고 떠나버린 형에 대한 원망, 다시 돌아오지 않는 공허한 메아리 속에서 가슴 아픈 넋두리만 외치던 낙빈도 이제는 모든 걸 알았다. 산 사람들만큼이나 떠나버린 승덕도 똑같이 힘겹고 어려웠다는 걸. 그리고 한없는 그리움을 간직하고 있었다는 걸. 그리움이 두터웠기에 잊혔던 모든 기억을 되찾아 다시 식구들의 곁으로 돌아올 수 있었음을. 그리고 되돌아오기까지 말할 수 없이 힘겨운 시간을 지나왔다는 것을. 이제는 전부 이해했다.

칠성지율七星之律을 경험한 일곱 사람은 자신들이 가지고 있던 기억이 한데 엉기고 합해지면서 하나가 되는 놀라운 경험을 했고, 못다 한 이야기를 서로 나누고 그 모두를 이해한 끝에 이제는 말하지 않아도 서로를 온전히 바라보게 되었다.

그렇게 간신히 다시 모인 암자 식구들이 머리를 맞대고 앉아 밤늦도록 두런두런 이야기를 나누었다. 낙빈은 커다란 지도를 꺼내놓고 정희와 정현, 그리고 미덕 앞에서 다시 한 번 그들이 가야 할 길을 확인하고 설명했다. 아니, 정확히는 낙빈의 안에 있는 승덕의 말이었다.

"지금껏 나타난 지리적 변화를 통해서도 그렇고 흑단인형의 출현 지역을 보아도 그렇고…… 무엇보다도 죽었다가 되살아난 사람들을 지도에 표시해보면 우리가 가야 할 곳은 분명히 이곳이야."

낙빈의 손가락이 지도를 짚었다.

"흑단인형이 마지막으로 나타난 곳이 가고시마였던 이유도 분명해졌어. 우리 쪽에서도 위치를 명확히 알아낸 것처럼 그녀 역시 어디로 가야 할지 분명히 알게 되었을 거야. 서로 공명하는 두 마리의 뱀 중 하나를 가지고 있으니 모를 리가 없겠지."

낙빈의 손가락이 가리킨 곳에는 낯익은 섬의 모양이 자리 잡고 있었다. 당황스러울 정도로 멀지 않은 섬이었다. 빠른 이동 수단을 이용한다면 채 반나절도 걸리지 않아 도착할 수 있는 곳이었다.

"얘들아, 낙빈이는 걸어가겠대. 마지막 여행일지도 모른다고 생각하는 것 같아. 하여간 아이답지 않게 진지한 녀석이라니까. 그래서인지 신들이 들려주는 이야기를 듣고 싶은 모양이야. 그동안 묻고 싶은 것들도 물어보고, 해답을 듣기 위해서 느린 길을 택하고 싶대."

낙빈의 입을 통해 승덕의 목소리가 들려왔다. 승덕이 말해준 여러 증거를 통해 정희와 정현도 가야 할 정확한 위치를 파악했다. 그들이 가야 할 곳은 흑단인형이 가려고 하는 곳과 일치한다. 그리고 낙빈의 말대로 그것이 마지막 여행이 될지도 모른다. 가슴 가득 밀려오는 운명적인 떨림이 정희와 정현에게도 똑같이 느껴졌다.

"오빠, 걸어가려면 며칠이 걸릴지도 모르겠어요. 시간이 지체되는 건 큰 문제가 되지 않을까요?"

정희가 낙빈을 바라보며 존댓말로 물었다. 낙빈의 얼굴을 보며 승덕에게 말을 거는 것이 이상하게도 낯설지 않았다. 기가 막힐 정도로 익숙하게 느껴지는 게 희한할 정도였다.

"시간이 중요하진 않을 거야, 누나. 나는 그렇게 생각해."
"역시…… 그렇겠지?"

대답한 것은 정현이었다. 그 말에 정희도 고개를 끄덕였다. 이제 와서 하루 이틀의 시간이 무슨 의미가 있을까 싶었다. 진정으로 중요한 것은 속도가 아닐 것이다. 깨달음 없이 흑단인형을 다시 만난다 한들 무슨 의미가 있을까 싶었다.

하지만 미덕만은 언니 오빠의 이야기를 들으며 인상이 찌푸려졌다. 자신도 모르게 입도 삐죽 튀어나왔다. 느림의 의미를 파악하기에는 한없이 어린 까닭이다.

"신할아버지들께서 들려주고 싶은 이야기가 있으신 것 같아요. 저도 여쭤보고 싶은 것들이 있어요. 흑단인형을 만나기 전에요."

조금 삐딱하던 낙빈의 자세가 바르게 곧추섰다. 구부정하던 허리가 반듯하게 펴지면서 말투까지 달라졌다. 다른 사람들을 바라보며 조심스럽게 말하는 예의 바른 소년의 어투였다. 낙빈이 분명하다.

"그게 뭔데? 뭘 물어보고 싶은데?"

양 갈래로 머리를 묶어 올린 미덕이 동그란 눈으로 낙빈을 바라보았다. 내심 가까운 길을 두고 먼 길로 천천히 간다는 말에 미덕은 불만이 있었디. 왜 징희와 성현까지도 당연한 것처럼 받아들이는지 궁금하던 차였다.

"그게…… 말로 하기가 좀 어려워. 나도 잘 모르겠지만…… 아주 깊은 마음의 질문…… 그런 게 있어."

"뭐야, 그게?"

미덕은 뾰로통한 얼굴 표정을 지었다. 낙빈의 말에 슬며시 고개를 끄덕이는 정희와 정현의 모습도 아주 불만스러웠다. 뭔지 모르는 그 뭔가를 미덕만 모르는 게 속상했다.

"낙빈 오빠야, 우리 빨리 가야 되는 거 아니야? 늦게 갔다가 흑단인형이 먼저 그 뱀 창을 가져가버리면 어떡해? 일본에 없는 걸 보고 흑단인형도 그 창이 어디에 있는지 알았을 거라면서? 지난번에 가고시만가 어딘가 화산섬에 없는 걸 보고 다 알았을 거라면서? 그럼 흑단인형이 오기 전에 우리가 가서 지키든가 가져오든가 해야지!"

"그건 그렇지만…… 지금 흑단인형을 만나면…… 과연 내가 무얼 할 수 있을지 잘 모르겠어. 이제 그 사람에 대한 내 감정이 복수나 미움도 아니고, 그렇다고 친구 같은 반가움도 아니고……. 싸울 수도, 싸우지 않을 수도 없을 것 같은데……. 이대로 만나서는 안 될 것 같아. 나는 내가 왜 그 사람을 만나러 가는지 알아야 할 것 같아."

"당연히 싸우러 가는 거지, 멍청아! 뱀 창도 뺏고!"

"미덕아, 왜 싸워야 하는데?"

미덕은 어물거리는 낙빈에게 답답하다는 눈초리로 쏘아붙였다.

"흑단인형이니까! 흑단인형이니까 싸워야지!"

그 말이 하도 당당해서 낙빈은 입이 다물어졌다. 흑단인형이니까 싸운다. 당연히…… 그 외의 대답이 왜 필요한지 어린 미덕의 눈이 묻고 있었다. 낙빈은 너무나도 당당한 미덕의 얼굴을 보다가 피식 웃음이 새나왔다. 그 미소가 잠시 후 살짝 일그러졌다. 바짝 세웠던 등도 구부정하게 휘었다.
"흐흐…… 미덕이답다."
비스듬하게 올라간 낙빈의 입술 사이로 미소가 흘렀다. 묘하게 표정이 바뀐 게 분명 승덕의 실소가 분명했다. 미덕은 단숨에 낙빈의 몸속에서 승덕이 말하는 것임을 알아챘다.
"흑단인형이 오빨 죽였잖아. 승덕 오빠를 죽인 놈이니까 당연히 싸워야지!"
"아, 흑단인형은 날 죽인 게 아니라니까. 그냥…… 죽는 걸 도와준 거라고 할 수 있지."
"뭐야, 그게 그거잖아! 오빠 배를 이렇게 이렇게 푹 찔렀잖아."
미덕이 두 손으로 칼을 들고 낙빈의 배를 쿡 찌르는 시늉을 했다. 당하는 쪽이나, 구경하는 쪽도 묘하게 얼굴이 일그러졌다. 뭐라고 해도 좋지 못한 기억이 들썩거렸다.
"그게…… 그때는 이 오빠가 진짜 죽고 싶었다고. 도와준 사람에게 살인자라고 말할 수는……."
"뭐야, 어쨌거나 승덕 오빠를 죽인 원수잖아!"
"아이고."
"그리고 그놈이 낙빈이도 죽일 뻔했잖아!"
"그것도 좀 복잡한데, 낙빈이가 먼저……."
"뭐야, 둘 다 죽을 뻔해놓고! 복수해야 할 거 아냐!"

"아이고!"

승덕은 몇 번이나 미덕과 이 문제로 말다툼을 했다. 더 말하려던 승덕이 입을 딱 다물어버렸다. 논리가 통하지 않는 미덕은 승덕이 이길 수 없는 가장 힘든 상대였다. 할 말을 잃은 승덕 대신 정희가 미덕의 곁에서 옅게 미소를 지었다.

"여하튼 시간은 헛되이 지나가지 않을 거야, 미덕아. 스승님께서 내내 기도하고 계시잖니. 모든 기원이 다 우리의 여행에 대한 거야. 무사히 돌아오는 것뿐만 아니라 한 걸음 한 걸음에서 많은 것을 느끼고 깊은 깨달음을 얻으라고 기원하시는 거야. 그러니 느리게 가는 만큼 분명 보답이 있을 거야."

정희의 말대로 길을 떠나기 전부터 수많은 기원과 축복이 그들의 주변을 에워쌌다. 천신 스승과 낙빈 어머니의 기원. 그리고 그들을 기억하는 사람들의 염려와 걱정이 주위를 에워싸고 있는 까닭이었다. 낙빈 일행의 여행이 결코 마지막이 아니기를 비는 간절한 바람이 길을 떠나기 전부터 주위를 가득 맴돌았다. 그것은 일행을 위한 소망이자 모든 인간을 위한 기원이었다.

"우리 현욱 아저씨한테 부탁만 하면 그깟 거 금방 도착할 건데 왜 돌고 돌아 천천히 간다는 거야, 정말!"

"미덕아, 서두를 필요 없어."

"그래, 그래."

"……앗!"

그렇게 두런두런 이야기를 나누던 식구들이 동시에 입을 다물었다. 누구에게도 들리지 않는 작은 인기척을 제일 먼저 알아차린 건 정현이었다. 정현이 북편 방의 문을 활짝 열어젖히며 어둠 속에서 다가오는 그림자 하나를 찾아냈다. 캄캄한 밤하늘 아래서도, 어둠 속에서도 단번에 검은 양복을 찾아낸 정현이 목례를 건넸다.

"낙빈 군을…… 만나러 왔습니다."

칠성지율의 술법 이후 한동안 보이지 않았던 그 남자가 천천히 암자의 북편 방 앞으로 다가왔다. 현욱이었다.

2

여정을 떠나기 전날 어쩐지 단단한 얼굴 표정의 현욱이 낙빈을 찾아왔다. 그의 굳은 표정을 보는 순간, 낙빈은 그런 생각이 들었다. 그의 발걸음이 쉽지 않았을 거라는 생각. 하늘이 다 캄캄해질 때까지 그는 오래도록 고민했을 거라는 느낌. 그리고 일행이 떠나기 전날에야 기나긴 고민을 접은 채 암자 식구들과 낙빈을 찾아왔을 거라는 예감이었다.

낙빈은 현욱과 마주 앉아 그의 얼굴 표정을 샅샅이 살펴보았다. 두 사람의 대화를 위해 정희와 정현이 미덕과 함께 방 밖으로 자리를 비켜준 후였다.

'저 인간의 표정을 봐라, 낙빈아. 평소보다 굳은 얼굴이라는 걸 알겠니? 눈동자는 차분해 보이지만 눈썹을 단단히 부릅뜨고 있지? 옷차림은 단정하지만 가방을 든 손을 한번 보렴. 혈관이 튀어나온 저 손등이 말해주고 있어. 쉽지 않은 결정을 내린 거야. 어렵사리 이야기를 들려주기로 마음먹은 게 틀림없어. 그것도 우리가 암자를 떠나기로 한 바로 전날 밤에야 간신히 마음의 결정을 하고 널 찾아온 거야. 뭔지 모르겠지만 대단히 중요한 이야기를 하려는 게 분명해.'

낙빈의 마음속에서 승덕이 중얼거렸다. 아직 현욱은 한마디도 내뱉지 않았지만 그의 눈빛, 그의 행동 하나하나에서 승덕은 가능한 모든 정보를 읽어내고 있었다.

'어쩐지 떨리는데요, 형.'

'응, 나도 좀 그래. 무슨 말을 하려고 저러는 걸까?'

암자를 떠나 흑단인형과의 조우를 위해 헤르메스의 창이 있는 '그곳'으로 떠나는 날이 바로 내일 새벽이었다. 낙빈과 암자 식구들은 지금껏 몇 날 며칠 동안 내일을 준비했다. 간절한 바람과 기다림 속에서 아직 남은 마음의 문제들을 이 여정 동안 풀어나갈 수 있기를 기원하며 마침내 날을 잡았다. 그들의 출발일은 미덕을 통해서든 신성한 집행자들의 감시를 통해서든 이미 현욱에게 전해졌을 것이 분명하다. 그런데 여정을 눈앞에 둔 캄캄한 밤에 현욱이 소리 소문도 없이 낙빈을 찾아온 것이다.

그의 손에는 낯선 가방 하나가 들려 있었다. 각종 기기가 한가득 들어 있는 현욱의 서류 가방이 아니었다. 승덕의 매서운 눈이 그 가방을 주목했다. 안쪽에 많은 것들이 들어가는 불룩한 형태의 검은 가방은 바닥이 평퍼짐하게 넓은 반면 위쪽 입구로 갈수록 약간 좁아지는 모양이었고, 맨 위쪽의 가방 끝에는 은빛 매듭과 고정형 버클이 있었다.

'의료용 왕진 가방 같은데? 군데군데 탄 자국도 있고. 심상치 않아 보이는 걸?'

승덕이 낙빈의 머릿속에서 속삭였다. 낙빈은 검은 가방을 이리저리 관찰했다. 누구의 것인지 짐작되지 않는 가방이었다. 현욱은 노골적인 관심을 받는 그 검은 가방을 낙빈에게 내밀었다.

"출발하기 전에…… 여정의 안녕을 위한 선물이라고 생각해주면 좋겠군요."

현욱은 침묵 끝에 조심스럽게 말을 이었다. 이 가방을 낙빈 앞에 가져다놓기까지 그의 깊은 고뇌와 갈등이 느껴졌다.

"지난번 규슈에서 획득한 물건입니다. 실마리를 찾기 위해 끝없이 뒤쫓다가 드디어 가장 결정적인 단서를 발견했습니다. 흑단인형에 대한……."

"……!"

낙빈의 눈이 빠질 것처럼 커다래졌다. 이제는 흑단인형이라는 말만 들어도 요동치는 가슴을 잠재울 수가 없었다. 짐승으로 살고 있던 어머니를 깊은 동굴 속에서 꺼내준 사람. 그리고 누구도 손대고 싶지 않았을 짐승의 아이를 한품에 감싸 안아준 사람. 그러면서도 아버지와 동료들에게는 적으로 인식된 사람. 절체절명의 죽음의 순간, 배 속에 있던 낙빈과 어머니를 구해준 사람. 그리고 승덕에게 죽음을 선사한 사람. 낙빈을 죽음 직전으로까지 몰아간 사람. 그 사람의 이름은 이제 낙빈에게 너무나 복잡다단한 감정을 불러일으켰다.

"이게…… 뭔데요?"

"흑단인형의 세대교체를 도운 의료인의 가방입니다. 그를 찾기 위해 많은 시간을 보냈지만 생포하지는 못했습니다. 하지만 이 가방만은 확보할 수 있었습니다. 누구도 알지 못했고, 짐작조차 할 수 없었던 그 순간을 확인한 유일한 증거물입니다."

"세대교체……?"

낙빈은 현욱의 말을 되풀이했다. 승덕이 낙빈의 머릿속에서 중얼거렸다.

'네 어머니와 만났을 때의 흑단인형은 젊은 여자의 모습이었지. 하지만 지금 이 시대에 우리 앞에 나온 흑단인형은 어린 소녀의 모습이야. 100년간이나 흑단인형은 젊은 모습을 유지하고, 오히려 어려지기까지 했어. 그 비밀을 알 수 있는 증거란 말이구나.'

현욱은 조심스럽게 그을린 검은 가방을 낙빈 쪽으로 밀었다.

"어떤 증거도 남기지 않는 흑단인형이지만 저희가 이 가방만이라도 획득할 수 있었던 건 낙빈 군 덕분이기도 합니다. 그때…… 그녀 역시 예상하지 못했겠죠. 가고시마에 낙빈 군이 나타날 줄은."

흑단인형에 대한 복수심으로 불타오르던 그때가 생각났다. 낙빈이 자신에게 속한 신령의 힘을 함부로 사용하며 복수에 눈이 멀었던 그날. 목숨을 잃을 뻔했던 그곳에서의 기억이었다.

"미덕아, 들어오렴."

현욱이 낮게 중얼거리자 기다렸던 것처럼 미덕이 나타났다. 방 밖에서 몰래 엿듣고 있었던 듯 겸연쩍은 표정을 지으며 문틀을 넘어오는 미덕의 표정이 사뭇 진지했다. 평소 장난기 많은 미덕의 얼굴과는 생판 다른 표정이었다.

"미덕아, 부탁한다. 가방에 남아 있는 상념을 낙빈 군에게 전해 주렴."

침을 꼴깍 삼키는 미덕의 모습이 그대로 낙빈의 눈에 들어왔다. 잔뜩 긴장한 얼굴이었다.

흑단인형의 물건…… 그녀에 대한 기억을 담은 비밀스러운 흔적…… 그 흔적에 담긴 이야기를 읽기 위해 미덕의 능력은 필수불가결한 것이다. 미덕은 무릎을 꿇은 채로 낡아빠진 검은 가방 앞으로 슬슬 기어왔다. 군데군데가 검게 타버린 가죽 가방을 손끝으로 가만히 만지던 아이가 흠칫 놀란 얼굴을 했다. 미덕은 현욱의 얼굴을 바라다보았다. 무언가 허락을 구하는 얼굴이었다.

"그대로. 보이는 것 그대로 전달하렴."

"정말요? 전부 다 얘기해줘도 돼요?"

"그래."

"아저씨한테 보여줬던 거 전부 다 그대로요?"

"그래."

대화 내용으로 미루어 짐작한 승덕이 중얼거렸다.

'저 현욱이라는 작자. 진짜 원본 가방을 그대로 가져온 모양이구나. 그리고 네가 전부 다 알도록 할 모양이야. 감출 것 없이 전부 다 보여주라니까 미덕이가 외려 놀란 모양이다. 그만큼 비밀스러운 내용이 담겨 있다는 뜻이겠지.'

낙빈은 바짝 긴장한 얼굴로 미덕을 바라보았다. 눈이 커다란 그 아이가 현욱에게서 고개를 돌려 낙빈을 바라보았다. 그리고 한 손은 검은 가방에 둔 채로 나머지 한 손을 낙빈에게 내밀었다. 미덕의 작은 손이 살짝 떨리는 게 눈에 들어왔다.

낙빈은 천천히 미덕의 손을 붙잡았다. 마주 잡은 작고 어린 소녀의 손으로부터 낡은 가방에 남아 있는 깊은 상념들이 낙빈의 머릿속으로 쏟아져 들어왔다. 그것은 가방이 가진 기억인지, 아니면 가방을 만지고 있던 주인의 기억이 남아 있는 것인지 분간되지 않았다.

가죽을 자르고 매만지던 가방 장인의 얼굴과, 그의 주름진 콧등에서 떨어지는 땀방울이 낙빈의 머릿속을 지나갔다. 늙은 장인의 손가락에 둘둘 말린 무명천에 검은색 약이 칠해지고, 쉼 없이 가죽을 문지르고 또 문질러 가죽 빛깔을 내는 것부터 금속 장식을 대고 작은 망치로 세심하게 두들기는 모습까지 처음 가방을 만들 때에 담긴 옛 기억이 뇌리를 스쳤다.

가방이 완성되는 순간, 가방 장인의 환한 표정이 낙빈의 뇌리를 지나치기가 무섭게 다른 기억이 나타났다. 흐릿흐릿한 뿌연 상념들 사이에서 갑자기 또렷해지는 영상은 어느 사고 현장에서의 기억이었다. 번쩍거리는 붉은 불빛과 푸른 불빛, 윙윙거리는 사이렌 소리 속에서 여기저기 피어오르는 허연 연기와 아우성. 피를 흘리는 사람들의 모습과 허겁지겁 그 사이를 누비는 가방 주인의 다급한 숨소리. 왕진 가방이 발칵 열리며 바쁘게 움직이는 급박한 손길. 피를 흘리는 사람들, 사람들, 사람들……. 아마도 가방에 남겨진 사고 현장의 기억 중 하나일 거라는 짐작이 들었다. 그런 식으로 짧은 상념들이 속도감 있게 지나쳐갔다. 낙빈은 미덕의 손을 통해 밀려드는 기억들을 하나도 놓치지 않으려고 애를 썼다.

갑자기 이야기의 속도가 느려졌다. 수십 배속의 이야기를 보다가 거의 정상 속도로 느껴질 만큼 이야기가 느려지는 기분이었다. 눈앞에 드디어 흑단인형, 그녀가 나타났다. 하지만 가방에 남겨진 이야기 속에는 흑단인형보다 먼저 등장한 인물이 있었다. 새빨간 머리를 길게 늘어뜨리고 한없이 아름다운 얼굴로 정면을 응시하는 그녀는 머리끝부터 발끝까지 붉디붉은 여인, 레드블러드였다.

레드블러드는 코앞도 보이지 않을 것 같은 깊은 어둠 속에서 갑자기 나타났다. 그녀의 머리카락과 대비되는 새하얀 얼굴이 출렁거렸다. 그녀를 바라보는 동안 한없이 두렵고 무서우면서도 그 깊은 슬픔에 가슴이 찢어질 것 같은 기분이 들었다. 그녀의 붉은 눈동자가 아주 작게 파르르 떨려왔다. 그녀는 섬뜩했지만 동시에 슬프고 가엾어 보였다.

눈이 부실 정도로 새하얀 침대보가 새빨간 피로 물들어 있는 것이 눈에 들어왔다. 아름다운 조각이 유려하게 새겨진 거대한 침대 위에 새하얀 일본 가면을 쓴 검은 머리카락의 여인이 고통에 요동치고 있었다. 침대 아래까지 길게 늘어진 검디검은 머리카락 사이로 몸부림치며 신음하는 여인이 있었다. 그녀가 몇 번이나 몸을 일으켰다가 쓰러지고, 다시 일으켰다가 쓰러지고를 반복했다. 길고 검은 머리카락이 그녀의 몸을 타고 출렁거렸다. 그녀의 하얀 배가 보였다. 아니, 그 하얀 배는 곧 새파랗게 변했다가 새빨갛게 변했고, 또다시 푸르스름한 빛으로 변했다. 맨살로 거센 방망이질을 그대로 맞으며 나타나는 누런빛, 푸른빛, 붉은빛이 그녀의 둥그스름한 배에 물들어 있었다. 그 모습이 아프도록 슬프고 가엾었다.

입술을 깨물며 신음을 참으려는 여인을 향해 가방의 주인이 달려갔다. 하지만 엄격한 표정의 레드블러드가 그를 막아섰다. 그녀는 죽어가는 흑단인형을 가방의 주인이 돕지 못하게 했다. 죽음을 기다리고 있는 시커먼 저승사자의 얼굴이 레드블러드의 얼굴 위로 겹쳐졌다. 그녀는 흑단인형이 죽기를 바라는가? 왜 그녀를 살리지 않는 것일까? 하지만 분명한 것은 붉은 여인이 슬퍼하고 있다는 것이었다. 얼굴 가득 슬픔을 담은 레드블러드와, 의사의 앞을 막아서는 그녀의 행동은 완전히 모순된 것이었다.

마침내 붉은 기모노의 여인이 펄쩍 솟아올랐다. 비명을 참던 그 여인의 입에서 찢어질 듯한 고통의 신음이 터져 나왔다. 그 순간 그녀의 얼굴을 단단히 가리고 있던 새하얀 가면이 벗겨졌다. 끔찍한 죽음의 고통을 완전히 가리고 있던 가느다란 눈썹 아래 비웃는 듯 미소 짓던 그 하얀 가면이 바닥을 뒹굴었다.

마침내 가면 너머의 얼굴이 나타났다. 길고 풍성한 검은 머릿결 아래에는 상상했던 것과 다른 얼굴들이 있었다. 그렇다, 얼굴들이었다. 육체를 바라보며 예상할 법한 아름다운 젊은 여인의 얼굴이 있었지만 그것은 곧 바뀌었다. 쭈글쭈글 얼굴 가득 주름진 노파의 얼굴이 보였다. 잠시 후에는 흉터로 가득한 흉측한 얼굴로 변했다. 끔찍한 감정의 소용돌이가 가방을 통과해 낙빈의 가슴속으로 밀려들어왔다. 시시각각 변하는 그 얼굴에서 고약하고 징그러운 감정들이 솟았다. 하지만 그러한 감정은 오래가지 않았다. 새로운 생명을 잉태하기 위해 모진 고통을 감내하는 산모 앞에서 애처롭고 가련한 마음 이외에 다른 감정은 전부 소거되었다.

몸을 뒤틀고 괴로워하는 여인의 모습을 바라보던 가방의 주인이 허겁지겁 왕진 가방을 뒤지는 것이 느껴졌다. 가엾은 산모를 걱정하는 마음이 가슴속 깊은 곳에서 튀어나왔다. 가방 안쪽에서 금속 도구를 꺼내 들고 소리쳤지만 레드블러드의 엄한 얼굴은 변하지 않았다. 고통으로 물들어가는 흑단인형의 배 속에서 어린 신생아가 피멍으로 가득한 그 배를 제 손으로 찢고 나오는 순간까지 레드블러드는 가방 주인의 접근을 허락하지 않았다.

길고 가느다란 다섯 손가락이 미친 듯이 허공을 휘젓다가 마침내 요동도 없이 잠잠해진 후에야 붉은 여인은 가방 주인의 앞을 더 이상 막아서지 않았다. 형용할 수 없는 공포. 말할 수 없는 자괴감. 치유받지 못할 상처받은 감정들이 휘몰아쳤다. 아무것도 할 수 없었다는 자책이 극심한 죄의식으로 다가왔다. 아이는 마침내 스스로 어미의 배를 가르고 태어났고 그 모든 고통은 산모와 태아의 몫이 되었다. 가방 주인은 조금의 도움도 줄 수가 없었다.

 레드블러드는 움직임을 멈춘 흑단인형의 긴 머리카락을 매만졌다. 죽음의 세계로 사라져버린 여인의 머리카락을 한 올 한 올 매만지는 여인의 동작은 처연하고 구슬폈다. 그 모습을 바라보는 가방과 그 주인의 감정이 격정적으로 휘몰아쳤다. 형용할 수 없는 극심한 공포와 안타까움이 뒤범벅된 복잡한 감정이었다.

 하얀 천 사이로 아스라이 죽은 여인의 모습이 일렁였다. 핏빛으로 물든 찢어진 장기에 구역질이 나기보다는 숭고한 탄생과 지극한 희생에 가슴이 먹먹했다. 그녀의 파열된 모든 기관이 꼼꼼하게 봉합되고, 마침내 얼룩진 핏물까지 깨끗하게 사라졌다. 본래 그녀의 옷이었을 붉은 기모노가 입혀졌다.

 가슴 위에 두 손을 가지런히 모은 흑단인형의 모습은 아름답고 기품이 있었다. 하얀 가면 아래에 감춰져 있던 얼굴은 잠든 공주처럼 아름답고 우아했다. 검은 속눈썹이 금방이라도 발딱 일어나 움직일 것만 같았다. 하지만 그녀는 움직이지 않았다. 영원한 안식으로 들어간 게 분명했다.

그 순간 그녀의 곁에 있던 작은 생명체가 눈에 들어왔다. 어린 신생아가 꼿꼿하게 몸을 세운 채 앉아 있었다. 이상할 정도로 기다란 머리의 신생아를 가방 주인은 멍하니 바라보았다. 그러다 아이가 울음을 터뜨리지 않았다는 사실에 가슴이 철렁 내려앉았다. 그는 신생아의 앞으로 돌아가 보았다. 아아, 그 순간! 가방 속 기억을 보았다. 그 어린아이의 얼굴 속에 뒤엉킨 여러 사람의 얼굴을. 주름 가득한 노파였다가 아름다운 여인이었다가 아주 어린 아이였다가 다시 상처가 가득한 얼굴로 바뀌는, 믿을 수 없는 모습을 보았다.

변하고 사라지는 그 모습들 속에서 낙빈은 온몸의 소름이 돋아나는 걸 느꼈다. 하얀 가면 뒤에 숨겨진 가슴 아픈 이야기를 몰래 지켜본 것 같은 깊은 죄의식이 일었다. 벌렁거리는 심장에 알싸한 통증이 밀려왔다.

3

미덕의 손을 통해 전해지던 검은 가방의 이야기가 멈추었다. 미덕이 낙빈의 손을 슬며시 놓았다. 미덕이 보내주는 이야기로 머리가 꽉 찼던 낙빈이 화들짝 현실감을 되찾았다. 낙빈은 자신의 얼굴이 하얗게 질려가는 것을 느꼈다. 극심한 죄의식이 가슴 속에 휘몰아쳤다. 흑단인형이 절대로 보여주고 싶지 않았을 비밀스러운 장면을 허락도 없이 몰래 훔쳐본 것 같아 소년의 양심에 생채기가 났다.

'흑단인형은…… 누구에게도 절대로 보여주고 싶지 않았을 거예요.'

'그래, 맞아. 그랬을 거야.'

'저런 증거를 남긴 게 나 때문이라니.'

새로운 사실을 알았다는 흥분보다도 타인의 치부를 훔쳐보았다는 사실에 수치감을 느끼는 낙빈에게 승덕은 위로의 말이 더 나오지 않았다. 가슴속 승덕의 생각이 고요해졌다. 승덕은 깊은 생각의 늪으로 빠져들었다.

"이것은 흑단인형의 뒤를 좇고 헤매며 찾아낸 모든 것들 중에 가장 값어치 있고 귀중한 증거물이었습니다. 가방 속의 증거들을 토대로 그녀와 관련된 대단히 중대한 사실 몇 가지를 알아냈습니다."

낙빈은 현욱의 얼굴을 물끄러미 바라보았다. 복잡한 심경이 뒤엉킨 순간에도 현욱의 분명한 한마디 한마디가 낙빈의 머릿속을 차갑고 냉정하게 만들어주는 것 같았다.

"이걸 보시죠."

현욱은 낙빈을 향해 납작하고 네모난 기기 하나를 내밀었다. 검은 화면 위로 낯선 장면이 떠올랐다. 아주 오래전에 찍은 화면인 듯 화질이나 선명도가 매우 떨어졌다. 낙빈은 온 정신을 집중해 그것을 바라보았다. 화면 속에 지나치는 장면들을 바라보며 소년은 마치 그 속으로 빨려 들어가는 듯한 착각이 들었다.
 모니터 속에는 일단의 사람들이 딱딱한 돌바닥 위에 앉아 있었다. 원거리에서 찍은 영상 안에는 대나무 숲으로 우거진 어느 사찰 입구 같은 곳에 돌계단이 촘촘히 놓여 있었다. 그리고 그 돌계단마다 사람들이 층층이 무릎을 꿇고 앉아 있었다. 그들은 몹시도 불편해 보이는 자세로 계단에 쭈그리고 앉아 높은 쪽을 바라본 채로 등을 돌리고 있었다. 그들의 옷도 매우 특이해서 간간이 눈이 부시도록 새하얀 한복 같은 것을 입은 몇몇을 제외하고는 모두가 짙은 남색 비단옷과 하얀 조끼를 걸치고 있었다. 그들은 계단 위쪽을 바라보며 일정한 목소리로 노래인지 주문인지 모를 말을 합창하는 중이었다. 낮고 음울한 음성이 짙게 깔리며 주변을 에워쌌다.
 '형, 저기 우리나라가 아니죠?'
 '응, 일본의 신사인 것 같아. 저기 입구에 높게 세워진 게 도리이鳥居라고 불리는 구조물이거든. 하늘 천天 자 모양 말이야.'
 낙빈은 승덕이 말하는 곳을 바라보았다. 화면 속에는 높은 기둥 같은 것이 있었다. 등 돌린 인간 군상들의 가장 앞쪽에 정문처럼 박힌 기둥은 큰 절에서 볼 수 있는 일주문一柱門과 유사했다. 기둥이 양쪽에 두 개 박혀 있는 것은 절과 같았지만 기둥 위에 기와와 색색의 문양이 드리워진 대신 단순한 구조의 가로대 두 개가 일자로 박혀 '하늘 천' 자처럼 보였다. 도리이는 오랜 역사를 간직한 듯 짙은 청동색으로 휘덮여 세월의 풍상을 겪은 색바램이 느꺼졌다.

'저 사람들이 중얼거리는 말이 뭐죠?'

'노리토祝詞라고, 궁정 제사 때나 신전에서 부르는 축문祝文인 것 같아. 하지만 일본 신사의 모습과는 다른 이질감이 있어.'

낙빈은 승덕의 가슴속이 의문으로 물들어가는 것을 고스란히 느낄 수 있었다. 그는 숨죽여 현욱의 말을 기다렸다. 마침내 화면을 내려다보고 있던 그가 입을 열었다.

"종교 단체의 모임으로 보이겠지만 한 가문의 기년제祈年祭 모임입니다."

"이게 한 집안이라고요?"

낙빈의 눈이 휘둥그레졌다. 한 집안의 모임으로 보기 힘들 만큼 규모가 엄청났기 때문이다. 저 정도의 규모라면 한 나라의 중대사나 국가 행사로 여겨도 모자람이 없을 정도로 웅대했다.

"그렇습니다. 놀랄 일은 규모가 아닙니다. 그 안에서 일어나는 일들이지요. 매우 폐쇄적이고 은밀하게 이어져온 가문이라서 일반인들은 물론 신성한 집행자들에게도 거의 알려진 바가 없었던 이들입니다. 한때 우리 측에서도 그들에 대해 관심을 가지고 조사한 적이 있지만 그 존재감은 비정상적으로 미미했지요. 신성한 집행자들 역시 그들에 대한 조사를 대단치 않게 여길 정도였습니다. 실제로 가문의 중요성이 떨어져서가 아니라 막강한 영력에 의해 모든 관심을 되비치도록 만든 까닭입니다. 이들의 존재감이 처음으로 수면에 떠오른 것은 바로 이 화면에 나오는 특별한 기년제 행사 전후로 한정됩니다. 그전에도, 그 이후에도 놀라울 정도로 그들의 존재는 수면 아래에 숨어 있었습니다. 그리고 저 가방이 발견되지 않았다면 여전히 우리는 그들의 존재에 대해 별 관심을 기울이지 못했을 것입니다."

현욱이 말하는 동안 움직이던 영상이 멈추었다. 여러 사람이 동시에 부르던 노랫소리와 자글거리던 화면이 끝나자 현욱은 눈을 들어 낙빈을 마주 보았다. 그의 눈빛이 날카롭게 빛났다.

"승덕 씨도 내 말을 듣고 있나요?"

"아, 네에."

"그래요, 잘됐군요. 함께 들어주는 게 좋을 것 같군요."

현욱은 멈춰버린 영상 대신 다음 화면을 낙빈에게 내밀었다.

"좀 전에 보여드렸던 일단의 집안은 말씀드렸듯이 대단히 폐쇄적인 성격을 가지고 있습니다. 하지만 그들이 대외 활동을 하지 않았다는 것은 아닙니다. 겉으로 나서지 않았을 뿐, 한 국가의 정책과 정재계 인사를 좌지우지할 정도의 막강한 힘과 권력을 가진 집단이었습니다. 때로는 국가 이상의 영향력을 가지고 중대한 세계사적 문제를 일으키기도 했습니다. 이런 대단한 가문이 100여 년이 넘는 동안 단 한 번도 존재를 드러내지 않고 음지에서 모든 일을 꾸몄다는 것은 참으로 믿기지 않는 일이지요."

낙빈은 가만히 고개를 끄덕였다. 한 나라를 좌지우지하고 세계를 움직일 정도의 막강한 힘을 가진 집안이 과연 눈에 띄지 않도록 이름을 숨길 수 있을까 싶었다. 심지어 저 신성한 집행자들의 눈을 피하면서까지 명맥을 유지해왔다는 것이 믿기지 않았다.

"더욱 놀라운 것은 이 집안에서 철저히 관리해온 정통 핏줄은 대가 이어지는 동안 단 한 번도 어떤 사고나 사건, 불행한 일과 연관되지 않았다는 것입니다. 그리고 좀 전에 보았던 기년제에 초대된 일가친척이 모두 그 정통 핏줄입니다."

"그 많은 사람들이 어떤 사고도 겪지 않는다고요? 대대로?"

낙빈의 눈이 다시 커다랗게 벌어졌다.

'확률상으로 도저히 불가능한 일이겠구나.'

낙빈의 머릿속에서 승덕도 '끄응' 하며 한숨을 쉬었다.

"불가능한 일이지만 그것이 수십 년, 아니 100년이 넘는 세월 동안 이어져 내려왔지요. 이 집안이 사람들의 관심을 받지 않고 이목을 끌지 않았다는 것도 같은 이치입니다."

'비정상적인 방법을 썼겠구나.'

"비정상적인 방법을 썼을 거라고 승덕 형이 말해요."

"네, 그렇습니다."

현욱이 고개를 끄덕였다.

"당연히 존재해야 할 사건과 사고, 그리고 문제들이 사라졌다는 것은 인위적인 방법으로 그 모든 것을 제거했다는 말이 됩니다. 매우 오랜 기간 동안 말입니다."

'액막이!'

승덕의 음성이 갈라졌다.

"액막이라고, 형이……."

낙빈이 낮게 중얼거렸다. 현욱은 천천히 고개를 끄덕였다. 낙빈은 그 앞에서 망연자실 입을 벌렸다. 놀랍도록 빠르게 승덕의 생각이 회전하기 시작했다. 다른 사람의 액을 막아내고 그 고통을 고스란히 받아내는 존재가 필요했을 것이다. 엄청난 능력을 가진 대규모 액막이라면 가능할까? 누가 대체 저런 대규모의 집안사람들에게 미칠 모든 사건 사고를 막고 그들의 존재를 가릴 수 있었을까? 그 순간 승덕은 성주를 생각하고 있었다. 죽음과 삶의 시간을 통해 모두가 공유하게 된 성주의 아픈 과거와 그 어머니의 액막이 인생이 고스란히 떠올랐다.

"그렇지요. 액막이가 존재했을 겁니다. 하지만 짐작일 뿐입니다. 그 어떤 증거도 남지 않았으니까요. 이 집안의 모든 것이 폐망한 뒤에도 하나 남아 있는 것이 없었으니까요."

"……"

순간 낙빈의 가슴이 얼음처럼 얼어버리는 것 같았다.

"저런 굉장한 가문이 폐망을요……?"

"그렇습니다. 역사의 뒤안길로 사라졌죠. 소리 소문 없이 한 나라와 세계를 좌지우지했던 것과 마찬가지로 연기처럼 그 존재가 지워져버렸습니다. 비정상적인 방식으로."

"……그것 역시 액막이와 관련되어 있겠군요."

"그렇게 짐작합니다."

낙빈의 머릿속에 떠오르는 그림들이 있었다. 그것이 승덕의 생각인지 자신의 생각인지 알 수 없을 정도로 한꺼번에 여러 가지 생각이 빙글빙글 떠돌며 회오리처럼 뭉치고 휘돌았다. 그중에는 죽음 직전 망각의 섬에서 보았던 영상들이 있었다. 어머니를 처음 만났을 때 흑단인형의 모습, 그녀가 어머니에게 했던 말들이 떠올랐다.

짐승으로 살아온 어머니를 바라보며 흑단인형이 했던 말들과 그 음색에서 느껴졌던 그녀의 표정과 감정들……. 어머니에게 연민을 느끼던 흑단인형의 모습. 암벽에 자해하는 그 어린 짐승을 부드럽게 감싸주던 흑단인형의 모습. 쇠고랑을 찬 채 짐승으로 키워진 어머니를 안으며 그녀는 말했다.

'불쌍한 것아! 너에게서 나를 보는구나. 다 잊었다고 생각했는데 아픔이란 것이 문신처럼 새겨져 지워지지 않았구나.'

그 말이 낙빈의 머릿속에서 쩌렁쩌렁하게 울려대는 것 같았다. 어머니의 쇠고랑을 보면서 흑단인형은 무엇을 느꼈을까? 캄캄한 동굴의 철창 안에 갇혀 쇠고랑을 차고 살아온 그 어린 생명을 보면서 흑단인형은 자신을 마주한 것이 아닐까? 어머니를 감싸 안는 모습이 안개처럼 사라지면서 이번에는 떠나간 성주 누나의 얼굴이 떠올랐다. 그리고 성주 누나와 그녀의 어머니에게 연민을 느낀다던 흑단인형의 모습이 겹쳐졌다. 기억 속에서 성주 누나가 말하고 있었다.

'그녀는 나와 같은 사람, 나의 할머니와 어머니, 우리와 같은 사람에게 연민을 가진 분입니다. 그분의 연민으로 나는 구원을 얻을 수 있습니다. 어떤 사심도 없이 나를 구원할 유일한 사람입니다.'

연민을 가진 사람. 흑단인형이 가졌던 연민. 그 연민을 받은 사람들의 공통점이 낙빈의 머릿속을 마구 휘돌았다.

저주술. 저주를 막는 방술$_{方術}$. 액막이. 버림받은 사람들. 누군가의 고통을 발판 삼아 행복을 누리는 사람들. 반대로 사람들에게 이용당하며 불행해진 사람들……. 수많은 생각이 휘몰아치며 그들 사이의 공통점이 점점 더 크게 부각되기 시작했다.

불행한 자들, 인간에게 이용당한 인간들, 버림받은 사람들……. 낙빈의 흔들리는 동공을 가만히 바라보던 현욱이 말을 이어갔다.

"……대륙과 한 길도 이어져 있지 않은 섬나라의 경우 여러 가지 독특한 문화가 발달하게 됩니다. 일반적으로 대륙의 나라들이 서로 정보를 교환하고 왕래하며 문화적·기술적으로 발전하는 동안 섬나라의 발전은 대단히 더디고 힘겹게 진행됩니다. 특히 섬 자체가 척박해 농토가 적고 풍요롭지 못하며 산지로 가득한 화산섬의 경우에는 더욱 그러합니다. 때문에 이런 섬나라 사람들은 대륙에서 전해져오는 문물에 의해 사활이 결정되곤 합니다. 일례로 척박한 섬나라 사람들은 그들 스스로 뭍에 오르기 위한 다양한 어선을 개발하지만 여러 가지 한계에 부딪히게 됩니다. 기술은 조악하고 빈약하며 기술자의 수는 늘 불충분합니다. 그러다가 지적 교류를 통해 완성된 대륙의 조선술이나 축조술을 확인하게 되면 경발에 가까운 존경을 보이고, 대륙의 기술과 문화를 숭상하고, 그 모든 것을 흡수하고 소유하려는 열망과 탐욕에 불타오

럽니다. 때문에 그들은 빠른 속도로 발전한 문물을 수입하고 그것을 개발하는 데 목숨을 겁니다. 비단 이러한 방식은 눈에 보이는 기술적·경제적 부분만이 전부가 아닙니다. 사상적으로도 마찬가지입니다. 좁고 탁한 섬 안에서 만들어진 철학적 사상들은 비루하고 편협한 경우가 많습니다. 때문에 대륙의 종교와 철학적 세계에도 지극한 관심을 가지게 되지요. 심오한 철학을 만나면 그것을 가감 없이 받아들이고, 또한 자신들의 방식으로 치열하게 발전시키려는 경향이 있습니다. 때문에 섬나라의 가장 핵심적인 특징은 바로 모방이라 할 수 있습니다. 모든 모방은 그들의 풍토에 맞게 변화되곤 하지요. 그러나 척박하고 힘겨운 생활로 인해 그들의 정신적 발전과 철학적 믿음은 극단적인 양상을 띠기 십상이고, 포악하거나 매정하거나 인색하게 바뀌는 경우가 많습니다. 그것에 대해 옳고 그름을 따질 계제가 아닙니다. 그것이 그들이 살아야 하는 세계의 윤리일 테니까요."

현욱은 지극히 차분한 투로 말을 이었다. 그의 말에는 가능한 모든 감정을 배제하고 사실만 전달하려는 노력이 가득했다. 객관적인 사실을 통해 판단과 해석은 낙빈의 것으로 고스란히 남겨두려는 의도가 느껴졌다.

"좀 전에 보여드린 영상 속 집안의 경우도 그렇습니다. 그 존재 자체가 겹겹의 술법에 의해 단단히 숨겨진 가문이었기 때문에 모든 조사는 이상이 감지된 최근으로부터 과거로 거슬러 올라가는 방식으로 이루어졌습니다. 따라서 단단히 감추어진 과거사로 거슬러 올라가 찾아낸 정보가 그다지 많지 않았습니다만, 그들이 가졌던 종교적인 핵심은 분명히 확인할 수 있었습니다. 그들이 대륙으로부터 전해 받은 종교의 핵심은 '재앙신災殃神'이었습니다. 이곳에서 말하는 '저주'의 핵심을 섬나라에 맞게 토착화시킨 개념입니다. 재앙신의 존재를 인정하고, 그 재앙신을 대신 받아줄 대상을 찾은 뒤 집안 전체에는 그 어떤 사건 사고도 일어나지 않게 하는 방술을 발전시킨 것입니다. 그러한 방술의 근원 역시 대륙에서 배워온 오래된 역사 속에 있었을 것이고, 우리는 그 방술의 유력한 전승지로 한반도를 지목하고 있습니다."

"재앙신…… 저주술…… 그 전승지는……."

낙빈의 얼굴이 파랗게 질렸다. 낙빈의 머릿속에서 '끄응' 하는 승덕의 신음도 들렸다. 말하지 않아도 낙빈은 그 저주술의 전승지를 알 것만 같았다. 인연의 고리를 물고 그 전승지를 짐작케 해주는 사람이 한 명 떠올랐다.

"성주 누나…… 성주 누나와, 누나의 어머니가 계셨던…… 그곳과 관련되어 있겠군요."

낙빈의 눈은 멍하다 못해 퀭해 보였다. 시커먼 그림자가 드리워진 소년의 눈동자가 깊어졌다. 예상치 못한 곳에서 이어지는 인연의 실타래에 머리가 지끈거렸다. 전혀 관련이 없다고 여겼던 사건들이 줄을 이어 연결되어 있었다는 사실에 경악했다. 어떤 만남도 단순한 우연은 없었던 것이다.

'역시…… 관련되어 있었어.'

이를 악무는 승덕의 목소리가 들려왔다. 낙빈의 머릿속에도 승덕이 생각하는 장면이 고스란히 비쳤다. 망각의 강에서 보았던 낙빈 어머니의 동굴. 그곳을 찾아온 첫 번째 손님의 모습. 그는 남색 한복을 위아래로 입은 초로의 남자였다. 그와 똑같은 얼굴이 다른 누군가의 기억 속에 있었다. 동일한 남색 한복을 위아래로 입고 있던 노인. 그 노인의 얼굴을 떠올리던 사람은 성주였다. 낙빈은 승덕의 생각 속에서 흘러나오는 영상을 모두 읽었다. 성주의 머릿속에 똑똑히 남아 있던 차가운 집사의 모습. 세월이 지나 더 깊은 주름이 새겨졌지만 그 외에는 별다른 변화가 없는 동일한 얼굴이 어머니의 기억 속에도, 그리고 성주의 기억 속에도 함께 존재했다.

낙빈은 눈을 질끈 감았다. 흑단인형과 어머니……. 그들이 알고 있던 모든 이야기가 툭툭 튀어나와 차곡차곡 연결되기 시작했다. 우연 같던 모든 것이 연결되어 있었다. 하나의 이야기는 또 다른 이야기의 시작이 되고 또 끝이 되었다. 지독한 운명의 실타래에 다들 망연자실할 정도로…….

"한반도 내에서도 오랫동안 이어오던 한 가문의 방술이 섬나라로 흘러 들어갔을 겁니다. 그 시작이 언제인지는 밝혀낼 수가 없었습니다. 방술을 건넨 가문의 경우 불행을 회피하는 술법이 전해져 내려온 지 최소 1,300년은 지났을 거라고 추정하고 있습니다. 겨우 추정에 머무르는 이유는 횡액橫厄 막음의 방술이 참으로 교묘하게 이어져 내려와 우리의 추적을 불가능하게 만들었기 때문입니다. 그들은 역사의 전면에 나서지 않으면서 국가와 정권이 바뀌어도 그 위세를 유지하는 방법을 명확히 알고 있었습니다. 주목을 받으면 받을수록, 발자취를 남기면 남길수록 불행이 그들의 존재를 감지할 것이므로 대대로 집안의 가속들에게 자취를 남기지 않도록 경계했을 것입니다. 교묘하고도 철두철미하게 일가를 단속하며 어떤 흔적도 남기지 않도록 주의했던 것입니다. 그 오랜 세월 동안 비밀스럽게 전술되었던 방술이 어떤 식으로 타국에 전해졌는지는 알 수 없지만 극비리에 전이가 일어난 것으로 여겨집니다. 방대한 시간이 지났으니 방술은 역사가 흐르면서 일부 변환되고 진화되었고, 근래에는 횡액을 막아주는 액막이 형식으로 남았을 것입니다."

"성주 누나, 그리고 누나의 어머니처럼 말이지요."

"그렇습니다만, 그 경우도 아주 예외적인 상황이라 할 수 있습니다. 조사가 가능했던 기간 동안 해당 가문의 액막이 역할이 대를 이어 내려오는 경우는 없었습니다. 그럴 수밖에 없는 것이 횡액을 받아내는 인물의 경우 아무리 강한 영능력을 가지고 있더라도 한 집안의 횡액을 모두 소진하기에는 다소 무리가 있기 때문입니다. 그들이 소진하지 못한 횡액은 대를 물려 내려올 가능성이 높으므로 일반적으로 액막이는 일대—代로 제한되는 것으로 보입니다."

"그렇겠네요. 한 집안의 불행을 전부 받았으니 아무리 강력한 무녀분이나 박수분일지라도 버텨내기 어려웠을 거예요. 남은 불행들이 영능력자분의 집안에 퍼졌을 가능성도 높았을 테고요. 일대가 끝나면 매번 높은 공력을 가진 액막이분을 찾는 것이 가문의 일이었겠군요."

낙빈은 현욱의 말을 곧장 이해할 수 있었다. 성주의 할머니와 어머니처럼 대를 이어 액막이를 하는 경우는 매우 이례적일 거라는 생각이 들었다. 대대로 액을 받는다면 마침내 거대해진 풍선처럼 엄청난 횡액이 쌓여 그들 집안에 다시 들이닥칠 것이 분명하다.

'그래, 그래서 낙빈아, 그자가 네 어머니를 찾아왔던 거야. 네가 보았던 잊힌 기억 속의 그 장면을 떠올려봐. 짐승의 아이로 살던 네 어머니를 보겠다며 할멈을 찾아온 남색 옷의 남자 말이야. 남색 한복을 차려입은 그 남자가 왜 네 어머니를 보러 왔을까? 그는 성주의 아버지를 모시는 수족과도 같은 집사였어. 가문의 선대부터 내내 모셔왔겠지. 그는 네 어머니에게 액막이를 시킬 수 있는지 확인하려고 찾아왔던 거야. 하지만 네 어머니를 보는 순간 깨달았겠지. 액막이로 가두기에는 너무나 거칠다는 걸. 네 어머니의 영력이 감당하기 어려울 정도로 강력하다는 것을 말이야. 고분고분하게 만들어서 집안의 액막이로 쓰기에는 어렵다는 걸 한눈에 알아차렸던 거야.'

승덕의 말에 낙빈은 고개를 크게 끄덕였다. 이제야 망각의 강에서 보았던 기억들이 모두 연결되는 느낌이었다. 점점 더 모든 사실이 또렷해지고 있었다.

"하지만 성주 누나네는 할머니와 어머니가 대를 이어 액막이를 했댔어요. 어떻게 그게 가능했던 걸까요, 그건 아주 예외적인 상황이라면서요?"

"맞습니다. 대를 이어 액막이가 내려왔던 이유는 몇 가지로 생각해볼 수 있습니다. 첫 번째는 다른 액막이를 구하지 않아도 될 만큼 완전무결한 액막이가 연이어 탄생했을 가능성이 있습니다. 본인의 대에서 액을 전부 소멸하고 후손에게 물려줄 불행을 전혀 남기지 않았을 경우 가능한 이야기입니다. 즉 집안의 모든 액을 처리할 수 있을 만큼 높은 공력을 가진 분이 대를 이어 탄생했다면 가능합니다. 하지만 이건 설득력이 낮습니다. 실제 성주 씨나 그분의 어머니의 경우 선대에 비해 공력이 떨어진 것은 분명해 보입니다. 선대가 액막이에 공력을 소진했을 테니 후대에까지 높은 공력을 전달하기 어려웠을 것이고, 그 때문에 부족한 공력을 채우기 위해 저주의 눈동자에까지 손을 댔던 겁니다. 두 번째는 해당 가문의 복과 운수가 꺾였을 가능성이 있습니다. 즉 한 대의 액막이가 능력을 다했을 때 그 뒤를 이어줄 영능력자를 손쉽게 찾을 수 없을 만큼 곤궁한 처지에 내몰렸거나 불행의 크기가 더 이상 손쓰지 못할 정도로 막대해져서 불행 없이 행운만 가지고 살 수 없는 지경에 처했던 거지요."

"아아, 알겠어요. 언제나 행운이 한 가문에만 머무르지는 않을 테니까요. 액막이를 구하지 못한다면 가문은 점점 더 어려움에 빠질 수밖에 없겠군요."

낙빈도 고개를 크게 끄덕였다.
'그래 맞아, 낙빈아. 분명히 두 번째일 가능성이 높아. 그래서 전에 없이 가문의 것이 아닌 불행의 눈동자에 관심을 갖고 그것을 성주의 어머니가 탈취하도록 만든 것이겠지. 그런데도 집안에 들이닥칠 불행을 감당하지 못했던 거야. 그 때문에 성주와 어머니는 내쫓긴 거고. 그리고 간신히 새로운 액막이를 들이게 되었겠지. 전후 상황으로 봐서는 새로운 액막이를 아주 간신히 구한 게 분명해. 어쩌면 한동안은 액막이 없이 가문을 이끌어갔을지도 몰라. 그래서 비밀스러운 가문이 우리의 주의를 끌게 되는 지경에 이른 것이고 말이야. 이미 가문을 지키던 행운의 기운이 약해지면서 그 집안의 내력과 존재가 지금 이렇게 우리에게 회자될 만큼 정체가 드러나고 말았으니까. 아마 집안 전체를 감싸고 있던 액막이 기운이 이제는 종친에 한정된 사람들의 액만 보호하는 방식으로 좁혀졌을지도 모를 일이야.'

승덕의 말에 낙빈이 고개를 끄덕였다.

"……하지만 왜 그렇게 기운이 약해져버린 걸까요? 1,000년이 넘을 정도로 잘 버텨온 집안이 말이에요."

낙빈이 현욱을 바라보았다. 소년의 눈빛은 초롱초롱하게 빛나고 있었다. 해결할 수 없는 문제와 고민으로 흐릿해진 눈동자가 아니었다. 다음 대답을 짐작하고 있는 듯한 총명한 눈동자였다. 다만 자신의 짐작이 진실임을 현욱에게 확인받고자 하는 눈빛이었다.

"그 모든 해답의 중심에 흑단인형이 있을 것으로 생각됩니다."

현욱은 차분하게 다음 말을 이어갔다. 현욱은 흔들림 없이 자신을 바라보는 낙빈의 눈동자에서 이 총명한 소년이 모든 것을 짐작하고 있다는 사실을 깨닫고 감탄하지 않을 수 없었다.

"좀 전에도 말했습니다만, 부연하자면 대륙의 문화가 삭막한 조건을 가진 섬으로 흘러 들어올 때는 난폭하고 무정하게 변하는 경우가 많습니다. 한 가문의 비술로 전수된 액막이 방술 역시 그러한 방식으로 전달되었을 가능성이 높습니다. 척박한 땅덩어리 위에서 불운을 떨치고 행운을 불러들일 무인巫人을 찾기가 얼마나 어려웠을지는 쉽게 상상할 수 있는 일이지요. 그러니 그들이 발전시킨 방법이 무엇이었겠습니까? 고매한 영능력자를 가능한 모든 술법으로 붙잡아 가둔 후 대대로 액막이를 시키는 방법을 고안했을 것입니다. 새로운 액막이를 구할 수 없는 땅덩이 안에서 영원히 액막이로 붙들어둘 극악의 방법을 고안했다는 말입니다."

순간 낙빈은 온몸의 피가 새파랗게 얼어버리는 듯한 공포를 느꼈다. 머릿속에서 어떤 장면 하나가 그림처럼 생생하게 떠올랐다. 거대한 집 안의 가장 깊은 커다란 건물 한 채에 빛이 들어오지 않는 넓은 방이 하나 있다. 짙은 고동빛 나무가 깔린 그 방에는 촘촘한 속박의 결계가 새겨진 금줄이 있다. 그리고 한 겹, 두 겹, 세 겹…… 촘촘한 속박의 굴레가 겹겹으로 둘러싸여 있고 그 방의 가장 깊은 자락, 붉은 보료 위에 인형처럼 앉은 여인의 모습이 눈에 들어온다. 새빨간 기모노를 입은 여인. 너무나도 검은빛의 머리카락을 길게 늘어뜨리고 밀가루를 뒤집어쓴 것처럼 핏기 없이 하얀 얼굴을 가진 가엾은 여인의 모습. 표정 없는 그 얼굴에서 인간에 대한 증오와 미움이 폭발할 것처럼 강하게 느껴져서 낙빈의 피를 얼려버릴 것만 같았다. 그 붉은 여인의 모습 위로 검은 가방을 통해 보았던 깊은 동굴 속, 가엾은 산모의 고통 어린 신음이 겹쳐졌다. 배를 찢고 나오는 새빨간 신생아와 후세를 낳은 직후 차갑게 식어버린 육체의 이야기가 포개졌다.

한 여인을 액막이로 종속시킨 뒤 영원 속에 가두어버리는 일……. 한 가문의 행운을 위해 만들어낸 끔찍한 불행의 대물림이 눈앞에서 생생하게 떠올랐다. 아무리 세월이 흘러도 죽을 수 없는 액막이를 만들어낸 끔찍한 인간들. 배를 찢고 나오는 그녀의 분신. 하얀 가면 속에서 지울 수도 지워지지도 않는 끔찍한 저주의 산물이 새빨간 기모노 위로, 흑단보다 더 검은 머리카락 사이로 어른거렸다.

"아아!"

낙빈은 두 손으로 얼굴을 감싸며 무너졌다. 가엾다고 말하기에도 미안한 일이었다. 인간들의 간악하고 잔인한 술법에 할 말을 잃었다. 대를 이어 받아내기도 힘든 한 집안의 횡액을 한 사람의 몸에 가두어둔다. 엉망진창으로 뭉그러지는 영능력자의 삶은 죽음으로 해방되어야 하지만 그녀는 죽을 수조차 없다. 이 끔찍한 액막이는 죽지 못하고 다시 이어오고, 또 이어가야 하는 것이다. 감히 가늠되지도 않는 끔찍하고 무서운 경험들이 한 사람의 인생에서 반복되고, 또 반복되었을 것을 상상하는 것만으로도 머리가 펑 돌았다.

'끔찍한 인간들. 인간 망종亡種들. 자신의 행복만 귀중하다는 생각에 남의 인생은 하찮게 희생시켜도 된다고 여기는 야비하고 몹쓸 망종들!'

마음속에서 들려오는 승덕의 끊임없는 욕지거리도 낙빈의 속을 울렁이게 만들었다. 낙빈은 한 손으로 입을 틀어막고 고개를 휘이휘이 저었다. 가슴을 저미는 듯한 고통이 낙빈을 괴롭혔다. 흑단인형이 왜 인간에 대해 강한 불신을 가지고 있는지, 한 세기의 신인神人이라는 자가 왜 인간의 멸절과 종말을 근간으로 삼았는지 이해가 되었다. 그럴 수밖에 없지 않은가! 이 모든 것이 진실이라면 그녀가 인간세계의 멸망을 결론지었다는 것이 당연하지 않은가 싶었다.

"그 어떤 기록도 증거도 남아 있지 않지만 오랜 세월 동안 갇혀 있던 액막이는 절체절명의 기회를 잡아 탈출했고, 그 후로 해당 집안은 소리 소문도 없이 폐망의 수순을 밟았습니다. 또 다른 액막이를 잡아 가둔다 하여도 그들이 이미 만들어낸 괴물을 감당할 만한 사람은 존재할 수 없었을 겁니다. 집안 전체를 폐망시킨 장본인은 인간 전체의 폐망을 결정하고 신인으로의 길을 걸어왔을 것입니다."

"아아······."

"탈출은 성공했을지언정 너무나도 강력해서 풀 수 없는 계약은 남아버린 것입니다. 끝나지 않는 생명이라든가 어미의 배를 찢고 나와야 하는 탄생의 굴레 같은 것들이 해결되지 못했다는 말입니다."

낙빈은 여전히 입을 틀어막은 채 무릎 사이에 고개를 묻었다. 원치 않는데도 머릿속으로 밀려드는 흑단인형의 고통과 괴로움, 그리고 그녀가 걸어왔을 끔찍한 인생길이 생생히 느껴져서 심장이 다 쓰라렸다.

어떻게 제정신으로 살아올 수 있었을까. 그 깊고 그늘진 분노를 다 담고 어떻게 살 수 있었을까. 짐작조차 되지 않았다.

'그럼…… 낙빈아, 레드블러드는 누군지 물어봐. 그 사람은 언제부터 흑단인형 옆에 있었던 거지? 그 여자의 정체는 뭐야?'

바닥에 이마를 대고 있던 낙빈이 간신히 고개를 들었다. 승덕의 말을 전하려 했지만 입이 잘 떨어지지 않았다. 퀭한 눈으로 간신히 현욱을 바라보았다.

"그럼 저기, 혹시 레……."

한마디를 다 하기도 전에 속이 울렁거렸다. 머릿속을 헤집고 다니는 흑단인형의 고통이 메스꺼울 정도로 속을 비틀었다. 말을 다 끝맺지 못했지만 현욱은 낙빈의 말을 귀신같이 알아챘다.

"유감스럽게도 레드블러드에 대한 정보는 존재하지 않습니다. 붉은 옷의 여자에 대한 해석은 여러 예언서에 존재하고 말세에 대한 예언에도 등장하지만◆ 흑단인형의 개인사에서 그녀가 어떻게 등장하고 조우하게 되었는지 확인할 수는 없었습니다. 신인으로서 예언이 봉쇄된 흑단인형과는 또 다른 방식으로 레드블러드에 대한 예언도 가능하질 않습니다. 미래도, 현재도, 심지어 과거에까지 말이지요. 위대한 예언가의 말을 빌리자면, 예언이 가능하지 않은…… '실존하지 않는 자'라고 하더군요. 이승에도 저승에도 속하지 않은 떠돌이와 같은 존재라고 하니 그녀야말로 두 세계 사이에 끼여 있다고 할 수도 있겠고, 아예 세상에 실존하지 않는 생명체라고 할 수도 있습니다. 우리 측 예언자는 그녀를 '존재하지만 존재하지 않는 비눗방울처럼 허망한 자'라고 일컬었습니다."

낙빈은 현욱의 말을 곰곰이 되새겨보았다. 그는 레드블러드를 '허망한 존재'라고 불렀다. 그 이유가 어쩐지 짐작되었다. 몇 번 만나지 않았지만 레드블러드는 흑단인형의 수족과도 같은 느낌이었다. 그 안에 다른 감정을 느끼지는 못했다. 흑단인형의 감정을 그대로 전해 받는 인형과도 같은 사람…… 그 존재의 허망함이 느껴지는 순간이었다.

'승덕 형, 허망한 존재라는 말이…… 제게는 스스로의 삶이 존재하지 않는 존재라는 말로 들려요.'

'그래, 낙빈아. 나도 그런 생각이 드는구나. 우리가 보았던 레드블러드에게 스스로의 본능이나 욕구가 존재했던가 싶다. 그녀의

◆ 말세를 예언하는 「요한계시록」에 '자줏빛 붉은 옷을 입은 음녀'가 나온다. 그녀의 이마에 바빌로니아와 관련된 문신이 새겨져 있다고 기술되어 있다. 그녀가 성적인 의미를 갖는다는 해석을 비롯해 우상을 숭배하는 세계를 의미한다거나, 억압적이고 포악한 세속적 정부를 의미한다는 등 다양한 해석이 존재한다.

욕구와 본능은 언제나 흑단인형과 연결되지 않았던가 말이다. 좀 전에 가방을 통해 보았던 장면에서도 같은 걸 느꼈어. 레드블러드는 흑단인형과 떨어질 수 없는 분신처럼 느껴지지. 분리될 수 없는 분신. 완벽하게 같은 생각. 흑단인형의 생각을 나눠 받은 생명체. 그녀의 삶에 자신의 의지나 목적은 존재하지 않는 것 같아. 그저 흑단인형의 의지와 생각에 기생하는 존재 같다는 느낌이 드는구나.'

'네, 맞아요. 저도 그 생각에 동의해요.'

낙빈은 관자놀이를 누른 채 여전히 고개를 숙이고 있었다. 머릿속에 새빨간 레드블러드와, 그녀의 어깨 위에 앉은 흑단인형의 모습이 아지랑이처럼 피어올랐다. 현욱은 어지러움을 느끼는 낙빈의 모습을 물끄러미 바라보았다. 한동안 아무 말도 없이 침묵의 시간이 지나갔다. 공간은 고요했지만 생각의 흐름은 더없이 바쁘고 요란했다.

"내일…… 떠나기 전에 이 이야기를 전하고 싶었습니다. 제가 드리고 싶었던 이야기는 모두 한 것 같군요."

현욱은 모든 감정을 감춘 단단한 얼굴로 소년을 바라보았다. 머릿속은 아직도 많은 생각과 어지럼으로 일렁였지만 낙빈 역시 자세를 바르게 하고 현욱을 마주 보았다. 낙빈은 한 치의 어긋남도 없이 검은 양복을 단정하게 차려입은 남자를 찬찬히 보았다. 두 사람의 눈빛이 허공에서 부딪쳤다. 몇 번이나 만나왔지만 이렇게 서로를 바로 응시하는 건 처음인 듯 느껴졌다. 그 눈 속에 말로 하지 않았던 많은 이야기가 숨겨져 있었다.

'낙빈아, 저 사람으로서는 쉽지 않은 이야기를 해준 것 같다. SAC에서 원하는 건 네가 흑단인형과 대립각을 세우고 싸우는 것이겠지. 네가 그러지 않는다면 인류의 위협이 된다고 생각하고 제거의 수순을 밟아야 한다고 판단할 거다. 네 어머니에게 그랬던 것처럼……. 그럼에도 불구하고 저 사람은 네게 모든 걸 보여 줬다. 흑단인형을 적으로 인식하는 데 더욱 걸림돌이 될 거라는 걸 알면서도…… 고민 끝에 네게도 모든 걸 알려주기로 결심한 걸 거다. 쉽지 않았을 거다. 이 이야기를 하기까지…….'

낙빈 역시 마음속에서 울려 퍼지는 승덕의 말에 깊이 공감했다. 승덕의 죽음으로 복수심에 불타 반미치광이가 되었을 때도 자신의 모든 권한을 동원해 철저히 낙빈을 지키고 발전시키려 애썼던 그의 행동 하나하나가 머릿속을 스쳐 지나갔다. 때로는 자신의 권한을 넘어서는 일이라도 낙빈과 관련된 것이라면 다 해주고야 말았던 현욱의 배려를 낙빈은 이제 알고 있었다. 그리고 오늘 낙빈에게 이 엄밀한 기밀을 들려주는 그의 마음 씀씀이도 고스란히 느껴졌다. 그 모든 행동의 뒤에는 낙빈의 아버지에 대한 깊은 죄의식이 잠재해 있다는 것도 낙빈은 알 수 있었다.

"……고맙습니다, 어려운 말씀을 해주셔서."

낙빈의 이마가 바닥까지 닿았다. 짧은 한마디지만 마음 깊은 곳에서 진심을 다해 건넸다. 반듯한 얼굴에 희미한 감정의 물결이 출렁거렸다. 낙빈이 용서할 수 있는 일은 아니겠지만, 현욱이 스스로의 죄의식으로부터 구원받기를 소년은 진심으로 바랐다.

"부디 몸조심하길 빌겠습니다. 그럼 곧 다시 만날 날을 기다리겠습니다. 땅길의 끝에서 다시 만납시다. 그리고…… 언제든 도움이 필요하면 연락하십시오. 늘 곁에서 기다리겠습니다."

현욱은 지긋한 눈길로 낙빈을 쳐다보았다. 그는 지독한 죄책감을 지우기 위해 지금껏 노력해왔던 모든 것을 떠올리며 어린 소년을 바라보았다. 낙빈의 까만 눈동자 위로 그리운 사람의 얼굴이 겹쳐졌다. 한없이 넓은 가슴, 다부진 입술, 진한 눈매……. 소년이 자라 성인이 된다면 하백, 그 사람의 모습을 그대로 빼다박으리라.

현욱의 눈길이 뜨거워졌다. 하백만 바라보며 성장했던 자신의 어린 시절이 뇌리를 스쳤다. 그리고 지나온 시간 동안 그의 아들과 함께한, 짧다면 짧고 길다면 긴 시간이 그의 머릿속을 스쳐 지나갔다. 영혼이 빠져나간 것 같은 그 소년으로 인해 까맣게 타들어가던 가슴이 이제야 잠잠해졌다. 하백의 유일한 핏줄을 앞에 두고 한숨도 자지 못했던 고뇌의 나날이 지나고 이제 소년은 맑고 순박한 영혼이 되어 다시 돌아왔다.

현욱은 하염없이 밀려오는 감정의 파도 속에서 붉게 달아오르는 눈가를 감추려 선뜻 일어섰다. 더 이상의 감정은 위험했다.

"그럼 이만."

그는 짧은 인사만 남긴 채 서둘러 암자의 북편 방을 빠져나갔다. 그가 여닫은 창호문 너머로 한없이 검고 까만 숲이 어른거렸다. 산속의 밤은 깊고 또 고요했다.

 짙은 어둠 속으로 현욱의 뒷모습이 사라졌다.

 남겨진 소년은 사라지는 현욱의 뒷모습을 고요히 응시했다. 그가 들려준 모든 이야기가 소년의 가슴속을 휘저었다. 아무런 인기척도 없이 검은 숲만 남았다. 다행히 정희도, 정현도, 미덕도 낙빈을 홀로 남겨두었다. 누구도 보는 사람이 없음을 깨달은 낙빈은 몸을 오그렸다.

 잃어버린 기억의 강에서 어머니와 함께했던 흑단인형의 모습이 뇌리를 스쳐갔다. 기억의 단편들 속에서 보았던 흑단인형의 모습이 낙빈을 바라보았다. 낙빈이 신성한 집행자들과 함께하는 동안 알게 된 흑단인형의 이야기들, 그리고 오늘 처음으로 알게 된 그녀의 비밀스러운 이야기들이 스쳐 지나갔다. 여러 이야기 속에 담긴 여러 모습의 흑단인형이 낙빈을 바라보았다. 낙빈은 그녀에게 가졌던 모든 감정이 혼돈에 빠지는 것을 느꼈다. 그녀로부터 시작된 공포와 불안, 두려움과 끔찍함, 복수심과 악의…… 그와 함께 가엾고 안타까운 동정과 연민의 감정도 솟아올랐다.

 낙빈은 두 팔로 어깨를 감싼 채 방바닥에 몸을 오그렸다. 정립할 수 없는 수많은 감정이 작은 소년의 몸 안에서 요동치고 있었다. 여리고 작은 소년의 등줄기를 바람 한 줄기가 스치고 지나갔다. 떠도는 공기 한 자락마저 한없이 차갑게 느껴지는 밤이었다.

말세가 도래하는구나.
해와 달이 빛을 잃고 어두운 안개가 하늘을 덮는구나.
하늘이 변하고 땅이 흔들리며 불이 날아다니다가 땅에 떨어진다.
온갖 흉년이 세상을 덮치고, 정체 모를 질병이 떠돌아 모두가 죽어가는구나.
돌림병이 세계 만국에 유행할 때 토사와 천식, 흑사병과 이름 없는 질병으로
아침에 살아 있던 자가 저녁에는 죽어 있으니 이를 어찌할까.
하늘에서 재난이 내려와 시체가 산과 같이 쌓여 계곡을 메우니
길조차 찾기 힘들구나.
죽었던 자들이 살아나 온 사방에서 날뛰니
온 세상이 뒤숭숭하기만 하구나.
미륵불이 오실 날은 언제인가.

1

 언제부터였을까, 문을 열어두고 사는 집이 사라지게 된 것이.
 언제부터였을까, 밤마다 마을을 걸어 다니는 자들이 죄다 시체로 변하게 된 것이.
 언제부터였을까, 그런 변화를 아무도 깨닫지 못하게 된 것이.

 마을은 몹시도 이상하게 변해갔다. 어느 날인가부터 마을에 가끔씩 달이 뜨지 않는다는 사실을 알아챈 건 나뿐인 듯했다. 산어귀를 지나 버려진 집터에 낯선 사람이 하나둘 나타나기 시작했다는 걸 알아챈 것도 나뿐이었다. 교묘하게 뒤바뀐 그들이 산 사람이 아니라 죽은 자들이라는 걸 알고 있는 것도 나뿐이었다. 나는 이 사실을 다른 사람들에게 말해야 할지 말아야 할지 무척이나 고민했다. 하지만 할매는 허락하지 않았다.
 '신목아, 아예 아는 체도 말어. 저것들하고 얽혀서 좋을 것이 없다. 이러든 저러든 쉬쉬하거라. 눈도 마주치지 말어!'
 할매는 아예 '그것'들을 쳐다도 보지 말라고 신신당부했다. 아는 체는커녕 아예 있는지도 모르게 살라고 말했다. 할매는 그것들과 내가 얽힐까봐 노심초사하고 있었다.
 '저것들이 행여 너한테 눈독 들일까 무섭다. 허지만 나가 두 눈

시퍼렇게 뜨고 너를 지킬 텡게 무서워할 거 없다. 너는 우리 성황목城隍木의 정기를 받은 놈이여. 기죽을 거 없당게. 저놈들이 세상을 다 가져가도 너는 내가 지킬 텡게.'

나는 아무런 대꾸 없이 할매의 말을 듣기만 했다. 어쩐지 마음이 찜찜했다. 할매는 나를 지켜주겠다고 했지만 그게 과연 믿을 만한 말인지는 좀 생각해볼 일이었다. 할매는 거짓말을 밥 먹듯이 해댔다. 죽기 전에도 늘 그런 말을 했다.

'느그 애비가 널 두고 도망쳤어도 니는 하나 걱정할 것이 없다. 이 할미가 너를 지키고 또 지켜줄랑게 걱정 붙들어 매버려라. 나가 무슨 일이 있어도 너 하나는 지켜줄랑게. 죽어도 널 지킬랑게.'

할매는 살아생전 내 손을 붙들고 걱정할 것 없단 말을 반복하고 또 반복했다. 하지만 그 말을 하는 동안에도 알고 있었을 것이다. 할매가 이승을 떠날 날이 얼마 남지 않았다는 것을. 그래서 살아서 나를 지킬 수 없다는 것을. 하지만 할매는 말하지 않았다. 죽는 날까지 입을 꾹 다물었다. 결국 나 혼자 내버려두고 죽어버렸다.

어찌 보면 아예 약속을 어긴 건 아니다. 죽은 다음에도 아예 날 떠난 건 아니니까. 내 눈에만 보이는 수호령이 되어 다시 돌아온 건 할매가 날 지키겠다는 약속을 지킨 거라고 말할 수 있을지도 모르겠디.

할매가 죽고 나서도 고아원에 가지 않고 이렇게 여기 남을 수 있었던 것도 이래저래 할매가 애쓴 덕인지 모른다. 어쨌든 나는 마을 어귀에 있는 이 집에서 혼자 지내길 바랐고, 다행히 나의 소원은 이루어졌다. 기초수급도 그대로 받았고 집을 떠나지 않아도 되었다. 더구나 학교를 그만둔 뒤로 끊임없이 나를 괴롭혀대던 여러 가지 서류도 더 이상 날아오지 않았고, 여기저기 끌려 다니는 일도 없어졌다.

대신 가끔 사회복지사인 황남이 아재를 만나러 읍내에 나가는 것이 내 일이 되었다. 조금 귀찮은 일이긴 하지만 나는 꾸준히 잘 해냈다. 내가 만나러 가지 않으면 황남이 아재가 집을 찾아오기 때문이었다.

나는 누가 내 집에 오는 것이 달갑지 않았다. 내게는 너무나 마음 편하고 느긋한 집이지만, 그 집 앞을 지날 때마다 얼굴을 찌푸리거나 이상한 표정으로 기웃거리는 사람들은 나의 기분을 엉망으로 만들기 일쑤였다.

할매의 집은 마을 어귀에 있는 높은 언덕배기 끝에 있었다. 고갯마루 위에는 할매 집이, 그 바로 앞에는 서낭당이 있었다. 서낭당이라고 따로 건물 따위가 있지는 않고 오색기를 매단 커다란 성황목 하나, 그 곁에 사람들이 쌓아놓은 돌무더기 하나, 돌무지 옆에 제멋대로 세워진 솟대 세 개가 전부였다.

우리 할매는 서낭당 뒤에 지은 낡은 흙집에서 살았다. 할매는 본디 멀리 떨어진 동네에서 살다가 젊은 시절 이 마을에 터를 잡았다. 방 하나에 부엌 하나가 전부인 흙집은 옛날 우리 할매가 젊었을 때 마을 사람들이 마을과 서낭당을 지켜달라고 할매를 데려오면서 지어준 것이었다. 할매가 죽긴 했지만 마을 노인들은 내가 할매의 대를 잇는다고 생각했다. 사실 나는 딱히 서낭당을 지키거나 마을을 보호할 수 있는 사람이 아니었지만, 그런 노인네들의 생각을 부정하지도 않았다. 그래야 할매가 남겨준 집에서 조용히 살 수 있기 때문이다.

할매가 죽은 뒤 귀신이 되어 나타난 것은 나에게 참 자연스러운 일이었다. 할매랑 같이 살 적에 할매는 눈에 안 보이는 귀신들과 이런저런 말을 해댔고, 나는 그 모습을 내내 보아왔다. 내가 말문도 트이기 전에 얼굴도 모르는 엄마가 날 버리고 집을 나가자 사진으로만 기억하는 아버지가 나를 할매 집에 두고 가버렸다. 그때부터 보이지 않는 것들과 이야기를 해대는 할매의 모습을 보았던 내게 귀신이 되어 돌아온 할매는 어쩐지 당연하게 느껴졌다.

살아생전 할매가 안 보이는 것들과 두런두런 이야기를 나눌 때면 내게는 보이지 않지만 할매에게는 보이는 무언가가 늘 존재하고 있다고 믿었다. 행여 할매가 미쳤다거나 혼잣말을 한다는 생각을 해본 적은 없었다. 그래서 할매가 죽은 뒤 내가 다시 죽은 할매 귀신을 보았을 때는 놀랍다기보다 조금 신기한 기분이었다. '아, 할매 눈에는 그동안 저런 것들이 보였구나' 하고 깨달았다고나 할까.

죽은 할매가 보이게 된 이후로 그동안 보이지 않았던 것들까지 보이기 시작했다. 할매만 볼 수 있었던 것들이 이제는 내 눈에도 다 보이게 되었다.

상상했던 것보다 그런 것들은 아주아주 많았다. 특히 서낭당 근처에는 그런 떠돌이 귀신이 잔뜩 있었다. 할매는 자신도 귀신인 주제에 떠도는 귀신들이 우리 집 근처에 오는 걸 정말 싫어해서 행여 그것들이 집 안에 발을 들였다간 아주 불호령이 떨어졌다. 그래서 할매 이외의 영령들은 죄다 서낭당 바깥쪽에서 서성이기만 했다.

그런데 언젠가부터 조금 이상한 일들이 생겨났다. 서낭당 근처를 배회하는 귀신들 외에 다른 사람들의 눈에도 보이는 것들이 나타나기 시작한 것이다. 아마 일 년도 전부터였을 것이다. 뭔가 아주 뒷골이 찜찜한 느낌이 들던 날들이 지나가더니 마을 어귀에서 이상한 사람들의 모습이 눈에 띄었다.

처음에 그걸 보았을 때는 정말 깜짝 놀랐다. 죽은 사람의 껍데기에 귀신이 들러붙어 걸어 다니는 모습은 진짜 끔찍했다. 그건 죽은 할매나 다른 영령들을 눈으로 보는 것처럼 자연스럽지 않았다. 그건 뭐라고 해야 할까, 아주 괴상망측한 모양을 보는 느낌이었다. 손발을 거꾸로 붙인 사람을 본다든가 목에 머리가 거꾸로 붙은 사람을 보는 것 같은 진짜 께름칙한 기분이 들었다.

죽었는데도 산 사람인 양 걸어 다니는 시체를 보자마자 우리 할매는 내 안에서 버럭 소리쳤다.

'쳐다보지 말어, 신목아! 모른 척하랑게!'

할매의 눈에도 그건 아주 괴상망측한 게 틀림없었다. 할매는 그런 것들이 우리 집이나 서낭당 근처에 얼씬도 못하게 하라고 아주 난리였다. 그래서 나는 할매가 시키는 대로 우리 집 앞 성황목에다 마을 할매가 주고 간 김치전과 뒷산에서 길러온 맑은 물을 올리고 며칠이나 기도를 드리기도 했다.

그때도 할매는 말했다.

'신목아, 걱정하지 말어! 내가 너를 지켜줄 텡게 하나 걱정할 것 없당게. 저것들이 아예 얼씬도 못하게 할 텡게.'

하지만 할매의 장담과 달리 그것들은 내내 우리 집 앞을 얼씬거렸다. 물론 성황목과 서낭당 돌무덤 안으로 들어오지는 않았지만 지난 일 년 동안 점점 더 많은 시체가 걸어 다니게 되었다. 마을에서 죽었던 사람이 살아 돌아오는 경우도 있었지만 아예 얼굴도 모르는 사람들이 빈집에 나타나는 경우도 있었다.

시골 마을의 산골 어귀에는 드문드문 빈집들이 있는데, 어느 날 갑자기 사람이 하나둘 나타났고 그들은 모두 시체였다. 하지만 괴이하게도 마을 사람들은 이상하게 생각하지 않았다. 가끔씩 달이 사라져 비치지 않는다는 사실을 알고 있는 게 나 혼자뿐인 것처럼 낯선 사람들이, 그것도 시체들이 마을의 빈집에 나타난다는 사실을 인식하고 있는 것도 나 혼자뿐인 듯했다.

'모른 척혀. 괜히 저딴 것들과 엮일 필요 없당게. 못 본 척혀, 신목아.'

내가 어찌해야 힐지 머리가 복삽해질 때마다 우리 할매는 내 머릿속에 대고 이렇게 신신당부를 했다. 사실 사람들의 일상에 끼어든다는 건 아주 성가신 일이라 나는 할매의 말대로 다 모른 척 살아갔다. 저것들이 우리 서낭당 밖에만 있어준다면 내가 굳이 나서서 귀찮아질 필요는 없었다. 본래도 집 밖에 나가는 일은 거의 없지만 가끔씩 올라가는 뒷산마저 이젠 아예 갈 일이 없어졌다. 뒷산에 갔다가 눈이 마주치는 것은 여지없이 걸어 다니는 시체들뿐이니까. 게다가 놈들은 나와 눈을 마주치면 좀체 고개를 돌리지 않았다. 마치 맛난 음식을 앞에 두고 헐떡거리는 표정이라고 해야 하나? 아주 기분 나쁜 느낌이 들었다.

'신목아, 오늘낼 읍내에 가봐야 쓰것다. 안 가면 복지사 총각이 열루 찾아오것어. 오늘낼 가봐야 복지사 총각이 좋은 것들을 챙겨줄 것이여.'

오늘은 아침부터 할매가 날 들들 볶기 시작했다.

"어이구, 황남이 아재가 결혼한 지가 언젠데 만날 총각이여. 할매는 진짜 못 말린당게!"

귀찮은 마음에 성질을 부려보긴 했지만 할매가 이렇게 말하면 읍내로 나가야 했다. 읍내에 사는 복지사 총각이 바로 황남이 아재인데, 아재가 집으로 찾아오면 이래저래 내가 사는 모습에 대해 잔소리가 많아서 여간 성가시고 귀찮은 게 아니었다. 나는 방바닥을 뒹굴다가 간신히 몸을 일으켜 세웠다. 그래도 황남이 아재를 만나는 게 아주 싫은 일은 아니었다. 적어도 아재가 진심으로 다른 사람을 걱정하고 아껴주는 착한 사람인데다 이래저래 날 도와주려고 애쓴다는 걸 할매가 속속들이 말해주었기 때문이다.

나는 벽장에 넣어둔 반팔 옷 하나와, 그래도 상태가 좀 나은 운동복 바지 하나를 꺼내 입었다. 아침부터 시작된 외출 준비는 오후에야 끝이 났다. 워낙 외출하기 싫어서 이리저리 게으름을 피우다 보니 대부분 방바닥을 구르다가 가버린 시간이었다. 어쨌거나 정오가 훌쩍 지나서야 간신히 집 밖으로 나설 수 있었다. 땅바닥을 바라보며 터덜터덜 걸음을 옮기는데 나만큼이나 느릿느릿한 발걸음이 느껴졌다. 문득 소리가 나는 쪽을 쳐다보았다.

'젠장!'

재수가 없었다. 눈이 딱 마주쳤다. 느릿한 걸음의 주인은 산속 빈집에 나타나 살고 있는 시체였다. 그 끔찍한 시체가 느릿하게 걸으면서 나를 빤히 바라보고 있었다. 한쪽 눈은 멀쩡한데, 한쪽 눈은 허물어져서 몰골이 꽤나 사나웠다. 그놈이 대놓고 나를 쳐다보고 있었다. 그런 얼굴로 나를 보는 시체의 입가가 씨익 웃음을 짓고 있어서 기분이 아주 별로였다. 그놈은 마치 맛난 음식을 쳐다보는 것 같았다.

'저 잡것을 내가 아주 요절을 낼 텡게. 저런 빌어먹을 시체 따위가 어디 내 새끼를 넘봐! 이런 씨부렁 망탱구리 같은 놈을 아주 내가 요절을 낼 텡게!'

할매는 아주 성이 나서 노발대발이었다. 하지만 그게 전부였다. 할매는 딱히 그놈들을 혼낼 만한 힘이 없었다. 할매가 믿는 건 서낭당 신물神物들이 전부였다. 할매가 할 줄 아는 건 놈들이 들으라고 고래고래 소리를 지르는 게 전부였다. 그래서 나랑 엮이는 게 별로 재미없어 보이게 하려는 것 같았다. 그러고는 내게는 여지없이 이렇게 말했다.

'신목아, 얼른 눈 돌려. 언능! 저것들하고 괜히 엮일 필요 없당게. 너는 내가 지킬랑게 걱정일랑 말어!'

할매 말이 없어도 저런 끔찍한 눈빛을 마주 볼 생각은 없었다. 나는 고개를 홱 돌리고는 조금 더 빠른 걸음으로 읍내까지 걸었다. 그러는 동안에도 할매는 내 등 뒤의 시체를 향해 고래고래 욕을 해댔다. 할매가 하도 난리를 쳐서인지, 아니면 내가 눈길도 주지 않아서인지는 몰라도 시체는 내게서 천천히 멀어졌다.

두 손을 주머니에 꽂고 내내 땅만 바라보던 내가 고개를 들고 손도 빼는 것은 주민센터 정문에 다다라서였다. 머리매무새라도 매만지는 건 황남이 아재한테 한 소리라도 덜 듣기 위해서였다. 아재는 다 좋은데 잔소리가 너무 심한 게 탈이었다. 바람에 날린 머리를 손가락으로 쓰윽 빗어 넘기는데 등 뒤에서 소리가 들렸다.

'아이고, 복지사 총각!'

반색하는 할매 목소리에 뒤를 돌아보니 어디 나갔다 오는지 황남이 아재의 모습이 보였다. 늘 그렇듯 경쾌한 걸음으로 저벅저벅 들어오는데, 두 손 가득 짐을 들고 있었다. 황남이 아재는 나를 보자마자 반가운 웃음을 지었다.

"여어, 신목이 왔구나. 너 이 녀석, 참 기특하단 말이야. 내가 가려고 맘만 먹으면 귀신같이 알고 찾아온단 말씀이야. 어쨌든 잘 왔다. 오늘 기탁물품도 있고 해서 네가 왔으면 좋겠다고 생각하고 있었다. 이거 좀 들어라."

아재는 두 손에 잔뜩 들고 있던 누런 상자를 내게 턱하니 건넸다. 상자 세 개가 눈앞을 가릴 정도로 쌓였다.
"잠깐만 기다려라. 내가 마저 더 가져올게."
아재는 작고 파란 용달차에서 똑같이 생긴 누런 종이상자를 더 가지고 오더니 성큼성큼 걸음을 옮겼다. 그러고는 주민센터 지하 계단으로 척척 내려갔다. 나는 몇 번이나 넘어질 것처럼 위태로운 순간을 넘기며 간신히 그 뒤를 따랐다. 지하 복도 한쪽에 상자들을 차곡차곡 올려놓으니 그제야 눈앞이 제대로 보였다.
"아, 이 녀석아. 돌도 씹어 먹을 나이에 뭐 그리 비실거리냐. 너 왜 이렇게 키가 안 컸냐. 매일 밥은 잘 먹고 다니는 거냐? 늘 굶는 건 아니지? 냉장고에는 먹을 게 뭐가 있냐? 지난번에 준 반찬들은 다 먹은 거냐?"
아이, 또 시작했다. 이놈의 잔소리⋯⋯. 나는 쉴 틈도 없이 이어지는 아재의 질문에 건성건성 고개를 끄덕였다. 황남이 아재가 아니더라도 우리 할매 귀신이 달라붙어 이래저래 잔소리를 해대니 무슨 일이 있어도 굶지는 않는다. 나는 아주 귀찮아 죽겠는데 할매는 잔소리를 해대는 아재가 좋은지 아주 신이 났다.
'그렇지, 총각. 그렇당게. 아니, 우리 신목이가 요즘엔 통 반찬을 가린당게. 저번에 준 콩을 먹으라고 그렇게 말을 해도 콩밥을 안 해 먹는당게. 아주 내가 속이 상해 죽것어!'
할매는 아재가 들을 수 없다는 걸 뻔히 알면서도 아주 대화를 하듯이 맞장구를 쳐댄다. 에이, 둘 다 아주 시끄럽다니까, 내가 정말…….

"어쨌거나 오늘 잘 왔다. 우리 영숙 씨가 괜히 네가 어른거린다고 한번 데리고 왔으면 하던데, 오늘 저녁은 우리 집에서 먹는 거다. 알았지?"

"아니, 저는 별로……."

아재는 내 말은 기다리지도 않고 휴대전화를 들었다. 나에게 다른 약속 따위가 있을 리 없다는 걸 잘 알고 있으니 예의상으로라도 대답을 듣지도 않는다. 쳇.

"어, 영숙 씨. 나예요. 응, 오늘 신목이가 왔어요. 그래, 내가 올 것 같다고 했잖아요. 맞아. 참 귀신같이 오더라니까. 그래요? 삼겹살 좋지요! 끝나자마자 신목이 데려갈게요. 그래, 이따 봐요."

아재는 영숙이 누나와 신나게 통화를 해댔다. 내 사정 따위는 물어보지도 않고 늘 이런 식이다. 하지만 싫지는 않았다. 잔소리가 많아서 그렇지 아재는 좋은 사람이니까. 더구나 아재와 결혼한 우리 영숙이 누나는 진짜 두말할 나위 없이 착한 사람이니까. 난 두 사람을 만나는 게 싫지 않았다.

영숙이 누나를 안 건 오래전 일이다. 황남이 아재보다도 훨씬 더 오래전부터 알았다. 우리 할매가 살아 있을 때, 그러니까 내가 학교 다닐 걱정 따위는 하지 않아도 될 만큼 아주아주 어렸을 때 영숙이 누나는 종종 누나네 할머니를 따라 우리 서낭당을 오갔다. 성격이 좀 지랄 같은 데가 있는 우리 할매의 마음을 유일하게 맞춰주는 착한 할머니가 바로 영숙이 누나네 할머니였다. 영숙이 누나는 아버지는 없고 어머니만 계셨는데, 그나마 어머니마저 도시에서 일을 하느라 한 달이나 두 달에 한 번쯤 집에 내려왔다. 할머니랑 둘이 사는 게 비슷해서였는지 영숙이 누나는 나를 참 귀여워했다. 동생처럼 데리고 다니며 같이 놀아주고, 친구 한 명 없는 날 위해 이 심심한 서낭당 언덕배기로 종종 놀러 와주었다.

내가 초등학교에 들어간 뒤에는 아주 우리 친누나처럼 굴었다. 1학년 때는 나를 놀리는 놈들이 있으면 영숙이 누나가 달려와 따끔하게 혼쭐을 내주기도 하고 나 대신 선생님한테 일러서 나쁜 놈들을 혼나게도 했다. 그래서 사람 대하는 게 아주 어설픈 나도 영숙이 누나만큼은 살갑게 생각하는 데가 있었다.

그래서인지 영숙이 누나네 할머니가 돌아가셨을 때 나는 영숙이 누나만큼이나 슬피 울었다. 우리 할매가 "느그 할매가 죽은 줄 알겠다. 니가 나 죽어도 그렇게 울겠냐"라고 툴툴거릴 정도로 나는 눈물이 쏙 빠지도록 울어댔다. 사실 우리 할매가 죽었을 때는 별로 눈물이 나지 않았다. 그때는 나보다 영숙이 누나가 더 많이 울어주었다. 어쩐지 나는 할매가 죽을 걸 짐작하고 있었고, 그 짐작이 이뤄졌을 뿐이었다. 또 할매가 다시 올 거라는 느낌이 들었는데, 정말로 죽은 할매가 다시 내 곁으로 돌아왔다.

내가 중학교를 이예 그만두고 집에 틀어박힌 뒤로 영숙이 누나를 만나는 건 뜸해졌고 영숙이 누나가 사회복지사 아재랑 결혼한 뒤에는 만나는 날이 더욱 뜸해졌지만, 그래도 이렇게나마 나를 챙기는 건 영숙이 누나뿐이었다.

"신목아, 마침 정미소에서 묵은쌀을 기부해줬어. 너 줄라고 여기 챙겨놨다. 너한테 맞을 만한 옷들도 좀 챙겼어. 이건 영숙 씨가 준 거야. 그리고 이건 사랑회에서 보내준 김인데, 이거 박스째로 다 가져가. 요즘은 어찌 된 일인지 먹을 게 들어와도 가져간다는 사람이 많질 않아서 말이야."

'아이고, 그거 잘됐네, 잘됐어! 총각, 고마워. 아이고, 정말 고마워!'

아재가 챙겨주는 쌀 포대와 김 박스를 보며 할매는 아예 춤을 출 기세였다. 하지만 나는 별로 기분이 좋지 않았다. 먹을 걸 가져가는 사람이 많이 줄었다는 말 때문이었는데, 그건 어쩌면 당연한 일이었다. 마을 사람들이 눈치채지 못하는 사이 여기저기에서 시체가 늘어가는 게 그 이유일 것이다. 시체들은 사람인 척 돌아다니지만 사람들의 음식을 먹지는 않았다. 아재가 도와주던 사람들 역시 하나둘 시체로 바뀌고 있으니 그런 사람들이 먹을거리를 가지고 가지 않는 게 분명했다. 내가 봤을 때는 가족 중에 한 명이 먼저 시체로 바뀌고 나면 나머지 가족들도 하나둘 시체로 바뀌어 가는 것 같았다. 그리고 그 주변에 사는 이웃들까지 서서히 걸어 다니는 시체로 바뀌는 모양이다. 이상한 점은, 이런 괴상한 변화를 알아채고 있는 게 나 혼자뿐이라는 사실이다. 사실 나는 별로 알고 싶지 않은데. 산 사람들의 기억 속에도 이상한 일이 일어나는지, 눈을 뜨고도 제대로 보지 못하는데 말해주기도 뭐한 일이었다.

어쨌든 나는 아재가 퇴근할 때까지 기증품을 나르기도 하고 박스 수를 확인하기도 하면서 아재를 도왔다. 퇴근 시간이 되자 아재와 나는 몇 박스나 되는 상자와 쌀 포대를 아재의 경차에 실었다. 워낙에 작은 차라서 뒷좌석이 가득 차버렸다. 그렇게 내게 줄 짐을 싣고 아재는 읍내 끝에 있는 집으로 차를 몰았다. 우리 동네 자체가 높은 지대에 자리한 작은 마을인지라 황남이 아재의 경차는 자꾸만 오르락내리락을 반복했다.

아재와 영숙이 누나네 집은 오래된 빨간 벽돌집으로, 주인아주머니네와 붙어 있는 조그만 셋집이었다. 부엌 하나에 방 두 개가 딸린 집은 좁지만 영숙이 누나가 아주 앙증맞게 꾸며놓은 덕에 무슨 소공녀네 집 같은 느낌이 들었다. 사실 나 같으면 저런 식으로 집을 꾸미면 아주 소름이 돋을 것 같은데, 아재는 영숙이 누나가 집 안을 분홍색으로 칠하고 꽃무늬 커튼을 만들어 달아도 좋다고만 했다. 내가 보기에 이건 분명 아재의 취향과도 멀 것 같은데, 팔불출인 아재는 영숙이 누나가 하는 것이라면 무조건 맘에 드는 모양이었다.

사실 영숙이 누나가 고등학교를 졸업하자마자 냉큼 결혼하겠다고 하자 누나네 어머니는 우리 할매를 찾아와 눈물 콧물을 쏟았다. 우리 할매는 눈앞에 보물이 나타났으니까 황남이 아재를 꽉 잡으라고 영숙이 누나의 편을 들어주었다. 할매가 용했는지 어쨌는지는 몰라도 내가 봐도 영숙이 누나는 결혼을 잘한 것 같다. 영숙이 누나 말이라면 뭐든지 껌뻑 넘어가는 아재를 만났으니까 말이다. 그렇지만 내가 보기에 아재야말로 진짜 보물을 만난 것이다. 저렇게 예쁘고 착하고 다정한 영숙이 누나가 아재 색시가 되었으니까 말이다. 딴 사람은 아예 여잔지 남잔지 관심도 없는 내게 영숙이 누나만은 여자로 보일 정도니까. 예쁘고 착한 진짜 여자 말이다.

"신목아, 어서 와. 요즘엔 왜 이렇게 읍내에 나오질 않니? 좀 더 자주 오면 좋을 텐데."

꽃무늬 앞치마를 두른 영숙이 누나가 문을 활짝 열며 우리를 반겼다. 영숙이 누나 뒤로 벌써부터 고소한 기름 냄새가 풍겨왔다.

지글지글 구워지는 고기 앞에서 누나의 손이 바삐 움직였다. 고기가 구워지기 무섭게 황남이 아재와 내 그릇 위로 척척 올려주느라 누나는 거의 먹지도 못하는 것 같았다. 아재가 굽겠다고 해도 한사코 집게를 놓지 않으니 아재가 쌈에다 고기를 얹어 누나를 먹여주었다. 그 모습을 보는 동안 내 얼굴이 다 빨개졌다.

"오늘 마침 기증품이 잔뜩 들어와서 줄 게 많았는데 아주 잘됐다니까요. 하여간 이 녀석은 이럴 때 보면 아주 귀신이야, 귀신!"

아재의 말에 영숙이 누나가 씨익 웃으며 나를 바라보았다.

"당연하지요. 얘 이름이 신목인 걸요. 성황당 앞에 선 성황목의 정기를 타고난 아이라고 할머니가 늘 말씀하셨죠. 우리 신목이는 아마 모르는 게 없을 걸요?"

누나는 내가 뭐라도 되는 양 추켜세우는데 부끄러워서 고개를 들 수가 없었다.

"그래, 그럼 모르는 게 없는 우리 신목이…… 요즘 왜 이렇게 쌀을 준다고 해도 다들 받아가지 않는 거지? 정미소에서 묵은쌀이 들어오면 전에는 게 눈 감추듯 사라졌는데 요즘에는 소진이 느려진 것 같아. 왜 그럴까?"

"그건……."

'마을 사람들이 하나둘씩 자꾸만 시체로 바뀌어서 그래요. 걸어 다니는 시체들은 먹지 않으니까요. 하지만 이상하게도 사람들은 이웃이 시체로 바뀌는 걸 눈치채지 못하고 있어요. 아재도 누나도 조심하세요. 그런 시체들이랑은 아예 마주치지 말아야 해요'라고 말하고 싶었지만 목구멍이 꽉 막혀 말하기가 힘들었다.

"그러고 보니 오빠, 좀 이상한 일이 있었어요. 제가 며칠 전에 비가 온다고 김치전을 부쳤잖아요? 그날 낮에 혼자 사는 감나무집 할머니께 드리려고 갔는데……."

누나가 말을 다 마치기도 전에 내가 깜짝 놀라 그 자리에서 벌떡 일어섰다.

'아이고, 영숙아! 거길 가면 어쩌냐!'

할매의 탄식도 들려왔다. 누나가 말하는 감나무집 할매가 시체가 된 건 아마 몇 달 전이었을 것이다. 그때, 비가 몹시도 오는 날에 감나무집 할매가 빗길을 저벅저벅 걸어가는 모습을 보고 내가 놀라 우산을 들고 쫓아가려 했다.

'안 돼야. 가지 말어! 가지 말어, 신목아!'

그때 우리 할매가 어찌나 고래고래 소리를 질러대던지 감나무집 할매에게 우산을 갖다 줄 수가 없었다. 나는 죄의식 비슷한 것을 느끼면서 우리 집 마당을 서성였다. 방에 들어가기도 그렇고 감나무집 할매를 따라 언덕을 오르기도 그렇고. 이래저래 기분이 엉망이었다. 그런데 얼마 지나지 않아 감나무집 할매가 언덕길을 내려오는 모습이 보였다. 할매가 언덕배기를 올라 저 멀리로 갈 때만 해도 분명히 산 사람이었다. 그런데 비가 그치고 하늘이 어둑어둑해져서야 돌아오는 할매는 시체로 변해 있었다. 빗길에 굴렀는지 어쨌는지는 몰라도 꼴이 말이 아니었다. 시간이 얼마 지나지 않은 사이에 산 사람이 죽은 사람으로 뒤바뀐 모습을 보는 건 정말 무시무시한 경험이었다.

　놀란 얼굴로 죽은 감나무집 할매의 모습을 보는데 재수 없게도 두 눈이 딱 마주쳤다. 눈이 마주치자 시체가 된 할매가 퀭한 얼굴로 내 쪽으로 다가왔다. 우리 할매 귀신하고 감나무집 할매 귀신이 다른 점은 그거다. 육신이 있는가 없는가. 우리 할매는 나한테 영혼만 달라붙어 있지만 감나무집 할매는 몸뚱어리가 산 사람처럼 움직였다. 빈 육체 안에는 뭐랄까, 텅 빈 영혼 같은 것이 들어있는 듯했다. 영혼은 진짜 감나무집 할매가 아니라 다른 영혼들이 뭉쳐 있는 느낌이었다. 나는 날 바라보는 시체의 눈이 너무 무서워서 발이 움직이지 않았다. 그렇게 우리 집의 좁은 마당에 옴짝달싹도 못하고 서 있는데 우리 할매가 아주 난리법석을 피워댔다.

　'나가, 이년아! 이 잡것아, 우리 신목이헌테는 얼씬도 하지 말랑게! 이 망할 것들이 어디서 지랄이여, 지랄이! 당장 저리로 가

랑게, 당장! 우리 손주한테 손끝이라도 닿았다간 내가 가만두지 않을 텡게 당장 나가라, 이년아!'

우리 할매가 소리소리 지른 덕에 감나무집 할매는 도로 읍내 쪽으로 몸을 틀어 사라졌다. 우리 할매는 저도 귀신이면서 시체가 되어버린 감나무집 할매를 그날 하루 종일 욕해댔다. 그 일이 있고 나서 께름칙한 마음에 한동안 감나무집 앞을 왔다 갔다 했는데, 할매가 시체가 되고 열흘쯤 지나 그 뒷집에 살던 식구들이 차례로 시체가 되었다. 그 모습을 모두 지켜보면서 움직이는 시체 주변에 있는 사람들도 하나둘 죽게 되는구나 하는 생각을 했다. 그런데 그 집을 우리 영숙이 누나가 부침개를 들고 찾아갔다니 내가 아주 놀라 자빠질 지경이었다.

"왜 그래, 신목아?"

"아아. 아니, 발이 좀……."

나는 괜스레 다리를 쓸며 쥐가 난 척했다. 생각해보니 귀신이니 시체니 떠드는 게 이상해 보일 것 같았다.

"아유, 그러게 편히 앉지 그랬니."

누나와 아재가 멀쩡한 내 다리를 조물거리는 동안 나는 점점 더 얼굴이 붉어졌다. 그러면서도 우리 영숙이 누나에게 별일이 없었는지 가슴이 벌렁거렸다.

"그런데 감나무집 할머니를 뵀다고요?"

"아 참, 그렇지. 네, 오빠. 그날 제가 김치전을 들고 할머니 댁에 갔는데요, 아무리 불러도 할머니가 대답을 안 하시는 거예요. 방문이 열려 있어서 들여다봤더니 불도 켜지 않은 깜깜한 방에 TV만 켜놓고 계시더라고요. 근데 눈이 더 나빠지신 건지 아예 TV 코앞에 앉아 계시더라고요. 몇 번이나 불러도 대답을 안 하시기에 부침개만 드리려고 했더니…… 갑자기 할머니가 소리치면서 저더러 나가라고 하셨어요. 김치전만이라도 놓고 나오려고 방 안으로 밀어 넣었더니 그릇째 내팽개치고……. 그때 좀 많이 놀랐어요."

"아니, 그걸 왜 지금 얘기해요?"

"기분이 너무 이상해서 오빠한테 말도 못했어요. 먹을 것들이 소진되지 않는다는 말을 듣고 문득 생각났어요. 할머니도 뭘 드시는 것 같지가 않기에."

"그래요, 감나무집 할머니가 그러시다니……."

영숙이 누나와 아재가 심각하게 감나무집 할매 이야기를 하는데, 나는 가슴이 쪼그라드는 기분이었다. 감나무집 할매가 걸어다니는 시체가 되고 나서 그 주변 사람들도 하나둘 시체가 되는 모습을 보았으니 우리 영숙이 누나마저 거기서 얼쩡거리다가 시체가 될까 걱정이 되어서였다.

'허이구, 내가 준 부적이 아니었으면 아주 사달이 났겠구나.'

우리 할매가 중얼거리는 소리가 들렸다. 나는 할매가 바라보는 곳이 어딘지 알 것 같았다. 영숙이 누나가 가슴께를 쓸어내리며 무언가 봉긋한 것을 매만졌다. 목을 보니 얇은 가죽 끈이 희끗거렸다. 누나의 목에 목걸이가 걸려 있는 것이다. 할매 말을 들어

보자니 목걸이 안에 할매가 써준 부적이 들어 있었던 모양이다. 우리 할매와 영숙이 누나네 할머니가 절친한 사이다 보니 할매가 부적을 써준 적이 많았다. 우리 할매가 별로 용한 무당은 아닌데 어쩌다 보니 영숙이 누나한테 써준 부적은 효험이 좀 있었던 모양이다. 나는 '에효' 하고 작게 한숨을 쉬었다. 할매의 부적이 있었으니 그렇게 쫓겨나고 말았지, 잘못했으면 영숙이 누나까지 시체로 변했을지 모른다고 생각하니 뒷골이 송연해졌다.

"누나, 가지 마요! 절대로! 다시는! 감나무집 근처에 가지 마요!"

나는 스스로도 깜짝 놀랄 정도로 크고 단호하게 말해버렸다. 원래 목소리도 작고 말도 느린 편인데 이 말은 아주 크고 빠르기까지 했다. 내 말에 영숙이 누나도, 아재도 놀란 눈으로 날 바라보았다.

"어, 으응, 알았어. 안 갈게."

영숙이 누나는 의문이 가득한 얼굴이었지만 고맙게도 더 물어보지 않고 고개를 끄덕였다. 자세히 설명하지 않아도 내가 하는 말이 중요하다는 걸 이해한 눈치였다. 황남이 아재는 더 물어보고 싶은 말이 있는 것 같았지만 영숙이 누나가 곧장 고개를 끄덕이자 아쉬운 듯 입맛만 쩝쩝거렸다. 나는 할 말을 다하고는 고개를 숙인 채 밥이랑 고기만 푹푹 집어넣었다. 내 성격을 잘 아는 누나도 더 이상 말을 시키지 않았다. 설명도 없고 앞뒤 맥락이 없어도 내 말에 이유가 있다는 걸 누나만은 이해해주리라는 생각이 들었다.

영숙이 누나가 차려준 삼겹살을 한 상 먹고 일어섰을 때는 하늘이 아예 어두워져 있었다. 쌀 포대랑 먹을 것, 입을 것들이 황남이 아재 차의 트렁크와 뒷좌석에 가득해서 아재가 집까지 데려다주겠다며 일어섰다. 인사를 하고 집을 나오는데 심장이 뜨뜻했다. 피붙이인 아버지나 어머니는 어디에서 무얼 하고 사는지 연락도 없는데 피 한 방울 섞이지 않은 사람들이 이렇게 날 생각해주는 것이 너무나 고마워서 눈시울이 조금 붉어졌다.

실컷 먹고 나서는데 영숙이 누나가 내 손을 붙잡았다.

"신목아, 다음 달에도 또 와야 한다. 알았지? 뭐 먹고 싶은 거 있으면 그거 해놓을게. 나는 네가 내 친동생 같아. 그러니까 너도 나 편히 생각하고 아무 때나 와. 알았지?"

"네, 누, 누나. 그런데 누나, 저기…… 우리 할머니가 준 목걸이…… 꼭 하고 다녀야 해요."

"목걸이? 어머, 봤니? 으응, 알아. 나 늘 하고 다녀. 우리 할머니도 신신당부하셨거든. 너네 돌아가신 할머니가 신력을 다해 만들어주신 목걸이라고. 이거…… 행운을 불러주고 불운을 막아준다고 하셨어. 근데 진짜로 이 목걸이 걸고 다니면서 늘 행복이 나를 따라다니는 거 같아. 그래서 꼭 하고 다녀. 걱정하지 마."

그러면서 누나는 목에서 기다란 목걸이를 꺼내 보여주었다. 옷 속에 묻혀 있던 목걸이가 누나의 손안에서 동글거렸다. 호두 모양의 동그란 펜던트가 얇은 가죽 끈에 매달려 있었다.

'거럼거럼. 역시 영숙이구나. 하여간 예쁜 아이라니까. 끌끌

끝······.'

영숙이 누나를 보며 우리 할매는 아주 신이 나서 고개를 끄덕였다. 죽은 다음에도 신력이 남아 있는지 어쩐지는 몰라도 살아생전에 마음을 가득 담아 만든 목걸이에는 힘이 남아 있는 모양이었다.

"신목아, 잘 가!"

아재의 경차에 올라탄 뒤에도 영숙이 누나는 연신 손을 흔들었다. 차가 출발하고 슬쩍 뒤쪽을 돌아보니 환한 불빛 아래 사라져가는 자동차를 내내 바라보는 영숙이 누나의 그림자가 보였다. 나는 영숙이 누나의 긴 그림자가 사라질 때까지 차창 밖의 거울을 바라보았다. 길게 늘어진 그림자에 왠지 가슴이 뜨듯해졌다.

2

언덕배기는 늘 그렇듯이 캄캄했다. 오늘처럼 초승달이 뜨는 날에는 초저녁에 잠깐 달이 비치고 말아서 더더욱 침침한 느낌이 들었다. 아재의 경차가 비춰대는 하얀 불빛이 없었다면 언덕을 오르내리기가 힘들었을 것이다. 그래도 성황당 앞까지 오면 성황목 옆에 황색 가로등이 하나 서 있어서 멀리 오가는 사람들에게는 마을 입구를 표시해주고, 내게는 앞마당을 훤히 비추어주었다.

차가 멈추고 뒷문을 열었다. 황남이 아재와 누나가 챙겨준 쌀과 반찬, 옷가지가 뒷좌석에 가득했다. 빈틈없이 들어찬 그 짐들을 보는데 가슴이 좀 먹먹해졌다. 울 할매는 신이 나서 내 등허리에서 덩실덩실 춤을 추었다. 살아생전에도 뭔 물건들을 그렇게 주워 모으더니 죽어서도 물건이 들어오면 좋아하는 할매를 말릴 수가 없다.

"신목아, 볼일이 없을 때도 가끔 읍내까지 왔다 갔다 하는 게 어떠냐? 학교에 다시 가라는 말이 아니라 네가 너무 방구석에만 처박혀 있어서 하는 말이다. 키도 더 커야 할 테고, 근육도 좀 더 생겨야 할 텐데. 이게 뭐냐. 아직도 초등학생 몸처럼 삐쩍 마르기만 해서 말이다."

짐을 다 옮기고 떠나가기 전에 황남이 아재는 늘 잔소리로 마지막 인사를 대신했다. 나는 아재의 말을 듣는 둥 마는 둥 바닥만 바라보았다.

"읍내까지 나오기 힘들면 감나무집 할머니네 근처라도 왔다 갔다 하고 그래. 매일 그 정도는 운동해야지. 주민센터에 오면 운동기구도 자유롭게 사용할 수 있는데. 어쨌든 나 간다."

황남이 아재가 손을 휘휘 흔들며 눈앞에서 사라져갔다. 하얗고 빨간 자동차 불빛이 눈앞에서 멀어졌다. 그 불빛을 보는데 팬스레 맘이 벌렁벌렁거렸다. 황남이 아재의 마지막 말이 내 머릿속을 어지럽혔다.

'감나무집 할머니네 근처라도 왔다 갔다 하고 그래.'

그 말이 귓가에 맴돌았다.

"젠장!"

나는 왼발을 번쩍 들어 땅바닥을 확 차버렸다. 못 들었으면 좋았을 말을 들었다는 생각이 들었다. 황남이 아재는 내내 기억하고 있었던 것이다, 영숙이 누나가 들려준 감나무집 할매 이야기를. 그게 마음에 걸렸다. 하필이면 감나무집 할매 이야기를 하다가 가버리다니…… 맘이 좋질 않았다.

'못 들은 척혀. 얼른 들어가 자버리랑께!'

할매가 귓가에다 내내 같은 말을 반복하고 또 반복했다. 그것도 기분이 나빴다. 할매가 그렇게 자꾸만 같은 소리를 해대니까 느낌이 더 안 좋았다. 할매는 내가 뭔가를 알게 될까봐 자꾸만 그 말을 하고 또 하는 것 같았다. 그래서 나는 할매가 다그쳐도 방으로 들어갈 수가 없었다. 밤이 늦도록 누런 불빛 하나만 비치는 성황목 아래를 바라보며 집 앞을 서성였다.

성황목 앞으로 뚫린 고갯길을 제외하면 세상은 참 캄캄했다. 우리 집도 까맣고, 숲도 까맸다. 저 아래 읍내 쪽은 한참 동안 캄캄하다가 사람들이 사는 마을에 가서야 점점이 불빛이 들어왔다.

황남이 아재가 보일 리 없었지만 마을 저편에 영숙이 누나와 아재의 집이 있을 법한 곳을 쳐다보았다. 집 앞을 한 바퀴 돌다가 쳐다보고, 산마루 쪽을 서성대다가 또 쳐다보고, 이리저리 왔다갔다 하며 내내 저 멀리 작은 불빛을 쳐다보았다. 그래도 마음이 싱숭생숭한 게 요상했다.

사박…… 사박…….

그래, 이런 소리가 날 줄 알았던가 보다. 할매는 얼른 집 안으로 들어가라며 노발대발했지만 나는 그럴 수가 없었다. 할매가 숨기고 있는 앞으로의 일을 이미 가슴은 알고 있었던 모양이다.

그림자가 어릿어릿 집 앞으로 다가왔다. 나는 성황목 뒤에 단단히 숨어 내 모습이 그림자에 완전히 사라지도록 몸을 감추었다. 기다랗던 그림자가 점점 짧아지며 모습을 드러냈다. 망할! 그림자는 하나가 아니었다. 맨 앞에서 비척거리며 뻣뻣한 걸음을 옮기는 것은 감나무집 할매였다. 할매 뒤로는 감나무집 뒷집에 살던 노총각 형제가 따랐다. 나는 노총각 아재들이 할매의 뒤를 이어 얼마 전에 시체가 되어버렸다는 걸 알고 있었다. 그런데 아재들의 두 팔에 다른 한 사람이 있었다. 정신을 잃은 것처럼 두 사람 사이에서 질질 끌려가는 사람은…… 아아, 나의 예감대로 황남이 아재였다. 아아, 망할!

나는 두근거리는 마음을 붙잡으며 정신을 잃은 황남이 아재를 살펴보았다. 통나무처럼 삐걱삐걱 걸어가는 두 노총각 사이에서 황남이 아재는 두 팔을 붙들린 채 머리를 푹 숙이고 있어서 얼굴이 보이지 않았다. 다리는 완전히 풀려 땅 위를 질질 끄는 빗자루 꼴이었다. 나는 숨을 죽이며 그들이 성황목 아래 밝은 불빛 속을 지나가는 모습을 바라보았다.

아재도 죽었나? 영혼이 달랑달랑 날아가버렸나? 눈에서 눈물이 나올 것만 같았다. 환한 불빛 아래로 살아 움직이는 시체들이 지나가는데…… 우리 할매도 긴장을 했는지 한마디도 지껄이지 않았다. 그러다가 황남이 아재가 불빛 아래를 지나 멀리 어둠 속으로 사라지자 그제야 나는 긴 한숨을 내쉬었다.
"살았어. 그지, 할매?"
목소리가 발발 떨렸다. 할매는 아무런 대답도 하지 않았다. 할매 역시 황남이 아재가 살아 있다는 걸 알고 있는 게 분명했다. 하지만 표정이 아주 굳어서 아무 말도 하지 않았다.
"나, 나…… 가야겠어, 할매. 하, 할매가 쓰던 거 좀 가지고 갈게."
'죽으려고 환장을 했냐, 이놈아! 이 미친놈아! 이 빌어먹을 쌍놈아! 나가 너 뒈지는 꼴을 볼라고 이 지경으로 남은 줄 아냐, 이놈아! 껄떡댈 생각 말고 당장에 집에 들어가 잠이나 처자라, 이놈아!'
할매는 귀가 다 멀 정도로 고래고래 고함을 질러댔다. 머리가 지끈거렸지만 나는 할매 말은 모른 척했다. 할매가 아무리 소리치고 난리를 부려도 소용이 없었다. 황남이 아재는 살아 있었다. 그리고 황남이 아재는 영숙이 누나의 남편이었다. 그리고 황남이 아재를 구할 수 있는 사람은 나밖에 없었다.
나도 무서웠다. 할매가 저렇게 고래고래 소리를 지르지 않아도 충분히……. 그래서 자꾸자꾸 눈이 몽글몽글해졌다. 자꾸 삐질삐질 눈물이 새나왔다. 그래도 어쩌랴. 나밖에 없잖은가. 영숙이 누나 남편이잖은가. 둘이 알콩달콩 사는 걸 봤는데 내가 어떻게 황남이 아재를 그냥 두겠느냐 말이다!
나는 후다닥 신을 벗어 던지고 방으로 들어갔다. 그러고는 방구석에 있는 작은 문을 통해 다락방으로 올라갔다. 할매가 죽은 뒤로 꽁꽁 싸매두었던 짐을 펼쳐 살아생전 할매가 써두었던 부적이랑 부채랑 그림이랑 방울이랑…… 하여튼 눈에 보이는 건 죄다 까만 등가방에 쓸어 넣었다. 그동안에도 할매는 미친 사람처럼 내내 소리를 질러댔다.

나는 있는 힘껏 내달렸다. 그동안 뒤를 밟은 적은 없지만 시체들이 대충 어디로 가는지는 감이 왔다. 우리 마을 동산에서 제일 깊고 음습한 곳. 옛날, 빨래하는 사람들이 죄다 모였다는 우물가였다. 예전에는 우물가 바로 아래쪽에 여자들이 먹을 감을 수 있도록 작은 도랑 같은 것도 만들어두었기 때문에 우물은 길가가 아닌 산비탈로 조금 더 올라가야 했다. 그래서 산 아래서는 우물가가 잘 보이지 않았다. 지금은 흙으로 우물을 메워둔 상태였다. 우물가에서 목을 매거나 우물에 빠져 죽은 사람이 늘어났기 때문이었다. 나는 살아 있는 사람들이 그 근처로 갔다가 내려올 때쯤엔 걸어 다니는 시체로 둔갑한다는 걸 전부터 짐작하고 있었다.

길을 쭉 따라가면 가까울 테지만 어쩐지 그건 위험할 것 같았다. 그래서 시간이 조금 걸리더라도 성황목 뒤쪽으로 올라가기로 했다. 성황목 아래를 지나는데 가슴이 뜨끔거렸다. 그래서 두 손을 모아 나무를 향해 고개를 숙였다.

"나는 네 정기를 받아 태어났대. 그러니까 네가 나를 좀 살려줘. 나 무서워서 죽을 것 같으니까 네가 나 좀 도와줘. 진짜 진짜로 나 좀 도와줘. 나 진짜 겁나게 무서우니까, 제발 좀 도와줘라."

두 손을 모아 껌뻑 절을 하고 산 위로 오르는데 뜨거운 눈물이 찔끔거렸다. 우리 할매는 나를 말리는 걸 포기했는지 잠잠했다. 아무 말도 없이 내가 하는 대로 가만히 지켜보고만 있는 것을 보면 아주 삐친 것 같기도 했다. 할매가 소리를 지를 때도 괴로웠지만 아예 입을 닫고 있는 것도 맘이 편치 않았다. 이러나저러나 나는 달렸다. 황남이 아재와 영숙이 누나만 생각하면서 달렸다. 그렇게 산 위를 빙 돌아 우물가로 달렸다. 달리다가 무슨 소리가 들리는 것 같으면 잠깐 멈추었다가 아무도 없으면 또다시 달리기를 반복했다. 그렇게 한참을 달리자 저 앞에 우물가가 보였다.

'숙여! 숨도 참어, 신목아!'

우물가가 눈에 들어오는 그때, 잠자코 있던 할매가 내 귓가에 속삭였다. 나는 그대로 고개를 숙이고 발걸음을 멈추었다. 가만히 있으려니 사박사박 풀숲이 흔들거리는 소리가 들렸다. 할매가 알려주지 않았다면 정말 큰일 날 뻔했다. 몇 걸음 떨어지지 않은 곳에 사람이 지나갔다. 검은 그림자로 얼룩해서 누군지 알아보기 힘들었지만 산 사람의 냄새가 나지 않는 시체가 분명했다. 시체는 내가 있는 곳과 가까이 있었지만 다행히 나를 지나쳐 우물가 쪽으로 나아갔다. 나는 조금 거리를 두고 그 뒤를 따랐다. 시간이 지날수록 어둠이 눈에 익어 주위의 것들이 다 분간되었다. 특히나 숲 속에 숨어 우물가 아래쪽을 바라볼 때는 그곳에 모인 사람들의 모습이 훤히 들어왔다.

본래는 흙으로 메워져 있던 우물이 완전히 파헤쳐져 있었다.

내가 기억하는 한 우물가는 강아지풀이나 억새로 뒤덮여 우물의 형태가 보이지 않았는데, 왜인지 그 근처가 다 파헤쳐져 우물을 둘러싼 돌더미와 그 중심 부분이 움푹 들어가 있었다. 그리고 우물의 중심에는…… 망할! 황남이 아재가 누워 있었다. 아재는 완전히 정신을 잃었는지 팔다리를 쩍 벌리고 큰대자로 뻗어 있었다. 다행히 불룩거리는 가슴을 보아도, 아재 곁에 달라붙어 있는 영혼을 보아도 아직 죽지는 않았다.

나는 아재 주변을 찬찬히 바라보았다. 우선은 낯이 익은 사람들이 눈에 들어왔다. 감나무집 할매와 노총각 형제, 그리고 마을 외곽에 사는 독거노인들의 모습이 하나둘 구별되었다. 낯선 사람도 몇몇이 있었다. 그들은 산동네에 드문드문 흩어진 폐가에 언제부턴가 하나둘 나타나기 시작한 외지 사람이었다. 어째서인지 그런 시체들이 폐가에 들어와도 마을 사람들은 원래 있었던 사람인 것처럼 잘 구분하지 못했다. 그래서 마을에 돌아다니는 시체가 점점 더 늘어났던 것이다.

그들의 얼굴을 보자니 마을 외곽에 사는 사람들부터 하나둘 시체로 변해가는 것이 분명했다. 그리고 점점 더 마을 안쪽으로 침투해 들어갈 생각인 것이다. 황남이 아재가 시체로 변하면 우선은 영숙이 누나가 걸어 다니는 시체가 될 것이고, 그다음에는 주인집과 그 근처에 사는 사람들이 죄다 그렇게 변하겠지.

'아직 안 늦었당게. 집에 가자, 신목아.'

할매는 여태껏 희망을 놓지 않고 날 설득했다. 하지만 나는 돌아갈 생각 따위는 없었다. 사실 황남이 아재를 구하려는 용기도 코딱지만큼밖에 남아 있지 않았지만 가득한 시체들 사이를 빠져나가 다시 집으로 돌아갈 용기는 아예 없었다.
'하여간 네놈의 똥고집을 어뜩하냐!'
할매는 완전히 포기했다. 그리고 이제 마음을 바꿔 내가 황남이 아재를 데리고 이곳에서 살아나갈 방법을 찾느라 머리를 굴리기 시작했다. 할매라고 해봤자 뭐 뾰족한 수가 나올까마는 나도 믿을 건 할매뿐이었다.
'저 잡것들이 어찌 나오나 우선은 좀 보자. 나는 혹시 열루 누가 오는지 확인할 텡게 너는 저기 복지사 총각을 보도록 혀.'
할매가 말하지 않았어도 사실 내 용기는 바닥을 드러냈다. 나는 앞으로 더 나아갈 용기도, 뒤로 돌아갈 용기도 없었다. 그래서 숨죽여 저 아래 우물가만 바라볼 수밖에 없었다. 도대체 언제 이렇게 시체가 늘어났는지, 걸어 다니는 시체가 가득가득 모여들었다. 내가 이미 알고 있던 빈집의 시체들이 다가 아니었다. 낯선 얼굴의 시체가 하나둘 자꾸만 모여드는데······. 수십은 되어 보였다. 기가 차기는 할매도 마찬가지인 모양이었다. 저런 잡것들이 다 어디서 기어 나오는 거냐고 내내 툴툴대는 소리가 귓가를 울렸다. 그런 시체들 중에는 노총각 형제가 그랬던 것처럼 정신을 잃은 사람을 질질 끌고 오는 자들이 있었다.
한 시체는 여자이고, 또 한 시체는 남자인데 행색이 산길을 여행하다가 죽은 모습이었다. 여자도 남자도 둥그런 산악용 모자를 쓰고 바닥이 울퉁불퉁해 보이는 두툼한 등산화를 신고 있었다. 특히 여자 쪽은 알록달록한 빛깔의 티셔츠에 하얀 팔 토시까지 하고 양말은 무릎 아래까지 올려 신은 게 딱 산을 타다가 죽었구나 싶었다. 시체 인간들은 죽었을 때의 옷을 그대로 입은 채로 지내는 것 같았다. 시체에게는 먹는 것도, 입는 것도 더 이상 상관없을 테니까.

하여간 그 산악인 남녀 시체가 질질 끌고 오는 사람은 머리가 어깨까지 치렁치렁 내려오는 게 여자처럼 보였다. 그 사람 역시 황남이 아재처럼 정신을 잃은 채였다. 죽은 남녀가 그 여자를 황남이 아재가 누운 우물가에 아무렇게나 던져놓았다. 함부로 던지는 바람에 여자의 목 부분이 우물을 둘러싼 돌무지에 부딪히면서 '으음' 하는 신음 소리 같은 게 들렸다. 무지 아프겠다는 생각이 들어서 두 손으로 입을 막는데, 우물가에서 이상한 소리가 들려왔다.

우웅…….

바람도 불지 않고 다른 움직임도 없는데 전기가 흐르다가 무언가와 마주치는 것 같은 소리였다. 나는 입을 틀어막으며 숨죽여 바라보았다.

웅웅…… 우우웅…….

전기가 윙윙거리는 것 같은 소리는 점점 더 커졌다. 달도 없는 캄캄한 밤중에 어째 그리도 우물가의 모습이 다 분간되었는지 그제야 이해되었다. 우물가에는 눈에 띌 듯 말 듯한 푸른빛이 어물

어물 남아 있었던 것이다. 그것이 소리가 커지면서 점점 더 밝아지더니 퍼런 도깨비불이 되어 우물가 주변을 휙휙 돌아다니기 시작했다.

'저런 잡것들이 왜 이승을 돌아다니는 것이여! 저런 잡것들이 들어갈 몸주[身主]도 없으매 왜 열로 와서 세상을 뒤집어놓는 것이여!'

할매는 목구멍을 꽉 억누르는 것 같은 쇳소리로 중얼거렸다. 눈앞에서 퍼렇게 움직이는 저것들은 영혼이 분명했다. 우리 할매처럼 말이다. 하지만 우리 할매는 나처럼 들어올 곳이 있지만 저것들은 들어갈 육신이 없는데도 이승으로 꾸역꾸역 기어 나오는 것이다.

할매처럼 손주를 조금이라도 돌봐주고 산 사람들을 도와줄 생각이 아닌 것도 분명하다. 그런 것들이 왜 저승에 있지 않고 자꾸만 이승으로 건너오는 건가. 할매는 대단히 불만이 많아 보였다. 이승이 엉망진창이 되면 할매가 가진 유일한 소망인 '내가 잘 먹고 잘 살' 수가 없기 때문이다.

시퍼런 영혼들의 불꽃이 휘돌자 주변에 서 있던 시체들이 우두커니 그 모습을 바라보았다. 넋이 빠진 것처럼 멍한 눈빛이었다. 그러다가 우물가에 제일 가까이 있던 시체가 바닥에서 허여멀건 것을 들어올렸다. 뭔가 싶어 뚫어져라 보았더니 특별한 건 아니고 근처에 떨어진 돌 조각 같았다. 동네에서 본 적이 없는 낯선 얼굴의 남자 시체였는데, 몸집이 우람해 보였다. 그자가 희끗희끗한 돌 조각을 한 손에 움켜쥐더니 아무런 망설임 없이 정신을 잃은 여자의 머리에 내리꽂았다. 정말 끔찍한 일이었다. 아무런 감정도 섞이지 않은 동작으로 사람이 사람을 향해 공격을 해댄다는 것은……!

"으아악!"

그리고 그 장면을 바라보던 내 입에서 비명이 들려온 것도…… 끔찍하고 무시무시한 일이었다.

'이런 망할! 신목아, 이 병신 같은 놈아! 이런 망할 놈아!'

할매가 내지르는 욕지거리는 차라리 날 위로해주는 소리였다. 어떤 감정도 느껴지지 않는 시체들의 허연 눈동자가 일시에 내가 있는 곳을 향하는 것에 비하면.

"꺄아악!"

나를 바라보던 시체들 중 절반은 내 고함에 이어 터져 나온 자지러지는 비명 소리에 다시 고개를 돌렸다. 건장한 시체가 내던지는 돌멩이에 비껴 맞은 여자가 정신을 차린 모양이었다. 그 여자가 한쪽 이마에 피를 철철 흘리면서 심장이 오그라들 정도로 새된 비명을 질러댔다.

'신목아, 달려라! 도망가, 얼른! 성황당으로 달아나!'

할매가 내 귓가에 미친 듯이 소리쳐댔지만 나는 움직일 수가 없었다. 두 다리가 완전히 마비된 것만 같았다. 몸이 뻣뻣하게 굳어 움직이지 않았다. 게다가 내 의지대로 다리가 움직이지 않았다. 검은 숲에서 무언가 서걱서걱하는 소리를 듣는 순간, 이성적으로는 절대로 다가가선 안 되는 곳을 향해 내달렸다. 망할! 나는 검은 숲이 아니라 우물가 황남이 아재와 머리가 깨진 여자 쪽으로 달려가고 있었다. 나는 비틀거리는 발걸음으로 아직도 정신을 잃은 황남이 아재 곁에 풀썩 주저앉았다. 비명을 지르던 여자가 내 겁먹은 발걸음을 보고 비명을 멈추었다. 그 여자의 한쪽 머리에서 흐른 피가 눈가를 적시고 있었다. 무서웠다. 끔찍했다.

'이 미친 새끼야, 신목이 이놈아!'

이 욕을 마지막으로 할매는 내게 던지던 욕지거리를 멈추었다. 대신에 할매의 거친 욕설은 살아 있는 우리 세 사람 주변에 가득한 시체들을 향해 시작되었다.

'너거들 여기 오기만 해보랑게. 이 잡것들아, 내 새끼 건들기만 해보랑게. 내가 아주 쌍것들을 저승 끝까지 쫓아가 괴롭힐 텡게. 이 시체 놈들, 내 새끼한테 껄떡대기만 해보랑게. 아주 내가 너거들을 죽여버릴랑게. 두고 보랑게!'

할매의 말이 먹혀들었는지 어떤지는 몰라도 시체들은 멍한 얼굴로 섣불리 다가오지 않았다. 할매는 매서운 얼굴로 악다구니를 하면서도 내게 이것저것 시키는 것도 잊지 않았다.

'신목아, 이놈아. 내가 적어둔 부적 다 꺼내라, 이놈아. 아까 넣어온 방울도 꺼내라, 이놈아. 다 꺼내, 다! 네가 갖고 온 거 다 끄집어내란 말이여!'

나는 까맣게 잊고 있던 등가방 속의 물건들을 꺼내기 시작했다. 할매가 시키는 대로 할매가 살아생전에 적어둔 부적을 황남이 아재 주머니랑 내 주머니에 쑤셔 넣고 몇 개는 이마가 깨진 여자의 손아귀에 쥐여주었다. 여자의 손이랑 내 손이 부딪혔을 때, 나는 우리 둘이 얼마나 벌벌 떨고 있는지를 깨달았다. 여자는 이 상황에 대해 묻고 싶었겠지만 입도 떨어지지 않는 것 같았다.

웅웅…… 우우웅…….

하지만 할매의 부적이 아무 소용이 없는지 시퍼런 귀신불이 우리 머리 위를 뱅글뱅글 돌았다. 처음엔 우리 주위로 다가오지 않더니 잠시 후에는 아예 우리 몸을 꿰뚫을 것처럼 왱왱거리며 가까이 다가왔다. 할매가 소리치고 발광하는데도 아랑곳하지 않았다. 푸른 불이 그렇게 우리 주변을 가깝게 돌아다니자 멍하니 있던 시체 무리도 다가오기 시작했다.

서걱. 서걱…….

그놈들이 풀 밟는 소리가 아주 대포 소리처럼 귀를 울렸다.

젠장!

'이런 쌍! 신목아, 방울을 흔들어! 지랄 발광하며 흔들어! 아주 귀때기를 다 떨어뜨려버려, 이런 잡것들을!'

할매도 아주 예민해졌다. 나는 살아생전 굿판을 벌이던 할매가 흔들던 누런 방울가지를 꺼내 들었다. 그러고는 온 숲을 다 떠내려보낼 것처럼 황동 방울을 요란하게 울려댔다.

딸랑 딸랑 딸랑…….

우우웅…….

방울 소리에 먼저 반응한 것은 푸른 영기들이었다. 영혼들은 울려대는 방울 소리가 마치 무슨 레이저 총이라도 되는 양 소리가 퍼지는 쪽을 이리저리 피하며 어지럽게 돌아다니기 시작했다. 뭔지는 몰라도 그놈들에게 타격을 주는 게 분명했다. 나는 한 손으로 방울을 흔들고, 다른 손으로 황남이 아재를 미친 듯이 흔들었다.

"아재, 얼른 일어나요. 제발, 아재!"

방울 소리를 들은 시체들에게서도 뭔가 반응이 일어났다. 우리를 향해 좁혀오던 시체 무리가 그 자리에서 우뚝 멈춰 섰다. 방울을 흔들며 어떻게든 황남이 아재를 데리고 이 자리를 벗어나야 했다. 나는 너무나 가슴이 뛰어서 눈물 콧물이 나오는 것도 알지 못했다.

내가 하늘 위로 올린 방울가지로 황남이 아재의 가슴을 세차게 내리치자 참말 야속하리만치 안 깨어나던 황남이 아재가 신음 소리를 내며 눈을 껌뻑거렸다.

"아재, 일어나요! 어서 일어나요! 도망가야 해요! 우리 다 죽어요!"

나는 미친 듯이 황남이 아재의 멱살을 흔들었다. 아재가 부스스 머리를 들어올렸다.

"이게 대체 무슨……."

아재는 주변을 돌아보다가 입을 딱 벌렸다. 아재의 시선이 멈춘 곳에는 감나무집 할매와 노총각 형제가 있었다. 아마도 아재는 정신을 잃기 전 마지막을 기억한 모양이었다. 노총각 형제에게 얻어맞고 정신을 잃은 순간을 떠올리고 있는 것이겠지.

"아재, 나 무서워 죽것어요. 얼른 가요. 성황당으로 가요. 우리 다 죽어요!"

아재는 방울을 흔들고 있는 나와 이마에서 피를 흘리는 낯선 여자를 번갈아 보더니, 어쨌든 이 자리를 벗어나야 된다고 생각한 모양이었다. 아재가 우물 더미에서 급하게 일어서더니 내 등 뒤에 바짝 다가서서 다리가 풀린 나를 일으켜 세우고 피 흘리는 여자도 함께 일으켰다.

"여기 사…… 산이지? 우물…… 우물가지? 가, 가자. 너네 집으로 가면 되는 거지?"

아재는 나와 여자의 팔에 한쪽씩 팔짱을 끼더니 시체들 사이를 휘이휘이 바라보았다. 어쩔까 잠시 고민하는 듯하더니 시체들이 조금 듬성한 쪽으로 등을 보이고 천천히 내려가기 시작했다. 나는 아재와 팔짱을 끼지 않은 손으로 여전히 미친 듯이 방울을 흔들어댔다.

딸랑 딸랑 딸랑…….

방울 소리가 온 세상에 울리는 것 같은데도 살아 있는 사람들에게는 들리지 않는지 산속은 한없이 고요하기만 했다. 우리 세 사람은 그렇게 서로의 팔을 낀 채로 시체들을 경계하며 뒷걸음질로 산에서 내려왔다. 하지만 우리가 그렇게 내려오는 동안에도 시체들은 두 걸음쯤 뒤에서 내내 우리를 따라왔다. 뻣뻣해 보이는 걸음으로 비척비척 우리를 따라오는 시커먼 시체가 수십 구였다. 그것들을 바라보며 뒷걸음을 치는 건 정말이지 머리가 하얘질 정도로 무서웠다.

'신목아, 조심혀!'

할매의 고함 소리가 좀 더 빨랐어야 했다. 황남이 아재가 돌부리 같은 것에 걸려 넘어지고 내가 아재 몸에 다리가 걸려 뒤로 데구루루 구르는 걸 막았으려면 할매가 좀 더 일찍 그 사실을 알아챘어야 했다. 하지만 너무 늦었다. 할매도 시체들을 경계하는 데 온 신경을 쓰고 있었을 것이다. 그래서 우리가 그렇게 돌부리에 걸려 산 아래로 구르고 내 손에 들려 있던 할매의 방울가지가 빼곡한 나뭇가지에 걸리는 걸 막을 수가 없었다. 방울가지가 걸린 나뭇가지로부터 우리 몸이 한참이나 아래쪽으로 굴러버릴 것을 미리 알아챌 정신이 없었던 것이다.

'신목아아!'

"할매애애애!"

할매의 울부짖음과 내 비명 소리는 시체 무리 속에 파묻혀버렸다. 손에 닿을 만큼 가까이 있던 시커먼 시체들은 내가 방울을 놓쳐버리는 순간 나와 황남이 아재, 그리고 여자를 덮쳤다. 시체들의 무거운 발걸음이 내 몸 위를 잘근잘근 밟아댔다. 동시에 내 육신을 빼앗으려는 시퍼런 귀신불이 머리 위로 윙윙 날아들었다.

끝이었다. 완전히 끝장이라는 것을 나는 알았다. 우리 불쌍한 할매 귀신을 향해 시퍼런 영혼의 불꽃이 내리꽂히고, 그것들이 할매의 영혼을 매섭게 관통하는 것을 보며 나는 피눈물이 날 것만 같았다.

 '할매, 미안해요. 나 때문에 죽어서도 또 그 모양이네. 할매, 진짜 미안해요. 내가 할매 말 안 듣고 내 멋대로 해서 이 지경을 만들었네. 미안해요.'

 모른 척하고 집에 들어가라는 할매의 말을 듣지 않아서 정말 미안했다. 구하지도 못할 것을 이렇게 따라와서 죽은 할매에게 또 못할 짓을 하는 것 같아 정말정말 죄송했다.

3

 달도 없는 캄캄한 밤이 머리 위에 있었다.

 나는 돌이킬 수 없는 후회 속에 몸을 떨었다. 생각보다 상황이 심각했다. 예상했던 것보다 훨씬 더 끔찍한 일들이 벌어지고 있었다. 아무리 영숙이 누나를 위해서라지만, 아무리 사람 좋은 황남이 아재를 모른 척할 수 없었다지만, 이런 위험한 시체들의 일에 함부로 끼어드는 건 아니었다.

 '내가 어쩌자고!'

 나는 이를 악물며 후회의 말을 되씹었다. 무엇보다도 산 사람을 걱정하느라 우리 할매 생각을 못한 게 후회되었다. 내가 시체들의 발아래 잘근잘근 밟히는 것보다 우리 할매가 시퍼런 영혼들에게 온몸을 난자당하는 게 더 가슴 아팠다. 나는…… 정말로 모른 척했어야 했다.

"모두 멈춰!"

가물거리는 정신 속에서 무슨 소리를 들은 듯했다. 황남이 아재 목소리인가? 아니다. 황남이 아재 역시 내 옆에서 시체들에게 밟히는 중인 걸. 그럼 누구 목소리지? 나는 질끈 감은 두 눈 너머의 소리에 집중했다.

갑자기 온몸을 괴롭히던 거센 발걸음이 멈춰졌다. 나를 죽일 듯이 밟아대던 무거운 시체 무리가 어쩐 일인지 내게서 떨어져나간 것 같았다. 나는 누구인지 보고 싶었지만 눈을 뜰 수가 없었다. 그런데 참으로 신기했다. 눈으로 볼 수 없으니까 다른 방식으로 사방이 보이기 시작했다. 내 몸에서 영혼이 둥실 떠올라 이 모든 광경을 내려다보는 것처럼 훤히 보였다. 눈을 감았는데 더 훤히 보이는 게 너무나 놀라웠다. 이건 내 영혼인가? 아니, 할매가 보는 건가? 할매는 귀신이니까. 하지만 할매는 아닌 것 같다. 그렇다면 내가 둥실 떠올라 내려다보는 게 맞는 건가? 그렇다면 나는 죽은 건가?

"형, 저 사람들 모두 시체예요."

수풀을 가르며 나타난 것은 한 무리의 사람들이었다. 그중에 하얀 한복을 입은 키 작은 꼬마가 앞으로 나섰다. 동그랗고 까만 눈의 꼬마는 나보다 훨씬 더 어려 보였다. 그 아이는 나처럼 영혼을 볼 수 있는지 대번에 시체들을 알아보았다.

"모두 영혼들이네요. 이곳에도 저승과 이승을 혼돈케 하는 틈새가 벌어져 있었어요."

 소년은 좀 전까지 황남이 아재가 누워 있던 우물가를 보더니 고개를 흔들었다. 아이는 무엇이 보이는지 그 주변에 손을 척척 갖다 대면서 인상을 찌푸렸다.

 "시체들은 내가 알아서 처리할게. 낙빈이 넌 벌어진 틈새를 막도록 해."

 소년의 앞으로 척척 걸어 나오는 스님이 보였다. 스님은 헐렁한 회색 승복을 입었는데도 어쩐지 몸이 단단한 느낌이 들었다. 스님의 뒤에는 기다란 막대 같은 것이 가위자로 들러붙어 있었다.

 "낙빈이 넌 내가 지켜줄게."

 작은 여자아이가 높은 소프라노 소리를 내며 조금은 과장된 걸음걸이로 나섰다. 초등학교 저학년쯤 되는 여자아이가 프릴이 달린 원피스를 입고 숲 아래로 내려섰다. 아이가 좀 심할 정도로 펄쩍 뛰는 것 같다는 생각이 들었는데, 두 발이 땅을 밟기 전에 무언가가 사뿐 아이를 받아들었다. 바로 늑대같이 생긴 흰 개였다. 그 개가 공중으로 뛰어올라 여자아이를 받아낸 것이다. 그뿐이 아니었다. 흰 개 뒤로 누런 개 한 마리가 더 있고, 한참 후에는 어둠 속에 숨은 검은 개 한 마리도 보였다. 여자아이와 개들은 하얀 한복을 입은 소년을 빙 둘러섰다.

 "지켜줄 필요는 없…… 지만 고맙다, 미덕아."

 하얀 한복을 입은 소년이 뭔가 하려던 말을 꼴깍 삼키는 것 같았다. 아마도 여자아이가 노려보았기 때문일 것이다.

"아 참, 정희 누나. 거기 시체들이 밟고 있는 사람들은 아직 살아 있어요."

한복을 입은 아이가 말하자 스님 뒤에서 똑같은 회색 승복을 입은 자그마한 체구의 여자가 나왔다. 그 여자는 긴 머리를 하나로 땋아 내렸는데 얼굴이 오목조목 아주아주 예뻤다.

"응, 내가 살펴볼게."

그 누나가 대답하자마자 갑자기 대머리 스님의 몸이 하늘 위로 날아올랐다. 신기하게도 하늘 위에 두둥실 떠 있는 내 영혼보다도 더 위로 솟아올랐다. 스님 주위로 무언가 환한 빛이 반짝였다. 펄럭이던 스님의 승복이 하늘을 완전히 가렸다고 생각되는 순간 회색 승복 뒤로 은빛의 무언가가 눈이 부시도록 번쩍거렸다.

"죽음을 받아들이지 못하고 산 것을 탐하는 자들아, 본래의 자리로 돌아가라!"

스님이 다시 허공 아래쪽으로 내려섰다. 나는 눈부심에 잠시 주춤하긴 했지만 땅으로 내려서는 스님의 움직임을 이내 찾을 수 있었다. 스님이 팔을 한 번 휘저을 때마다 저 아래서 내 몸을 밟고 있던 시체들이 후드득후드득 뒤로 넘어졌다. 스님이 몸을 빙글 돌리자 내 옆에 널브러져 있던 황남이 아재 근처에서도 시체들이 와르르 사방으로 밀려나갔다. 스님이 다시 휘리릭 몸을 틀자 머리가 깨진 여자를 짓밟고 있던 시체 무리까지 멀어져갔다. 스님이 몸을 틀 때마다 시체들은 바깥쪽으로 주욱 밀려났고, 그사이 승복을 입고 머리를 가지런히 땋아 내린 누나가 종종걸음으로 달려왔다. 그 누나는 우리 세 사람을 쓰윽 바라보더니 먼저 머리에서 피가 나는 여자 쪽으로 다가갔다. 승복을 입은 누나는 머리가 깨진 여자 곁에 무릎을 꿇더니 피가 나는 머리 위에 손을 얹었다.

"다들 괜찮은 것 같아. 다행이야."

누나가 말하자 스님이 고개를 끄덕였다. 스님은 반짝이는 기다란 것을 두 손에 쥐고 하늘로부터 땅을 향해 길게 내리그었다. 아주 천천히 움직이는 그 빛을 바라보며 저것이 길게 뻗은 검이구나 알 수 있었다. 스님은 등 뒤에 가위자로 엮여 있던 검 하나를 빼든 것으로 보였다. 나는 이 어둠 속에서도 별빛처럼 반짝이는 은색 검광에 완전히 매료되었다. 어쩌면 저렇게 아름다운 빛을 내는 검이 있는지 신기할 뿐이었다.

"이승의 것은 이곳에 두고 그대들의 자리로 돌아가라."

느리게 움직이는 스님의 동작은 내게만 아름다웠던가 보다. 스님의 앞에 선 시체들에게는 그 동작이 꽤나 무시무시하게 보이는 게 분명했다. 그들은 뻣뻣한 팔다리를 버둥거리며 스님으로부터 멀어지려 했다.

컹컹!

그러다가 몇몇이 우물가 쪽으로 뒷걸음치자 한복 소년을 지키고 섰던 검은 개가 매섭게 짖어댔다. 하얀 옷을 입은 소년은 작은 손에 뭔가 푸르른 기운이 넘실거리는 가운데 우물 위의 허공을 매만지고 있었다.

"낙빈 오빠야, 넌 걱정 말고 그거나 해. 넌 내가 지켜줄 테니까!"

"지켜줄 것까지는 없지만…… 고, 고마워."

어떻게 이런 시체들 앞에서 여유를 부리는지 알 수 없지만, 소년을 노려보는 여자아이의 표정이나 그 앞에서 샐쭉해지는 남자아이의 표정에서 긴장한 느낌은 전혀 찾아볼 수 없었다.

먼저 움직인 쪽은 푸르른 영기들이었다. 하얀 옷을 입은 아이가 무슨 짓을 하는지 몰라도 그것이 아주 위협적으로 느껴지는 모양이었다. 숲 속을 떠돌던 푸른 영기들이 소년을 향해 떼거리로 몰려들었다. 소년은 그것들을 슬쩍 쳐다보긴 했지만 별 신경을 쓰지 않기로 했는지 우물가 허공에 뭔가를 처덕처덕 붙이고 기도에 들어갔다. 아마도 눈을 흘기던 소녀를 단단히 믿는 모양이었다. 신기하게도 이들은 서로에 대한 신뢰가 무진장 깊어서인지 이 캄캄한 밤에 시체들에 둘러싸인 상황에서도 전혀 두려워하는 기색이 없었다.

커엉, 컹!

소년을 향해 공격을 시작한 푸른 영기를 막아선 것은 어린 여자아이와 함께 있던 세 마리 개였다. 개들은 아이를 향해 달려드는 푸른 영기를 향해 높이 뛰어올랐다. 그러고는 놀랍게도 하얀 이빨로 달려드는 영기들을 덥석덥석 물어댔다.

커으흥, 커웅!

세 마리 개가 푸른 영기들을 입에 물고 흔들어댔다. 희뿌연 영기들이 이빨 사이에서 사그라지는 것이 느껴졌다. 와, 저게 가능한 일인가? 나는 너무나 놀라 눈이 뒤집히는 줄 알았다. 개들이 영혼을 물고 흔들다니! 게다가 영혼들이 그 공격을 고스란히 받고 있다니! 이게 말이 되는가 말이다!

"자아, 일어나세요. 이제 괜찮아요."

놀랄 일은 그뿐이 아니었다. 이번에는 기절했던 여자가 부스스 일어나는 게 보였다. 긴 머리를 땋아 내린 누나가 그 여자를 향해 미소 짓고 있었다. 여자가 자신의 이마를 매만지며 화들짝 놀라는 모습이 보였다. 이마에 묻었던 핏덩이가 지워지면서 피가 철철 흐르던 이마의 상처가 아물어 있었던 것이다. 세상에!

"우우우우!"

시체들의 깊은 목울음 소리가 온 숲에 번졌다. 시체들도 이 모든 걸 인식한 게 분명했다. 그들이 보내는 위험신호가 음울한 기운이 되어 사방으로 흩어졌다.

"크아아아!"

수십 구의 시체가 일제히 움직이기 시작했다. 그와 동시에 스님과 우리, 그리고 저편 우물가를 향해 달려들었다. 단단한 통나무 같은 걸음으로 저벅저벅 다가오는 소리가 끔찍했다. 하지만 숫자 따위는 문제가 아니었다. 회색 승복을 입은 스님이 은빛 검을 반짝이며 스르륵스르륵 맴돌 때마다 시체들이 우수수 쓰러졌다. 무슨 일이 일어나는지 눈앞에서 보면서도 믿기지가 않아서 나는 스님의 움직임만 눈이 빠져라 바라보았다.

스님은 은빛 검을 들고 움직였지만 실제로 사용하지는 않았다. 적어도 시체를 자르는 데는 말이다. 영혼들에게 붙잡혀버린 가엾은 육신을 은빛 검의 뭉뚝한 자루 부분으로 툭툭 건드리면 신기하게도 검 자루에서 뭔가 강한 기운이 쑥 나오는 것 같았다. 그게 검 자체의 힘인지, 아니면 스님의 힘인지 알 수 없었지만 어쨌든 시체가 검 자루에 맞으면 시체를 지배하고 있던 푸른 영령이 밖으로 빠져나왔다. 그 순간 은빛 검의 반짝이는 날이 푸른 기운을 가볍게 싸악 하고 베어버렸다.

검에 베인 영혼은 바스스 힘을 잃고 옆어지다가 이내 무언가에 끌려가듯 하얀 한복을 입은 소년 쪽으로 휘익 날아갔다. 소년은 힘을 잃은 영혼들을 잡아다가 우물 아래에 쏙쏙 집어넣었다. 영혼이 빠져나간 시체들은 그 자리에 풀썩풀썩 쓰러지고 나서야 진정한 휴식을 취하게 되었다. 영혼이 빠진 빈 껍데기의 시체, 그 본래의 모습으로 돌아간 것이다.

개들이 쥐고 흔드는 영혼도 마찬가지였다. 개들이 힘을 잃은 푸른 영혼을 허공에 집어던지면 영혼은 한복 소년의 손바닥으로 쑥 끌려갔다. 소년의 손으로 끌려간 영혼은 우물가에 있는 틈으로 사라졌다. 아니, 그게 틈인지 뭔지는 나도 모르겠다. 내 눈에는 틈이 보이지 않았으니까. 하지만 그곳에 다른 세계로 가는 통로가 있는 건 분명했다. 영혼들이 끽소리도 지르지 못하고 순식간에 눈앞에서 사라져버렸으니까. 아마도 저 틈의 반대쪽에는 저승 세계가 있겠지? 그 모습에 나는 넋을 잃었다. 놀랍고 괴상한 장면에 온 정신이 빨려버린 그때 갑작스럽게 화들짝 걱정 하나가 밀려왔다.

'아차차, 우리 할매는 보내면 안 되는데! 우리 할매는 나랑 같이 있어야 하는데……. 할매! 할매, 어딨어? 할매, 나한테 있는 거야? 할매! 우리 할매…….'

내가 버둥거리며 공중에서 휘휘 돌아 우리 할매를 찾는데 갑자기 무언가가 내 발목을 잡고 확 끌어당기는 기분이 들었다. 그래서인지 숲에 높이 떠 있던 내 영혼이 바닥으로 착 가라앉았다.

'뭐, 뭐야?'

깜짝 놀라 아래를 내려다보니 회색 승복의 누나가 쓰러져 있는 내 몸을 쓸어주는 모습이 눈에 들어왔다. 그 누나가 기절한 채 누워 있는 내 이마를 짚었다. 그러자 정신이 맑아지면서 엉망진창으로 뜨겁던 머릿속에 차가운 물을 뿌린 듯한 느낌이 들었다. 동시에 두둥실 떠 있던 내 혼이 다시 몸 안으로 쑥 들어가는 게 느껴졌다. 이제 나는 하늘에서 바라보았던 모습을 바닥에 내려앉아 살펴보게 되었다.

내 눈에는 긴 머리를 땋은 누나가 내 이마를 짚고 있는 모습이 보였고, 시체들 사이를 누비며 뱅글뱅글 돌아가던 스님은 뒷모습밖에 보이지 않았다. 바닥에 내려앉고 나니 누나와 스님에게 가려져 흰색 한복을 입은 아이나, 개들과 함께 있던 여자아이의 모습은 아예 보이지 않았다. 그제야 나는 이 상황이 이해되었다. 승복을 입은 누나가 내 몸을 붙잡고 있었기에 내 영혼이 내 육신으로 도로 들어간 게 분명했다.

그래, 다 좋은데…… 우리 할매는…… 우리 할매는! 나는 육신 안으로 빨려 들어가면서도 손발을 버둥거렸다. 그때 내 귓가에 할매의 음성이 들렸다.
 '신목아, 이놈아! 얼른 들어가! 이 할미 여기 있다! 걱정하지 말어! 얼른 제정신이나 차려, 이놈아!'
 그 순간 눈물이 핑 돌았다. 할매가 있었다. 할매가 어디 가지 않고 여기 있었다. 나는 고개를 돌려 할매를 바라보려고 했다. 그리고 우리 할매는 저놈의 시체들과 다르니 건드리면 안 된다고 이 사람들에게 소리치려고 했다. 하지만 나는 할매를 바라볼 수도, 소리칠 수도 없었다. 할매를 향해 고개를 돌리기 전에 내 모든 영혼이 나의 육체 속으로 쑥 들어가버렸기 때문이다. 나는 일어나야 했다. 육체에 담긴 정신을 온전히 그러모아 일어나야 했다. 하지만 나는 그러지 못했다. 영혼이 육신에 담기는 순간, 나는 온갖 긴장이 풀리면서 까무룩 정신을 잃고 말았다.

4

 가물가물한 정신이 다시 돌아왔을 때는 눈앞에 환한 빛줄기가 어른거렸다. 내가 눈을 감고 있는 동안 무시무시했던 밤이 지나고 밝은 태양이 떠오른 모양이다. 얼른 눈을 뜨고 다들 살았는지 죽었는지 확인해보고 싶었지만 하얀 천으로 눈앞을 가린 것처럼 또렷한 모습이 보이지 않았다. 환한 빛을 느끼자마자 제일 먼저

드는 생각은 하나뿐이었다.

'할매, 할매 어디 있어? 할매……'

나는 입이 벌어지지 않았지만 마음을 다해 할매를 불렀다. 우리 할매 귀신이 날 떠나가버렸을까봐 정신을 잃고 나서도 내내 걱정했던 모양이다. 정신이 들자마자 할매 생각이 퍼뜩 떠올랐으니까 말이다.

'그래, 신목아. 내 여기 있다. 걱정 말랑게.'

할매의 걸쭉한 사투리가 들렸다. 그제야 마음이 한결 편해졌다.

'이거 꿈 아니지, 할매? 진짜 어디 안 간 거지?'

'당연하지. 내가 널 두고 어디 가냐, 이놈아.'

나는 눈을 뜨려는 노력도, 정신을 차리려는 노력도 다 관둬버렸다. 할매가 있으니까 천천히 일어나도 되겠다는 생각이 들었다. 내가 빙글빙글 웃으며 마음을 놓는데 누군가의 목소리가 들렸다.

"형이 일어나려나 봐요?"

"거봐, 내가 잠든 거라고 했잖아!"

아주 낯선 목소리는 아니었다. 나는 엊저녁에 보았던 남자아이와 여자아이의 목소리라는 걸 단박에 알아챘다.

'그려, 이제 정신을 차리려나 보다.'

할매가 선선히 말을 해서 깜짝 놀랐다. 할매는 내가 아니라 아이들과 말을 나누는 중이었다. 아니, 내 할매가! 우리 할매 귀신이! 나 말고 다른 사람이랑 대화하다니! 나는 벌떡 일어나 앉으려고 했다. 하지만 몸이 꼼짝도 하지 않았다. 그렇다고 볼 수 없는 건 아니었다. 나는 또다시 영혼이 되어 내 몸 위로 살랑 떠올랐다. 그러고는 할매 등 뒤에 찰싹 달라붙어 할매의 눈으로 보는 걸 죄다 훔쳐볼 수 있었다.

할매와 아이들은 우리 집 마당에 앉아 있었다. 정확히는 성황당 뒷마당이다. 성황당에 절을 하러 온 사람들이 슬쩍슬쩍 앉았다 가는 널찍한 나무판에 남자아이와 여자아이가 앉아 있었다. 그리고 할매는 그 아이들과 함께 앉아 두런두런 이야기를 하는 것 같았다.

'난 어디에 있는 거지?'

나는 혹시 죽은 건가 싶어서 주변을 살폈다. 손바닥만 한 우리 흙집 마루에 승복을 입은 긴 머리 누나와 등에 칼을 멘 스님이 앉아 있었다. 긴 머리 누나 곁에는 눈이 빨개진 영숙이 누나도 보였다. 그리고 그 뒤로 보이는 캄캄한 방 안에 나와 황남이 아재, 그리고 어제 큰일을 같이 겪었던 낯선 여자가 나란히 누워 있었다. 셋 다 의식은 없지만 볼이 발그레한 게 핏기가 돌았다.

'우리 셋 다 살았네? 죽지 않았으니 다행이다.'

나는 우리 모두 살았다는 사실에 안도했다. 바스스 마음이 풀려 도로 육신에게로 영령이 휘릭 들어갈 뻔했다. 하지만 작은 여자아이가 나보다 먼저 파닥파닥 달려 나가고 어디에선가 세 마리 개가 나타나 그 아이 주변으로 몰려드는 걸 보고는 다시 정신이 말짱해졌다. 나는 할매의 어깨에 고개를 살짝 기대고 할매와 아이가 주고받는 말을 가만가만 들었다.
'뭐라고 할 말이 없게 고맙구마잉. 나가 우리 신목이를 두고 저승으로 되돌려 보내질까봐 아주 식겁을 했당게. 니가 내 말을 듣고 여기 머물게 해줘서 울매나 고마운지 모르겠구마잉. 니처럼 막무가내로 하덜 말고 영령들 소리도 좀 들어주는 무당덜이 필요헌디 말이다. 허기사 나 살아생전에도 사람들 편만 들었지 어디 영령들 소리를 들으려고 했다냐. 내도 참 지은 죄가 많구나. 우쩌하여튼간에 겁나게 고맙구나잉. 우리 신목이 혼자 두고 가지 않아서 진짜 다행이랑게.'
할매는 고맙다는 말 한마디를 아주아주 길게 하고 있었다.
'우리 신목이는 세상천지에 지 혼자밖에 없는 외로운 아이니께 말이다. 내가 죽어도 눈을 감지 못했당게. 에미 애비가 살아 있다고 혀도 지깟 것들 사는 데 급급해서 생면부지나 다름없으니 있으나 마나 혀고, 살아도 죽어도 나밖에 없는 외로운 아이란 말이지. 나가 쫌만 더 신경 써서 우리 신목이가 좋은 신령들이랑 사귀게 해서 혼자 사는 데 지장 없게 해줘야 허니께 말이다. 내가 애 혼자 두고 떠나는 줄 알고 얼매나 식겁을 한지 모른당게.'
할매는 나 말고도 말이 통하는 아이를 만나서 신이 났는지 오늘따라 아주 수다쟁이가 되어 있었다. 덕분에 내게도 말하지 않은 할매의 걱정을 소소히 들을 수 있었다.
"그러셨군요."
꼬마는 눈썹을 내리깔고 빙긋 웃음을 지었다. 나는 그 웃음이 아이에게는 어울리지 않는다고 생각했다. 뭐랄까, 고맙다는 말이나 칭찬을 들을 때 아이가 지을 만한 환한 웃음이 아니라 세상을 초월한 듯한 늙은이의 냄새가 난다고나 할까? 그런 느낌은 나만 받은 것이 아닌 모양이었다.

'헌데 아기 무당아, 내 하나만 물어보자꾸나. 니는 아주 상전벽해가 되어도 끄떡없을 막강한 신령들을 모시는 아이인데 우째서 그리도 외로워 보이냐?'

그래, 할매 말이 정확했다. 아이의 웃음에는 외로움이 묻어 있었다. 외로움? 도대체 왜? 할매 말대로 아이의 뒤로는 자욱한 안개만큼이나 가득한 신령들이 보였고, 그뿐 아니라 함께하고 있는 젊은 스님과 긴 머리의 누나, 그리고 여동생에 개들까지…… 살아 있는 동료들까지 있는데도 왜 아이가 외로워 보이는지 의아한 일이었다.

"잘못 보셨어요. 외롭긴요. 제게는 여기 가족들과 신령님들뿐만 아니라 그리운 형님까지 신격이 되어 함께 계신 걸요. 늘 북적북적해서 외롭지 않아요."

또, 또…… 아이는 또 빙긋 웃음을 지었다. 아이는 전혀 모르고 있었다. 그 웃음이 자신의 외로움을 극대화시키고 있다는 것을. 그 외로움을 숨기기 위해 지어내는 어색한 웃음이 자신의 마음을 고스란히 드러내고 있다는 것을. 할매는 그런 아이를 찬찬히 바라보더니 고개를 흔들었다.

'이런 촌구석에서 살다가 죽은 추접한 무당인 나가 잘은 모르것다만, 어린 나이에 그만한 신격들을 등에 짊어지고 이리저리 다니는 걸 보면 네 인생이 그리 평탄치는 않았을 것이다. 그딴 능력치를 가지고 있으니 가만가만 숨어 살 수도 없는 운명일 테고, 요즘처럼 이렇게 엉망진창으로 혹독한 시대에는 너 같은 아이가 참 할 일도 많고 탈도 많을 것을 내가 안다. 허지만 말이다…… 힘들면 힘들다고 해도 괜찮은 것이다. 나가 잘은 몰러도 니가 가진 신들도 니를 많이 걱정할 것이고, 네가 힘들다고 하면 누구보다도 널 생각할 것이다. 힘이 세다고 산을 옮겨야 하는 것은 아니니께 니를 너무 혹독히 대하지 말어라.'

나는 할매가 이렇게 돌려서 말하는 걸 처음 들었다. 내게 할매는 늘 할 말만 간단명료하게 하는 편이었는데, 지금 어린아이를 데리고는 꽤 어렵게 말하고 있었다. 하지만 남자아이는 할매의 말을 다 알아들었는지 까맣고 동그란 눈을 들어 할매를 바라보았다. 입은 살짝 벌린 채로 깜짝 놀란 것 같은 표정을 지었다.

할매가 말을 마치자 남자아이의 뒤에서 제법 또렷한 사람의 형상이 튀어나왔다. 근래에 죽은 영혼인지 요즘 사람들이 쓰는 빨간 야구 모자 같은 것을 눌러쓰고 하얀 티셔츠에 푸른 청바지를 입고 있었다. 그 젊은 남자의 영혼이 파스스 나타나더니 아이의 동그란 바가지 머리를 쓰윽쓰윽 쓰다듬었다.

'내내 제가 하고 싶었던 얘기였는데…… 감사합니다, 할머니.'

남자가 아이의 머리를 매만지는 동안 꼬마의 눈이 더 그렁그렁해졌다. 무식한 우리 할매의 말이지만 분명 오랜 세월을 살아온 경험이 아이에게 무언가 울림이 되는 말을 해준 모양이다.

'저렇게 널 아끼는 신령도 있는데, 외롭게 보인다는 게 말이 된 다니?'

할매는 또 고개를 설레설레 저었다. 할매의 말에 나도 공감했다. 사실 나는 할매 하나만 있어도 이 세상에 혼자라는 사실이 전혀 걱정되지도, 외롭지도 않았다. 내 속을 다 아는 사람 하나가 있다는 것만으로도 나는 충분히 살아갈 만하다고 생각했다. 그런데 거기에 영숙이 누나도 있고 황남이 아재도 있다. 그러면 족하고도 남는데……. 저 아이는 저렇게 많은 사람과 영혼에 둘러싸여 있으면서도 충분하지 않은 걸까? 왜? 무에 그리 욕심이 많은가 싶었다.

'하나 물어보자, 아기 무당아. 니는 니가 받은 신(神)님들이 먼저냐, 아님 네가 먼저냐?'

"네? 그, 그게 무슨 말씀이에요?"

꼬마는 할매의 뜬금없는 질문에 눈이 동그래졌다.

'네가 먼저냐, 니 신령들이 먼저냐고 물었다. 그러니께 말이다, 네 인생이 너그 것이냐, 아니면 니가 받은 신령님들의 것이냐? 니는 어뜨케 생각하냔 말이다.'

"제, 제 인생이오?"

꼬마는 다시 눈이 동그래져서 할매를 바라보았다. 그리 어려운 질문 같지 않은데도 아이는 영 대답하지 못했다.

"……제 인생은 제 것만이 아니에요. 제가 있도록 해준 부모님이 계시니까요. 어머니는 저를 위해 모든 것을 희생하셨어요. 아버지는 제가 세상에 태어나도록 목숨을 바치셨고요. 제게 계신 신령님들은 이 땅과 이 세계의 위대한 분들이에요. 세계를 구하기 위해 예비하고 있는 높으신 분도 계시지요. 승덕 형은 죽음의 평안을 물리치고 저승의 강을 되돌아 제게로 다시 와주었어요. 어둠 속에 있던 저를 구해내어 밝고 맑은 지혜를 주기 위해서요. 이렇게 세상을 위해 수많은 위대한 분이 제 곁에 계신 거예요. 그러니 제 인생은 제 것이 아니에요."

'그럼 너거 신령들의 것이냐, 니 인생이?'

"네에? 그렇다고 해야 하나…… 모, 모르겠어요."

'네 인생이 너의 것이 아니면 너는 왜 사느냐?'

"네? 그건 세상을 구하고 또 사랑하는 사람들을 구하기 위해서……."

'지랄하고 자빠졌네. 지 인생도 지 것이 아닌 놈이 세상을 구하고 자시고 그따위가 말이 된다고 생각한다냐? 지 것도 못 챙기는 놈이 세상을 구한답시고 어디를 껄떡대는 것이여!'

할매는 크게 성을 냈다. 그럼 그렇지! 지금껏 이상하게 조곤조곤 말한다 싶었다. 드디어 우리 할매 성격이 튀어나오는구나. 한복을 입은 아이는 그런 할매를 놀란 눈으로 바라보았다.

'우리 애기한테 물어볼까? 신목아, 너는 할매가 먼저냐, 니가 먼저냐?'

'뭐, 뭐요?'

할매의 어깨에 턱을 괴고 있던 나를 향해 할매가 갑자기 말을 던졌다. 때문에 나는 화들짝 놀라고 말았다. 여릿여릿한 영령이라 모르는 줄 알았더니 꼬마도 내가 있단 걸 알고 있었는지 똑바로 눈을 맞추었다.

'이런 잡놈아, 대답혀. 네 인생이 니 것이냐, 아니면 이 할매 것이냐. 니는 니 인생을 네 뜻대로 살 것이여, 아니면 할매 뜻대로 살 것이여?'

'뭐 그딴 질문을 해요? 당연히 내 꺼지. 내가 할매 뜻대로 살까 봐? 할매 말을 참고는 하겠지만 내 인생은 내가 살 것이여. 할매는 실컷 살고 죽었응게 그걸로 됐지 뭐. 이 인생은 내 것잉게 할매 맘대로는 못해여. 내 인생이니께 아주 상관 말랑게.'

'보았냐?'

내 대답이 어디가 맘에 들었는지는 모르겠지만 할매는 낄낄 웃어대며 어린 소년을 바라보았다. 아이는 어안이 벙벙한 얼굴로 할매와 나를 바라보았다.

'좀 전에 한 질문을 나한테 해볼래? 누가 먼저인지 물어봐라.'

아이는 얼떨떨한 얼굴로 할매가 시키는 대로 물었다.

"할머니, 할머니께서는 신 아이가 먼저인가요, 아니면⋯⋯ 할머니가 먼저인가요?"

'당연한 말 아니것냐? 우리 신목이가 먼저지! 우리 아가 없이 나는 없는 존재야. 우리 아가가 나를 알아주고, 기억하고, 상대해주니까 사는 게 우리들 구신인 것이여. 그러니 당연히 우리 아가

가 우선이지. 그걸 질문이라고 하냐잉?'

할매의 대답에 소년의 입은 함지박만 하게 벌어졌다. 뭔가 무시무시하게 놀랄 만한 말을 들은 얼굴이었다.

'당연한 거 아니것냐. 만일에 지난밤에 봤던 그 잡것들처럼 우리 신목이 몸에서 영혼을 다 뽑아내고 내가 그 자리에 앉는다고 생각해봐라. 그게 말이 되겠냐 말이여. 우리 아가 없이 그 몸에 내가 산들 그걸 내가 원하겠니? 나가 이 자리에 남아서 울 아가 곁에 머무는 건 우리 신목이를 염려하고 도와주려는 마음에서지, 야 몸을 빼앗으려는 게 아니란 말이다. 나는 울 아가를 도우려고 여그 남아 있는 것이다. 그러니께 당연히 신목이가 우선이지.'

사내아이의 턱은 점점 더 아래로 아래로 떨어져갔다.

'아기 무당아, 너의 신님께서도 그러하단다. 네가 있으니 신님들이 계시는 것잉게 착각 말어라. 너더러 세상을 살리라고 네 몸을 이용하려는 게 네 신님들이 아니여. 너를 도울라고 이리저리 살펴주는 게 니 신님들이여. 그러니 항상 네가 우선이여. 네 인생이 먼저란 말이다. 네가 싫으면 싫은 거고 네가 좋으면 좋은 것이지. 네 신령들은 네 뜻대로 널 도와줄 것이여. 투닥투닥 다투고 의견이 다를 때도 있것지. 우리 신목이랑 내가 시도 때도 없이 싸우는 것처럼 말이야. 그래도 네가 우선이여. 네가 원하는 대로 사는 것이여. 그라면 네 신님들은 또 그런 널 도와주게 될 것이여. 잊지 말어라, 아가야. 네 인생은 네 것이여. 네 인생을 도와주려고 오는 신령들이 네 뒤에 까마득히 있는 것이여. 내 편이 하나만 있

어도 사람은 외롭지가 않은 법인디 너는 네 편이 그렇게나 많은 것이여.'

"아아……!"

턱이 떨어져 내려갈 것처럼 입이 벌어지던 아이가 하얀 한복 앞섶을 꽉 쥐었다. 아이의 가슴께 하얀 한복에 주름이 자글자글 잡혔다. 내 귀가 잘못됐는지는 모르겠지만 나는 그 아이의 가슴속에서 무언가 '펑' 하고 폭발하는 소리를 들은 것 같았다. 아마도 그 폭발로 뭔가가 조각조각 갈라지고 무너져 내렸을 것이다. 참 딴딴하게도 가슴을 꽉 막고 잘도 살아왔구나. 조그만 녀석의 가슴에 뭐가 그리도 단단히 맺힌 게 있을까 싶었다.

'니는 니가 하고 싶은 대로 살아라. 그것이 네 인생을 사는 법이여. 의무니 뭐니, 네게 있는 신령이 높으니 어쩌니 그런 거 따지지 말고 네가 하고 싶은 대로 살아라. 그러면 네 신님들이 다 네 편이 되어 너를 도와주실 텡게. 엄청난 신님들만 받으면 뭐하니, 아기 무당아. 네 인생, 네 편도 몰라보니 네 얼굴에 외로움이 묻어 있는 것이여.'

"아아……!"

이제 아이는 아예 할매 앞에 엎어졌다. 평상에 고개를 숙인 채 철퍼덕 엎어졌는데 여전히 가슴을 꽉 부여잡고 있는 걸 보니 심장이 미어지도록 무언가가 밀려오는 모양이었다. 하지만 그런 아이의 모습보다 내 눈을 사로잡은 건 그 아이의 엎드린 등허리를 쓰다듬는 신령들의 모습이었다. 아까부터 나와 있던 모자를 쓴 남자는 우리 할매에게 엄지를 척 들어 보이더니 바닥에 주저앉아 철퍼덕 엎드린 꼬마의 머리를 마구 헝클어뜨렸다.

그뿐이 아니었다. 갑자기 어디선가 나타난 새하얀 신령님도 기다란 흰 수염을 쓰다듬으며 어린 소년의 등을 바라보고 빙긋 웃음을 지었다. 그 곁에 검푸른 도복을 입은 사람도, 새빨갛다 못해 검은빛이 도는 갑옷을 입은 영령도, 검은 말의 형상도, 형형색색의 옛날 옷을 입은 사람들도 스르륵 나타나 흐뭇한 표정으로 소년의 등을 바라보는 것이었다. 나는 입을 쩍 벌린 채 그 모습을 바라보았다.

그 모든 신령들 중에 제일 볼품없이 생긴 게 우리 할매였지만 나는 하나도 부끄럽지 않았다. 우리 할매가 제일 추접한 옷을 입고 있지만 할매의 한마디가 저렇게 엄청난 신령을 가진 아이의 가슴을 흔들었다는 사실에 내 어깨가 다 올라갔다.

'고맙습니다, 할머니. 우리 낙빈이가 어깨에 올려진 무거운 짐 때문에 매일 쫓기듯 살았어요. 그러다 보니 중요한 사실을 잊고 있었거든요. 가장 중요한 사실을 잊어가는 우리 동생에게 깨달음을 주셔서 정말 고맙습니다.'

빨간 모자를 쓴 남자의 영혼이 우리 할매를 향해 허리 굽혀 인사했다. 그러자 아이의 등 뒤에 서 있던 수많은 신령이 모두 다 보잘것없는 우리 할매 귀신을 향해 고개를 숙였다. 휘황찬란한 옷을 입은 고귀한 영혼들이 시골 촌부에게 죄다 절하는 모습을 보며 나는 가슴이 벌렁거렸다.

나는 할매의 어깨에 괴고 있던 턱을 떼고 할매의 목을 두 팔로 안았다. 그러고는 할매의 귓가에 속삭였다.

'역시 우리 할매가 최고여!'

나는 너무나 기분이 좋아 날아갈 것만 같았다. 그래서 영숙이 누나가 눈물 흘리는 것을 알면서도 일어나지 않았다. 몸을 노곤노곤하게 썼으니 오늘은 푹 쉴 생각이었다. 나는 영령이 되어 할매 곁에 착 달라붙었다. 그렇게 할매와 팔짱을 끼고 성황목 높은 가지에 앉아 먼 세상을 바라보았다.

한복을 입은 소년 일행이 떠나고 늦은 오후가 될 때까지 한참 동안 할매 곁에 있었다. 그동안 빈둥빈둥 방바닥만 긁고 있던 나의 인생에 무언가 큰 변화가 찾아온 것 같았다.

'할매, 나 갈켜줘. 할매가 알고 있었던 거 다 알려줘. 그거 다 전수받아서 나 성황목 정기를 받은 괜찮은 무당이 될 테야.'

'허이고, 우리 아가가 다 컸네.'

'딱 오늘까지만 쉬고 내일부터 그럴 거야.'

'그려그려 알것다, 알것어. 누가 겔름뱅이 아니랄까봐서!'

나는 할매의 좁은 어깨에 머리를 기댔다.

살아 있는 게 어쨌거나 나쁘지 않다는 생각이 들었다.

내 곁에는 살아서도 죽어서도 내 편인 할매가 든든히 버티고 있으니까.

1

"당신에게 귀신이 붙었어요."

병원을 나오던 남자는 색색의 파라솔 아래서 손님을 기다리는 점쟁이 노인 곁으로 다가갔다. 점을 치고 싶다는 생각이 아주 없지는 않았다. 하지만 그런 것에 의지하고 싶지는 않았다. 남자는 병원을 몇 번 방문하는 동안 파라솔 아래 홀로 앉은 노인 곁에 손님이 찾아드는 모습을 본 적이 없었다. 그래서 걱정스러운 마음이 들었다. 노인이 한 끼 식사 값도 벌지 못하고 파장할까 걱정스러웠다. 다정도 병이라면 병이다. 그는 그런 남자였다. 그래서 남자는 파란 종이돈을 꺼내 노인의 손에 쥐여주고는 곧장 파라솔 밖으로 빠져나왔다. 고맙다는 말을 듣고 싶은 건 아니었다. 그냥 딱한 사람을 보면 도와주는 게 인지상정이라 생각할 뿐이었다.

파라솔을 빠져나오는 남자의 뒤통수에 비쩍 마른 노인의 말 한마디가 비수처럼 꽂혔다.

"당신에게 귀신이 붙었어요."

남자는 벌어진 눈으로 노인을 바라보았다. 노인의 눈동자는 초점이 맞지 않았다. 노인이 어디를 바라보고 있는지 알 수 없었다. 눈이 보이지 않거나 장애 수준의 시력인 게 분명했다. 그런 노인이 남자가 건네준 파란 종이돈을 한 손에 꽉 쥐고서 그를 향해 소리쳤다.

그는 점쟁이 노인의 말을 믿고 싶지 않았다. 하지만 믿지 않을 수도 없었다. 남자는 그 자리에 우뚝 서서 노인의 얼굴만 뚫어져라 바라보았다.

"귀신이 붙었어요. 조심해, 젊은이."

부르르 어깨가 떨려왔다. 남자는 몸을 틀어 달아나듯 그 자리를 빠져나왔다.

남자의 이름은 상진이었다. 상진이 사는 소도시에는 지역을 통틀어 개업한 신경정신과가 딱 하나 있었다. 상진이 그곳을 다니기 시작한 것은 그리 오래된 일이 아니었다. 그의 인생이 묘하게 꼬이기 시작한 것도 그리 오래되지 않았다. 상진은 도망치듯 파라솔을 빠져나왔다. 뒤도 돌아보지 않고 곧장 버스에 몸을 실었다. 버스가 병원 앞을 지나갔다. 병원 앞에 펼쳐져 있는 점쟁이 노인의 빛바랜 파라솔도 지나갔다. 상진은 어깨를 부르르 떨었다.

'어떡하지. 다음 주면 출근해야 할 텐데…….'

버스가 중앙시장을 지나 점점 더 한가한 동네로 접어들었다. 저 멀리 높다란 산도 점점 더 또렷해졌다. 드높은 산등성이에 이어진 가느다란 철선 같은 것도 보였다. 다른 사람들의 눈에 보이지 않는 세세한 부분까지 상진의 눈에는 다 분간되었다. 산봉우리를 중심으로 세 갈래로 내려오는 전망용 곤돌라라든가, 바위를 파서 만든 통문까지 그의 머리는 산 곳곳을 죄다 알고 있었다. 그토록 훤히 알고 있는데도 그곳을 바라보는 가슴이 답답했다. 산은 언제나 가슴을 두근거리게 하는 멋진 세계였는데, 왜 갑자기 모든 것이 변해버렸는지 알 수가 없었다.

'산에 다시 오를 수 있을까?'

상진의 심장이 쿵쿵거렸다. 상진은 산에 오르고 싶었다. 아니, 올라야 했다. 공무원 공단에서 운영하는 리조트의 직원이 되었을 때 시골에 계신 부모님은 공무원이 된 거나 마찬가지라며 기뻐했다. 사실상 그의 신분은 공무원이 아니었다. 다만 공단에서 운영하는 리조트에서 계약 사원으로 몇 년 이상 근무하면 무기계약직으로 전환되어 본인이 그만두지 않는 한 오래도록 일할 수 있었다. 사실 그가 진짜 공무원이건 계약직 사원이건 중요하지 않았다. 중요한 것은 그가 진심을 다해 산을 좋아한다는 것이었다. 때문에 맑은 산 공기 아래서 일할 수 있는 이곳은 더할 나위 없는 꿈의 직장이었다.

어린 시절부터 산에서 뒹굴던 상진이 대학 시절 도시에 나가 삭막한 나날을 보내는 동안 산은 언제나 그리운 이상향이었다. 때문에 리조트의 직원 채용 공고가 나오자마자 뒤도 돌아보지 않고 지원했고, 감격스러운 합격의 기쁨을 느꼈다.

가끔은 힘들기도 하고 속상한 일도 있었지만 여름이면 전망용 곤돌라를 타러 오는 관광객들을 맞이하고, 겨울이면 스키를 타러 오는 사람들을 돕는 것이 그는 매우 즐거웠다. 워낙에 남을 돕는 것을 좋아하는데다 서글서글한 성격 덕에 직장에서 만나는 사원들과의 관계도 참으로 돈독했다. 청소며 허드렛일도 힘들지 않았다. 가끔은 부당한 대우를 받았지만, 그래도 리조트에서 일하는 것이 좋았다. 일도 좋고 사람 관계도 좋으니 모든 것이 만족스러웠다. 그래서 상진은 그곳을 자신의 평생직장으로 여기고 일하는 참이었다.

그랬다, 그렇게 행복하기만 했다. 그런데…….

쿠웅, 쿵!

산이 점점 가까워질수록 상진의 심장은 더욱더 벌렁거렸다. 버스에 앉아 구불거리는 길을 오르는 동안 심장박동 소리도 가팔라졌다. 이것이 두려움이라는 걸 그는 알고 있었다. 믿고 싶지 않지만 상진이 천직으로 알고 열심히 일해온 곳이 이제는 두려움의 대상이 되었다. 신경정신과에서 상담한 결과 의사는 이렇게 말했다.

"특정 환경에 대한 공포증으로 생각됩니다만…… 이른바 고소공포증 말입니다."

의사의 말을 처음 들었을 때 상진은 경악했다. 머릿속이 혼란으로 가득 찼다. 의사는 자신이 두려워하는 대상이 무엇인지 구체적으로 깨닫고 받아들이는 것만으로도 절반은 치료된 거나 마찬가지라고 말했다. 하지만 상진은 자신이 고소공포증이라는 것을 받아들이기 힘들었다. 그토록 푸르른 산과 리조트의 풍광과 곤돌라의 전망을 좋아하던 그가 그 모든 광경에 공포를 느끼게 되었다니 도저히 받아들일 수가 없었다. 상진은 두 눈을 가늘게 뜨고 산을 바라보았다. 눈을 크게 뜨고 그곳을 똑바로 바라볼 용기가 나지 않았다. 구불거리는 길을 따라 버스가 고지대로 올라갈수록 당장이라도 자리를 박차고 차에서 내리고만 싶었다. 숨이 막히고 호흡이 가늘어졌다. 두려웠다. 무서웠다. 도저히 받아들일 수 없는 공포가 그에게 생긴 것이다.

이렇게 된 건 아주 최근의 일이었다. 아마 한 달도 되지 않았을 것이다. 공포는 도저히 예측할 수 없는 어느 날, 갑작스럽게 그를 찾아왔다.

속이 울렁거렸다. 그는 두 눈을 질끈 감았다. 차라리 아무것도 보지 않는 것이 나을 거란 생각 때문이었다. 하지만 눈을 감아도 공포는 찾아왔다. 어둠 속에서 나타나는 온갖 상념이 그를 깊은 두려움의 세계로 끌어내렸다.

'벌써 2주째 연가를 쓰고 있구나. 이제 더 이상 합법적으로 연가를 쓸 수 있는 날은 없어. 다음 주 월요일부터는 출근해야 할 텐데…….'

눈치를 보긴 했지만 장장 2주간의 연가를 쓸 수 있었던 것은 리조트에서 벌어진 갑작스러운 사고 덕택이었다. 그가 연가를 낸 사이 동료들 중 한 명이 사망했던 것이다. 상진과 마찬가지로 계약직 사원으로 합격한 동기였다. 이 일로 사무실 직원들은 상진을 안타깝게 생각했다. 지난 2주일 동안 그가 출근하지 않은 것도 동료애 때문일 거라고 짐작하는 모양이었다. 물론 동료애가 없는 건 아니지만 그가 출근하지 못한 것은 사고가 일어나기 이틀 전부터였다.

사고가 일어나기 며칠 전 상진은 언제나처럼 통근버스를 타고 리조트로 가다가 심한 구토증을 견디지 못하고 도중에 내렸다. 직장인 리조트까지 가려면 구불구불한 오르막길을 통과해야 했다. 하지만 그 길을 다 오르지도 못하고 버스에서 내려버린 것이다.

그게 시작이었다. 버스에서 내린 뒤에도 상진은 자신의 상황이 이해되지 않았다. 처음에는 뭘 잘못 먹었나 싶었다. 엊저녁에 술을 마시지도 않았는데 자꾸 구토가 나는 게 전날 저녁 식사 때문에 탈이 났나 싶었다. 하지만 곧 그런 것이 아님을 깨달았다.

버스에서 내리는 순간부터 그의 구토 증세는 더욱 심해졌다. 머리가 빙글빙글 도는 것 같은 어지럼증 때문에 간이 휴게소 바닥에 한참 동안이나 누워 있어야 했다. 하늘을 바라보았을 때는 조금 괜찮게 느껴졌지만 다시 몸을 일으켜 산이나 까마득한 아랫동네를 바라보면 견딜 수 없는 공포감이 찾아왔다. 결국 그날 상진은 반나절 동안 옴짝달싹도 못한 채 벌벌 떨면서 산 중턱의 휴게소에 머물렀고, 온갖 용기를 쥐어짜내어 택시를 타고서야 아랫동네까지 내려올 수 있었다.

그 뒤로 몇 번이나 산에 오르려 했지만 한번 생겨버린 끔찍한 공포는 사라지지 않았고, 그는 예기치 않게 연가를 사용할 수밖에 없었다. 무슨 병인지 알 수가 없어서 병가를 낼 수도 없었다. 지푸라기라도 잡는 심정으로 시내의 병원을 전전했다. 처음에는 어느 과로 가야 하는지 몰라서 내과와 외과를 돌아다녔다. 메스꺼움의 원인을 반고리관 이상으로 생각도 해보았지만 검사 결과는 완벽한 정상이었다. 외과 의사가 조심스럽게 신경정신과를 추천했을 때는 차라리 마음이 편했다. 그 역시 정신적인 문제가 아닌지 알아보고 싶던 차였다.

신경정신과에서 상담을 받는 동안 의사가 내린 결론은 특정 공포증이었다. 그것도 중증의 고소공포증. 일반적인 고소공포증은 태어나면서부터 인간이라면 누구나 가지고 있는 것이지만, 그의 경우에는 일상적인 생활이 불가능할 정도의 과도한 공포증을 가지고 있다고 했다. 그것도 갑자기. 급작스럽게!

이 갑작스러운 공포증의 원인을 찾아내려고 애를 써보았지만 그의 일상에서 특별한 사건은 없었다. 심지어 아주 옛날 고릿적 일들까지 죄다 꺼내보았지만 별다른 계기를 찾을 수가 없었다. 그러다가 동료의 사고 소식을 들었다. 함께 근무하던 무기계약직 동료였다.

겨울에는 스키족이 리조트의 주된 이용자인 반면 다른 계절에는 골프장 이용객과 전망용 곤돌라 이용객이 주로 리조트를 찾았다. 눈코 뜰 새 없이 바쁜 겨울철에는 계절 아르바이트생들이 전망용 곤돌라를 운영했지만, 비수기에는 그와 같은 무기계약직 직원들이 곤돌라를 운영했다. 운행 시간에 그와 동료는 각각 산 아래와 꼭대기에서 손님들을 안전하게 태우고 산 위로 또는 아래로 이동시켜주었다. 또한 곤돌라를 깨끗하게 유지하고 보수하는 일도 그들의 몫이었다.

상진의 휴가 기간 동안에는 동료가 다른 직원과 함께 곤돌라의 운행을 맡았다. 그런데 본래는 상진이 맡았어야 할 곤돌라에서 사고가 터진 것이다. 그날도 평소처럼 많은 여행객이 곤돌라를 타고 산꼭대기의 전망을 즐겼다. 그리고 곤돌라 운행이 마감되는 시간이 되어 한 명도 빠짐없이 모두 밑으로 내려왔다. 그날 동료 직원은 여행객이 전부 내려갔는지 확인하고 산꼭대기 휴게소에서 근무하는 분들까지 모두 퇴근시킨 다음 마지막으로 곤돌라를 탔다. 아니, 탔을 것이다. 하지만 동료는 산에서 내려오지 않왔다. 그날 산 아래쪽에서 곤돌라 운행을 맡았던 직원은 상황이 잘못되었음을 인식하지 못했다. 상진의 일을 임시로 맡았기 때문에 이상을 감지하지 못한 것이다. 무엇이 잘못되었는지는 이튿날에야 드러났다. 아침 일찍, 그들은 곤돌라 운행을 담당했던 동료 직원의 싸늘한 시신을 발견했다. 그가 정상적으로 곤돌라를 타고 내려오는 것을 누구도 확인하지 않았던 것이다.

동료의 사망 소식을 듣고 상진은 그날로 장례식장에 달려갔다. 그곳에서 만난 다른 직원들이 사고 당시의 정황을 말해주었다. 동료의 시신이 발견된 곳은 곤돌라가 움직이는 산 중턱의 계곡 아래였다. 그의 목에는 산악용 로프가 감겨 있었다. 평소 그가 어깨에 곧잘 메고 다니던 로프였다.

직원들은 추측했다. 동료 직원이 곤돌라를 타고 아래로 내려오는 도중에 왜인지 몰라도—어쩌면 커다란 산짐승을 보았을지도 모른다—곤돌라의 안전바를 풀고 문을 열었을 것이다. 그런데 운이 없게도 중심을 잃고 밖으로 떨어지자 로프가 곤돌라 손잡이에 걸렸을 것이다. 그때 어깨 쪽에 걸렸던 로프가 풀리면서 목을 감았고 동료는 그대로 질식사해버린 것이다. 곤돌라가 아래쪽에 도착하기 전에 로프가 풀어지면서 그는 계곡 아래쪽으로 떨어져버렸을 것이다. 뭐, 사람들이 그렇게들 말하고 있었다.

의사는 동료의 사고 소식을 상진의 공포심과 연결 지으려 했지만 소용없는 일이었다. 상진이 예언자가 아닌 이상 동료의 사고가 나기 전부터 공포심을 가질 수는 없지 않은가 말이다. 그렇게

2주가 흘렀다. 이제 더 이상의 연가는 사용하기 어려웠다. 이대로라면 그는 만족스럽게 생각해온 직장을 그만둬야 하는 상황이었다. 가슴이 답답했다.

'당신에게 귀신이 붙었어요.'

신경정신과 병원 앞에서 보았던 점쟁이 노인의 목소리가 두 귀에 가득 찼다. 말도 안 된다고 생각했지만 상진은 그 말을 지울 수가 없었다.

"후욱, 훅."

상진은 두 손으로 입을 막았다. 손을 동그랗게 말아 내뱉는 공기를 다시 삼켰다. 신경정신과 의사가 극도의 공포가 예기치 않게 다가왔을 때 사용하라고 알려준 방법이었다. 너무나도 익숙한 광경이 버스 차창 밖으로 펼쳐졌다. 그런데 그 광경을 바라보는 것이 한없이 고통스러웠다. 빙글빙글 지그재그로 올라가는 오르막길이 그의 심장을 공격했다. 더없는 공포가 상진의 온몸을 잠식하기 시작했다. 머리가 아득해지고 눈앞이 붉게 물들어가는 것만 같았다. 오늘은 기필코 버스 종점까지 견뎌볼 작정이었지만 이제 역부족이었다. 그는 금방이라도 죽을 것 같은 느낌이 들었다. 이대로 버스 안에서 정신을 놓아버려야 하는 순간이 왔다.

"아저씨, 도와드릴게요."

아득한 정신 속에서 누군가가 상진의 손을 잡았다. 작은 손이었다. 그 작은 손에서 아주 청량하고 맑은 느낌이 전해졌다. 차가운 손은 아니지만 마치 얼음을 움켜쥔 것처럼 맑은 기운이 정신을 번쩍 들게 했다. 그러자 지끈거리는 두통도, 참을 수 없는 구토도 말끔히 사라졌다. 상진의 눈이 함지박처럼 커졌다. 조금 전까지만 해도 정신이 깜빡깜빡 넘어가려 했는데 모든 것이 말끔하게 돌아왔다. 상진은 흐느적거리던 몸을 바로 가누고 그 작은 손의 주인을 바라보았다.

처음 보는 낯선 소년이 그의 손을 마주 잡고 있었다.

"누, 누구니, 너는……?"

상진은 낯선 아이의 얼굴을 바라보았다. 검은 상고머리가 동그란 머리통을 감싼 남자아이였다. 까만 눈을 반짝이는 남자아이의 차림새는 조금 특이했다. 청학동에 사는 아이들처럼 옛날식 하얀 한복을 입고 있었다.

"괜찮으세요?"

검고 맑은 눈동자가 그를 향해 싱긋 미소를 지었다. 죽을 것처럼 괴로웠던 상진의 공포증이 완전히 사라졌다. 어찌 된 영문인지 알 수가 없었다. 그제야 두려움에 잠식되어 그가 보지 못했던 주변 상황이 눈에 들어왔다.

버스에는 사람이 많지 않았다. 그중에는 상진의 손을 잡고 있는 어린 소년 말고도 그 소년과 상진을 번갈아 바라보는 눈동자들이 있었다. 그중 한 명은 매우 젊은 스님이었다. 그 곁에는 똑같은 승복을 입은 긴 머리의 여자도 있었다. 그 여자의 무릎에는 양 갈래로 머리를 묶은 작은 여자아이가 앉아 있었다. 그 사람들과 상진만 산을 오르는 버스에 타고 있었다. 상진은 그들의 얼굴을 찬찬히 확인해보았다. 이 동네에서는 본 적이 없는 낯선 사람들이었다.

상진과 안면이 있는 사람이 없다는 건 다행스러운 일이었다. 이런 비참한 모습을 누구에게도 들키고 싶지 않았으니까. 하지만 낯선 이들이 죄다 자신을 바라보고 있는 것도 기분이 좋지는 않았다. 아마도 그의 표정이나 모습이 꼴사나워 보였을 것이다. 이상한 사람이라고 생각할지도 몰랐다. 갑자기 얼굴이 확 붉어지는 느낌이었다.

"괜찮으세요, 아저씨?"

꼬마는 상진의 얼굴을 바라보며 걱정스럽게 말을 건넸다. 작은 손으로는 여전히 상진의 손등을 감싼 채였다.

"괘, 괜찮아."

상진은 손을 빼내야 하는지 고민했지만 소년이 자신의 손을 붙들고 있는 것이 싫지 않았다. 그 손에서 느껴지는 맑은 기운이 상진의 마음을 편안하게 만든 까닭이다.

"언제부터 이러셨어요? 오래되지는 않은 것 같은데……."

소년은 눈을 동그랗게 뜨고 상진을 바라보았다. 상진은 화들짝 놀라 아이를 마주 보았다.

"좀 전에 굉장히 두려우셨지요? 원래부터 두려워하셨던 건 아니죠? 혹시 갑자기 생긴 게 아닌가요? 뭐가 그토록 두려우셨던 거예요?"

"……그건…… 사, 산이……."

상진은 낯선 아이에게 자신의 문제를 털어놓는 이 상황이 아주 비정상적으로 느껴졌다. 하지만 대답하지 않을 수가 없었다. 그는 아이의 까만 눈동자 속으로 온몸이 빨려 들어갈 것만 같다는 생각이 들었다. 어린아이의 눈빛이 어쩌면 저리도 또렷하고 깊은지 놀라울 정도였다. 아이는 가만가만히 상진을 바라보았다. 그러더니 고개를 갸웃 흔들었다.

"참 이상도 하네요. 고약한 할머니는 아닌데…… 어째서일까요?"

상진은 소년의 고개가 갸우뚱해질 때마다 자신도 모르게 같은 방향으로 고개를 기웃거리는 자신을 발견하고 화들짝 놀랐다. 갑자기 두 볼이 붉게 달아올랐다.

"하, 할머니?"

"네, 할머니요."

"갑자기 할머니는 왜……?"

상진은 아이의 말을 알아들을 수가 없었다. 조금 이상한 아이가 아닐까 생각하는 순간, 문득 창밖의 풍광이 눈에 들어왔다. 조금 전만 해도 1분이 한 시간처럼 느껴졌는데, 소년과 느릿느릿 얘기하다 보니 어느새 리조트로 오르는 산어귀에 도착해 있었다. 놀랍게도 느리게 가던 시간이 화살처럼 빨라져 있었다. 갑작스럽게 다가온 공포가 예기치 못한 사이에 까맣게 사라진 것만 같았다.

"어, 저기…… 나는 여기서 내려야 해서……."

상진은 어물어물 몸을 일으켰다. 일반 버스는 산 위쪽에 건설된 리조트 안으로 들어가지 않기 때문에 이곳에서 내려 리조트의 내부순환버스를 타든지, 아니면 산 위쪽까지 걸어가야 했다.

상진은 자신의 두 다리로 리조트 사무실까지 올라갈 작정이었다. 어쨌든 주말이 지나 출근을 하려면 사무실까지는 두 발로 갈 수 있어야 하지 않겠나 싶었다. 오지 못할 것만 같았던 리조트 초입에 도착했으니 조금만 고생하면 사무실까지 오를 수 있을 것 같았다. 상진은 낯선 소년에게 어쩐지 인사를 해야 할 것만 같아 고개를 꾸벅 숙였다. 그러고는 서서히 속도를 줄이는 버스에서 내릴 준비를 했다.

　소년은 상진을 유심히 바라볼 뿐, 어떤 말도 행동도 하지 않았다. 버스에서 내리려는 상진에게 자리를 비켜주면서도 소년은 내내 그의 뒷모습을 바라보았다. 버스가 멈추자 상진은 쫓기듯 버스 아래로 뛰어내렸다.

　맑은 공기가 폐부를 씻어내는 듯한 느낌이 드는 것은 한순간뿐이었다. 그가 차 문을 내려서자마자 다시금 형용할 수 없는 공포가 온몸을 엄습했다.

　"우…… 우욱!"

　상진은 토할 듯 메스꺼운 느낌에 입을 막았다. 또다시 형용할 수 없는 공포에 휩싸이기 시작했다. 그는 출발하는 버스를 뒤돌아보았다. 버스 차창 너머로 하얀 한복을 입은 동그란 머리의 소년과 눈이 마주쳤다. 인정하지 않을 수가 없었다. 잠시라도 극심한 공포를 잦아들게 한 것은 소년의 힘이 분명했다. 상진은 소년을 향해 손을 뻗고 싶었다. 그 아이를 붙잡고 싶었다. 조금 전에 도대체 내게 무엇을 한 거냐고 묻고 싶었다. 하지만 입도 뻥긋할 수가 없었다.

　그는 심한 어지럼증을 느끼며 바닥에 풀썩 주저앉았다. 그러고는 눈동자가 새까만 시멘트 바닥과 점점 더 가까워지는 것을 느꼈다. 온 세상이 팽그르르 돌아갔다. '이대로 정신을 잃는가 보다'라고 생각하는 그 순간이었다. 저 멀리 뒤집어진 버스가 보였다. 거꾸로 하늘로 올라선 검은 도로에 끼이익 타이어가 긁혔다. 버스 계단 아래로 무언가가 와르르 떨어지는 것 같았다. 그리고는 하얗게…… 모든 것이 사라졌다.

2

 화들짝 놀라 눈을 떴다. 까마득한 순간이 지나고 갑자기 머리가 맑아졌다. 오른손에서 전해진 맑은 기운이 정수리까지 퍼졌다. 까마득하던 세계가 착착 제자리를 잡고 세상이 또렷하게 바로 세워졌다.
 "……괜찮으세요?"
 버스에서 보았던 한복 소년이 눈앞에 앉아 있었다. 상진은 벌떡 몸을 일으켰다. 소년이 허리를 곧추세운 상진 옆에 바싹 다가앉아 그의 오른손을 붙잡고 있었다. 상진은 고개를 돌려 주변을 바라보았다. 무슨 일이 있었는지 파악하기 위해서였다. 놀랍게도 까마득히 멀었던 시간은 불과 몇 초밖에 되지 않았던 모양이다. 그가 내렸던 버스가 부릉 소음을 내며 막 출발하는 게 보였다. 상진을 내려주고 출발하던 버스가 정류장을 조금 벗어난 곳에서 급하게 멈춰 서서 소년을 내려주었던 모양이다. 아니, 정확히는 소년의 일행을 내려주었던 모양이다. 소년과 함께 버스에 타고 있던 스님과 여자, 그리고 어린 여자아이까지 상진의 곁에 있었다.

"내가…… 쓰러졌나 보구나."

상진은 자포자기한 얼굴로 한숨을 내뱉듯 말했다. 오늘은 혼자 힘으로 어떻게든 버스를 타고 리조트 초입까지 다다를 생각이었다. 그리고 사무실까지는 도로를 따라 두 발로 찬찬히 올라볼 생각이었다. 며칠 동안 조금씩 준비하면 다시 출근할 수 있을 거라고 믿었다. 하지만 사무실까지 도착하기는커녕 리조트 초입에 다다르는 것도 불가능했다.

출근하지 못하는 직원이 회사를 다닐 수는 없는 일. 그토록 좋아하고 자랑스러워했던 직장을 퇴직할 수밖에…… 도리가 없었다. 상진의 눈이 붉게 타올랐다. 이제 끝장이다.

"할머니는 누구예요?"

흰색 한복을 입은 꼬마가 상진을 바라보는 것인지, 아니면 상진의 등 뒤 어딘가를 바라보는 것인지 애매한 시선으로 물었다. 상진은 깜짝 놀라 뒤를 돌아보았다. 등 뒤에 누가 있나 해서였다. 하지만 산을 통과하는 넓은 아스팔트 도로 외에는 아무도 보이지 않았다. 비수기라 리조트에는 조금 전에 사라진 버스를 제외하고 다른 차량이 보이지 않았다. 겨울이면 북적대는 스키 렌털 상점의 문은 단단히 닫혀 있었다. 상점과 나란히 붙어 있는 민박집과 모텔들도 썰렁하게만 보일 뿐, 사람은 한 명도 보이지 않았다.

"나는 할머니가 아닌데…… 난 남자야."

상진이 기운 빠진 목소리로 대답하자 소년이 키득 웃음을 지었다. 동시에 소년의 뒤에 있는 어린 소녀와 젊은 여자의 얼굴에도 웃음기가 흘렀다. 상진은 자신의 대답이 뭐가 우스운지 알 수가 없었다.

"아저씨가 남자인 건 알아요. 그게 아니라…… 아저씨 뒤에 계신 분께 물어봤어요."

까만 머리의 소년이 정말 무시무시한 말을 아무렇지도 않게 내뱉는 것이 신기했다. 그 말을 담담하게 받아들이는 상진 역시 스스로가 신기했다. 아이의 말이 끝나자마자 버스를 타기 전에 그의 등 뒤에 대고 소리치던 점쟁이 할아버지의 말이 겹쳐졌다.

당신에게 귀신이 붙었어요…….

"역시…… 내게 귀신이 붙은 거니?"

상진은 스스로도 그렇게 끔찍한 말을 담담하게 내뱉을 수 있다는 사실이 어처구니없었다. 자신의 말에 여지없이 고개를 끄덕이는 남자아이의 모습은 더욱 괴상했다. 하지만 가장 이상한 것은 이 모든 것이 일상처럼 받아들여지는 이 순간이었다.

길바닥에 널브러져 있던 상진을 일으켜 세운 건 승복을 입은 건장한 스님이었다. 햇살에 반짝거리는 하얀 민머리의 스님은 상진을 마치 어린아이처럼 가볍게 들더니 리조트 초입에 있는 가로등 아래 기다란 벤치에 앉혔다. 벤치에 앉을 때까지 소년은 상진의 손을 내내 붙잡고 있었다. 스님이 그를 벤치에 앉히기가 무섭게 아이가 질문을 던지기 시작했다.

"할머니 한 분이 오셨네요. 보기에는 아주 최근에 오신 것 같은데……. 언제부터 이런 증세가 나타났어요?"

"……한 달이 채 되지 않았단다. 2주 전쯤부터 갑자기 공포심이 날 괴롭히기 시작했어. 산을 봐도 무섭고, 높은 곳을 바라봐도 심장이 덜덜 떨렸다. 그전까지 나는 산을 정말 좋아했는데 말이다."

"할머니가 느끼는 두려움이 너무 커서 아저씨에게도 전해지는 거예요. 최근에 아저씨 할머니가 돌아가셨나요?"

"무슨 소리냐. 시골에 친할머니도 살아 계시고, 멀지 않은 동네에 부모님과 외조부모님도 모두 생존해 계시단다."

"혹시 돌아가셨는데 모르시는 건 아니고요? 가족들이 아저씨에게 비밀로 했다든가……."

"아니, 그게 무슨 소리냐!"

상진은 깜짝 놀라 소년을 바라보았다. 그럴 리 없었다. 몸이 이 모양이 되고 나서 가족의 위로가 더욱더 필요해서 며칠 전까지 부모님과 조부모님들까지 전부 통화를 했다. 워낙에 건강한 분들인데다 혹시 좋지 않은 일이 있었더라도 가족들이 상진에게 연락을 하지 않았을 리가 없다. 집안의 장손인 그는 큰일이 있으면 제일 먼저 연락을 받으면 받았지, 그에게 숨길 이유가 없었다. 상진이 영감을 잡지 못하고 어리둥절해하자 소년 역시 고개를 갸웃거렸다.

"그럼 차림새를 알려드릴 테니까 떠오르는 분이 있는지 생각해보세요. 머리에는 모자를 썼는데, 조금 특이해요. 산악용 모자처럼 머리 전체에 둥근 챙이 달렸네요. 황토색 모자랑 같은 색으로 조끼를 입었는데 조끼가 많이 커 보여요. 조끼에는 주머니가 많아서 자잘한 것을 잔뜩 담을 수 있어요. 위에는 회색 티셔츠를 입었고 아래는 검은색 바지를 입었어요. 바지는 통이 넓은 고무줄 바지예요. 두껍고 빳빳한 천으로 된…….."

아이는 도대체 누구에 대해 묘사하는지 몰라도 상진의 어깨 너머 어딘가 아득한 곳을 바라보며 설명하기 시작했다. 상진은 괴상하다고 생각하면서도 잔뜩 집중해 아이의 이야기를 들었다.

"산에 다니는 분들의 일반적인 차림새구나. 하지만 우리 리조트 근처에는 그런 차림의 관광객이 많지 않아. 왜냐면 관광객들을 위한 곤돌라를 마련해두어서 다들 그걸 이용하지. 그래서 관광객들의 차림새가 아주 화려하고 멋진 편이야. 대부분 평상복이고 말이야. 그래서 관광객은 아닐 것 같고. 대신 우리 리조트에서 근무하는 용역회사 아주머니들이 생각나는데……."

상진의 대답을 듣던 아이는 역시 아득한 눈길로 어딘가를 향해 속삭였다.

"맞아요, 할머니?"

상진은 미간을 찌푸렸다. 뭔가 제대로 되지 않는 모양이었다. 남자는 대체 무슨 일이 일어난 건지 궁금해 미칠 지경이었지만 소년을 방해할 수는 없었다. 적어도 남자아이가 상진의 손을 붙잡고 있는 동안에는 모든 것을 앗아갈 것만 같았던 공포감이 깨끗이 사라졌다는 사실만으로도 그는 만족스러웠다.

"휴우, 어쩌죠? 안 되겠어요."

소년이 갑자기 벌떡 일어섰다. 상진을 붙잡고 있던 손도 떼어졌다. 순간 상진은 눈앞이 다시 까마득해지는 느낌이었다. 그는 비틀비틀 소년의 손을 찾았다. 그러다가 간신히 아이의 한복 자락을 붙잡았다.

"우...... 하아......"

볼썽사나운지 몰라도 상진은 소년의 옷자락이라도 잡아야 했다. 그러지 않으면 순식간에 몰려드는 끔찍한 공포감을 견딜 수가 없었다.

"어쩌죠? 할머니 영혼의 상태가 좋지 않아요. 여기 있을수록 더 심해질 것 같아요. 이 아저씨를 데리고 다시 산 아래로 내려가야 할 것 같은데...... 어떡하죠?"

소년이 곤란한 얼굴로 승복을 입은 남녀와 어린 여자아이를 바라보았다.

"알았어. 그럼 산 아래로 내려가야지."

상진의 눈에 승복을 입은 남자와 여자가 고개를 끄덕이는 모습이 보였다. 그 옆에 있는 작은 여자아이만은 표정이 달랐다.

"아이, 정말! 우리도 갈 길이 바쁜데 저 아저씨를 도와주러 도로 내려간다고? 아이, 진짜 그래도 되는 거야? 낙빈아, 너 말이야, 늦으면 어떡하려고 그래?"

"미덕아, 우리가 두 발로 가기로 한 것부터가 시간에 구애받지 않고 다니기로 한 거잖니. 도움이 필요한 사람을 모른 척할 수는 없는 일이야. 조금 빨리 간다고 해도 빠르지 않을 수도 있단다. 서

두르다가 더 늦어지는 법이야."

"빙 돌아 늦게 가는 것이 더 빠른 길일 때도 많아."

승복을 입은 여자와 남자가 번갈아 소녀를 달랬다.

"그게 무슨 말도 안 되는 소리야! 아이, 정말!"

여자아이는 화를 잔뜩 내면서도 고집을 피우진 않았다.

"그럼 언니랑 오빠는 낙빈이랑 먼저 내려가요. 난 우리 복실이들을 만나서 데리고 갈게. 복실이들은 버스길을 따라서 여기까지 올 거야. 내가 기다렸다가 데려갈 테니까 먼저 내려가요."

"그래, 알았다. 고마워, 미덕아."

예쁘게 생긴 여자가 살그머니 어린 여자애의 머리를 쓰다듬자 아이는 입술을 삐죽거리면서도 이내 표정이 밝아졌다. 그들은 서로 몇 마디를 주고받더니 소년과 승복 차림의 남녀가 상진을 데리고 아랫동네로 내려가는 반대편 버스 정류장에 섰다. 상진은 왜 이래야 하는지 무척이나 궁금했다. 그는 이것저것 알고 싶은 점이 많았지만 우선은 입을 꾹 다물었다. 생판 모르는 사람들이지만 자신에게 결코 해가 될 일을 하지 않을 거라는 믿음이 있었다. 어쩐지 그들만이 이 끔찍한 위험으로부터 자신을 구해줄 거라는 근거 없는 생각도 들었다.

소녀를 혼자 산 위에 두고 내려가는 게 어쩐지 이상했지만 그것도 더 묻지 않았다. 상진은 한복 소년의 일행이 이끄는 대로 버스를 타고 산 아래로 내려왔다.

"아저씨 집이 가까우면 가봤으면 좋겠는데요······."

마을 아래로 내려서자 소년이 상진을 바라보며 조심스럽게 말을 건넸다. 상진의 입장에서도 사람이 많은 곳에서 이상한 자신의 상태에 대해 말하기보다 그 편이 더 나았다. 오늘 처음 만난 사람들을 집으로 데려가는 어처구니없는 일이 어쩌면 이렇게나 자연스럽게 느껴지는지.
 상진은 혼자 살고 있는 작은 원룸으로 일행을 이끌었다. 원룸 건물이 다닥다닥 붙어 있는 시내에 그의 보금자리가 있었다. 3층짜리 원룸 건물의 2층으로 올라가 방문을 열었다. 좁은 현관을 지나면 작은 입식 부엌이 딸린, 혼자 살기에 적당한 방이 나왔다. 미니 장롱에 책상 하나와 책장 하나. 단출하고 깔끔한 살림살이가 전부였다.
 "저기, 드릴 건 없고 차나 커피라도……."
 "아녜요. 저희도 갈 길이 바빠서 그런 건 신경 쓰지 마세요."
 일행은 손사래를 치더니 상진의 방을 꼼꼼히 확인했다. 방을 둘러보던 승복 차림의 여자가 고개를 갸웃거렸다.
 "낙빈아, 별다른 느낌이 가는 물건은 없구나."
 "네, 누나. 친할머니나 외할머니가 아니라면 영혼이 담긴 물건이라도 주워온 게 아닌가 싶었는데…… 그런 건 없네요."
 소년도 고개를 흔들었다.
 "할머니, 이제 좀 괜찮으세요?"
 소년은 상진 쪽을 바라보며 또 할머니를 찾았다. 상진은 자신이 이 물음에 대답을 해야 하는지 순간 움찔했지만 소년이 질문을 하는 대상은 분명 그가 아니었다. 상진은 자신에게 귀신이 들러붙었음을 절감했다.

"할머니가 지금은 괜찮으신 것 같아요. 아까는 왜 그렇게 부들부들 떠셨어요?"

소년은 또다시 상진을 향해 물었다. 그러다가 곧 고개를 갸웃거렸다.

"할머니…… 뭔가 좀 특이하신 데가 있네요? 혹시…… 말씀을 못하세요? 할머니 감정은 알겠는데, 그걸 왜 말씀으로 해주시지 않죠?"

"아앗!"

소년이 보이지 않는 할머니와 대화하는 순간 상진이 버럭 소리를 질렀다.

"마, 말씀을 못하신다고 했니?"

"아…… 네."

소년은 동그란 눈으로 상진을 바라보았다. 어딘가 먼 곳을 바라보는 것이 아니라 상진의 눈을 정면으로 응시했다. 그 순간 상진은 소년이 자신을 향해 말할 때와 자신에게 붙은 귀신에게 말할 때 바라보는 초점이 서로 다르다는 걸 깨달았다.

"그렇게 말하니까 생각나는 분이 있어. 우리 리조트에서 일하던 아주머넌데…… 옛날에 고생을 많이 해서 그런지 등이 굽고 주름도 좀 많은 편이지만 환갑을 넘지 않은 아주머니였어. 말씀을 못하시는데…… 아아, 그러고 보니까……."

상진은 갑자기 무언가에 얻어맞은 것처럼 머리가 띵했다. 교묘하고도 정확하게 일치하는 점을 찾아낸 것이다.

"그러니까…… 내가 갑자기 두려운 생각이 들기 시작한 게…… 아주머니가 일을 그만둔 직후였을 거야."

상진은 갑작스럽게 밀려드는 여러 가지 생각에 몸을 떨었다. 그의 등 뒤에서 외치던 점쟁이 할아버지의 말과 소년의 말이 하나로 뭉쳐지는 순간이었다. 귀신이 붙었다, 말하지 못하는 할머니가 보인다……. 그 아주머니가 귀신이 되어 상진에게 씐 것일까?

"하지만 왜…… 난 아주머니에게 잘못한 게 없는데……."

상진은 혼란스러워 보였다.

"늘 아주머니를 도와드렸지. 말씀을 하실 수가 없어서인지 같은 용역회사 분들과 오더라도 늘 혼자 일을 하시곤 했어. 다른 사람들이 휴식을 취할 때도 혼자서 내내 청소를 하며 리조트를 돌아다니셨지. 얼마나 부지런하고 성실했는지 몰라. 아침에는 새벽 출근자들이 타는 순환버스를 타고 본인의 출근 시간보다 한두 시간 일찍 오시기도 했어. 고생하는 모습이 딱해 보여서 내가 아주머니를 더 챙겨드리곤 했단다. 가끔 간식 같은 게 생기면 제일 먼저 드리고, 혹시라도 남는 게 있으면 집에서 드시라고 따로 챙겨드리기도 했지. 가끔은 아주머니와 함께 이런저런 이야기를 나누기도 했는데…… 몸짓도 하고, 아주머니가 늘 갖고 다니는 수첩을 통해 이런저런 이야기를 들었지. 다른 사람들하고는 통 말씀을 안 하시는 분인데 나랑은 얘기가 잘 통했어. 그래서 아주머니가 혼자 살고 있다는 것도, 원래는 말씀을 하셨는데 뇌출혈인가 뇌경색을 겪은 뒤부터 말을 못하시게 되었다는 것도 알게 됐어. 아주머니는 특히나 내 얘기를 참 잘 들어주셨어. 말씀은 못하셔도 듣는 데는 문제가 없다고 하셨거든. 아주머니에게 이런저런 말을 하다 보면 왜인지 걱정도 사라지고 기분도 좋아지곤 했어. 별건 아니지만 그렇게 좋은 친구가 되어드리려 했는데……. 어느 날 갑자기 아주머니가 안 나오시는 거야. 좀 이상한 생각이 들어서 용역회사에 전화로 확인해봤더니 미안하다는 말과 함께 다른 분이 충원되었어. 아주머니께 무슨 일이 있느냐고 물어봤더니 좋은 조건을 내건 라이벌 용역회사가 생겨 여러 사람이 빠져나갔다면서 울상을 짓더라고. 그렇게 빠져나간 사람들 중에는 회사 측에 제대로 말도 안 하고 무책임하게 떠나버린 사람이 많다고. 아니, 아주머니의 경우엔 미리 알리려고 했을지도 모르지만 말을 못하시니까 아마 서로 알아듣지 못하고 떠나신 것 같다고 하더라고. 그래서 나는…… 좀 더 사정이 나은 용역회사로 이직하셨다고만 생각했어. 조금 서운하긴 했지만 좋은 조건이라니 축하해드려야겠다고 생각했어. 그런데…… 어째서 이런 일이 일어난 거지? 내가 아주머니께 무슨 잘못이라도 했던 건가? 아니, 그게 중요한 게 아니라…… 아주머니가 언제 돌아가신 거지? 귀신이 되었단 말은…… 돌아가셨다는 말이잖아."

상진은 아주머니에 대한 기억을 정신없이 내뱉어보았지만 아무리 생각해도 아주머니가 그에게 악감정을 가질 일은 없었다. 귀신이 되어 달라붙을 일은 맹세코 한 적이 없다.

"맞아요, 아저씨. 아주머니는 아저씨에게 전혀 나쁜 감정이 없어요. 오히려 아저씨를 도와주려는 거예요."

"뭐?"

"네, 정말이에요. 아주머니는 돌아가신 지 얼마 되지 않아요. 그리고 아저씨를 걱정해서 여기 계신 거예요. 저기…… 아주머니, 어떻게 돌아가신 건지 말씀해주시겠어요?"

소년이 또다시 상진 등 뒤의 먼 곳을 바라보며 말했다. 바로 그때였다.

컹컹컹!

나지막하게 개 짖는 소리가 들렸다. 상진은 깜짝 놀라 현관 쪽을 바라보았다. 그가 살고 있는 원룸 건물엔 개가 없었다. 주인이 애완동물 키우는 것을 허락하지도 않았다. 그런데 갑자기 방 앞에서 개 짖는 소리가 나는 것이다.

"미덕이가 왔나 보구나."

승복을 입은 정희와 정현이 현관으로 나갔다. 현관문을 열자마자 머리를 양쪽으로 묶은 여자아이와 흰색·검은색·황토색 개가 와르르 밀고 들어왔다. 상진의 눈이 커졌다. 사람만큼이나 커다란 개가 좁은 부엌을 가득 채웠다.

"개, 개는…… 안, 안 되는데……."

하지만 그가 더 말하기도 전에 세 마리 개는 좁은 원룸 부엌 바닥에 차분하게 드러누웠다. 마치 존재감을 완전히 없애는 게 가능한 것처럼 아예 없는 듯이 고요히 주인을 기다렸다. 상진은 갑자기 나타난 개들도 신기했지만 산 위에서 헤어졌던 어린 소녀가 어떻게 자신의 집을 찾아왔는지도 미심쩍었다. 하지만 이 사람들은 그게 당연한 것처럼 굴었다. 서로 연락을 주고받은 적도 없는 것 같은데 자연스럽게 집을 찾아온 꼬마가 이상한 건 상진뿐인 듯했다.

"미덕아, 잘 왔다. 나 좀 도와줘라."

"뭐 도와줄까?"

"내가 보는 걸 아저씨한테 좀 전해줄래?"

어린 소녀가 다가와 소년과 상진 사이에 철퍼덕 앉았다. 소녀는 먼저 소년의 손을 잡더니 남은 손을 상진에게 벌렸다. 손을 잡으라는 뜻이 분명했다. 상진은 주섬주섬 자리에 앉아 소녀의 손을 붙잡았다. 그 순간, 그는 머릿속으로 밀려드는 영상에 대경실색했다.

"뭐, 뭐야!"

소녀에게서 손을 떼자마자 상진의 머릿속에서 영상들이 새하얗게 지워졌다.

"조금만 참아주세요. 아주머니께서 하시고 싶은 말씀이 있는 것 같아요. 아저씨가 알아주시기를 바라고 계세요. 힘드시겠지만 조금만 참고 이야기를 들어보시겠어요?"

여자아이의 건너편에서 한복을 입은 소년이 상진의 표정을 살피며 조심스럽게 말했다.

"아, 아주머니가 나에게……? 저기, 나한테 안 좋은 감정이 있는 건 분명히 아니라고 그랬지?"

"네, 걱정 마세요."

하얀 한복을 입은 소년이 고개를 크게 끄덕이자 상진은 간신히 용기를 끌어냈다.

"아, 알겠어."

이번에는 상진이 스스로 어린 소녀의 손을 붙잡았다. 아이의 손을 붙잡자 다시 그의 머릿속으로 자신의 생각이 아닌 다른 누군가의 생각이 파도처럼 밀려들었다. 상진은 눈앞에 펼쳐진 모든 이야기에 집중하지 않을 수 없었다. 진심을 다해 무언가를 말하려는 간절한 마음이 한데 밀려들어왔기 때문이다.

3

'위험해, 총각! 위험해!'

상진은 두 귀를 찢을 것처럼 울려대는 소리를 알아챘다. 하지만 그것은 말이 아니었다. 음성이라기보다 강한 마음의 외침이었다. 다른 사람의 심장이 외쳐대는 말을 어떻게 상진이 알아듣는지 알 수 없었지만 그의 가슴속으로 다른 이의 마음이 밀려들어왔다.

눈앞에 산이 펼쳐졌다. 상진이 그토록 사랑하고 좋아하는 산이었다. 한적한 소도시의 끝, 높은 산어귀가 온통 푸르렀다. 사람들의 발길로 일부가 훼손되었다 하더라도 깊고 높고 아름답고 푸른 국립공원의 한 자락에 그가 일하는 리조트 건물이 있었다. 다른 스키 렌털 상점이나 민박보다도 월등히 높은 지대에 세워진

하얀색 리조트 건물은 산을 깎아 만든 도로를 사이에 두고 제1동부터 제5동까지 자그마치 300만 평에 이르는 하나의 마을이었다. 리조트의 중심에는 알프스 스타일의 건축양식을 자랑하는 특1급 호텔이 세워져 있고, 그 위로는 단체 예약자들을 위한 유스호스텔과 방문자들 스스로 식사를 준비할 수 있는 콘도들이 세워져 있었다. 콘도와 호텔의 중심에는 리조트에서 마련한 이국풍의 아름다운 상점이 줄지어 있었다. 산 아래 마을까지 내려가지 않더라도 모든 것이 해결되는 상점가였다. 순간 상진은 눈물이 핑 돌았다. 그는 그 모든 풍광이 이토록 아름다운지 미처 몰랐다.

평소에도 상진은 리조트 조성 당시 정해진 '알프스풍의 이국적 마을'이라는 콘셉트가 참 좋았다. 하지만 이토록 눈물이 나도록 감동적이고 아름다울 줄은 몰랐다. 상진에게 생긴 공포증 탓에 한동안 가지 못했던 그의 직장은 더더욱 뼈에 사무칠 정도로 아름다운 곳으로 느껴졌다. 그곳을 바라보는 생각의 주인 역시 남자와 그리 다르지 않았다. 하지만 그녀의 생각 속에는 두려움이 존재했다. 이 아름다운 풍광을 가슴 떨리도록 두렵게 만드는 원인이 있었다. 상진은 그것이 무엇인지 궁금했다. 생각의 주인이 보여주는 대로 시간이 흘러갔다.

통근버스를 타고 리조트에 도착하는 발걸음이 느껴졌다. 새벽녘이다. 다른 사람들이 출근하기 전에 제일 먼저 통근버스를 타고 리조트로 들어오는 것이다. 익숙한 듯 지하 라커룸에 들어가 옷을 갈아입는다. 조끼를 걸치고 청소용구를 카트에 실은 다음

질질 끌고 나온다. 엘리베이터를 탄다. 청소 구역은 일정하게 정해져 있다. 정해진 스케줄대로 이동한다. 제일 먼저 도착한 곳은 호텔의 공용시설이다. 1층 화장실과 복도를 정갈하게 청소한다. 청소는 어렵지 않다. 몸이 고되지만 호텔 공용구역은 다른 어느 곳보다 청소한 보람이 크게 느껴질 정도로 반들반들거린다. 반짝이는 거울에 얼굴이 비친다.

'아, 아주머니!'

남자는 거울에 비친 얼굴을 확인하고 나서 이 생각의 주인이 누구인지 분명하게 알아챘다. 말을 못하던 용역회사의 청소 아주머니가 틀림없었다. 본래 나이보다 훨씬 더 나이 들어 보이는 아주머니의 얼굴에는 자글자글한 주름이 가득했다. 허리는 굽고 몸은 노쇠했지만 용역 직원들 중 누구보다도 바지런하고 성실한 분이었다. 그녀가 반들거리는 거울 앞에서 씨익 미소를 지었다. 상진은 아주머니가 환히 웃는 모습을 거의 본 적이 없었다. 늘 무표정하고 침울한 얼굴의 아주머니가 반짝이는 거울에 어색한 웃음을 지어 보이는 게 익살스럽다. 누군가가 화장실 안으로 들어온다. 화들짝 놀란 아주머니가 거울 앞의 세면대를 깨끗하게 훔친다. 두 볼이 발그레 달아올랐지만 상대편은 아주머니에게 눈길도 주지 않았다.

아주머니는 청소용구 카트를 끌며 호텔 로비를 빠져나온다. 카트를 집어넣은 뒤 이번에는 좀 더 아래쪽에 있는 곤돌라를 향해 나아간다. 곤돌라와 리프트 줄이 여럿 보인다. 우선 아주머니가 가야 할 곳은 아래쪽의 곤돌라 상가동이다. 곤돌라를 타러 오는 사람들이 들르는 작은 스낵바가 모여 있는 곳이다. 곤돌라 건물 동 지하에 따로 마련된 청소용구실에 들러 카트를 끌고 나온다. 그리고 복도와 바닥을 찬찬히 닦는다. 실내 청소가 끝나면 밖으로 나온다. 엊저녁에 마무리 청소를 했는데도 나무판자를 켜켜이 이은 바닥에는 새로이 이물질들이 떨어져 있다. 자연에서 늘 생성되게 마련인 나뭇잎도 있지만 사람들이 버린 자잘한 쓰레기도 바람에 날려 온다. 아주머니는 쓸어도 쓸어도 밀려오는 그것들을 깨끗이 치운다. 그리고 건물 쪽에서 점점 더 관광 곤돌라 쪽으로 다가온다. 이제 곤돌라를 타고 산 위로 올라가 산꼭대기의 상점 건물을 청소해야 한다.

여기저기를 청소하는 사이 시간은 꽤 지나 있다. 웬만한 사람들은 출근을 했고 곤돌라를 운행하는 직원들도 모두 출근했다. 아직 관광객이 많은 시간은 아니지만 부지런히 운행 준비를 하는 모습이 보인다. 저 멀리에 낯익은 사람이 서 있었다. 상진은 그 사람이 바로 자신임을 알았다.

'고마운 사람……'

마음으로부터 울림이 느껴졌다. 부지런히 움직이는 상진을 바라보며 가슴속 깊이 뜨거워지는 아주머니의 감정이 느껴지자 상진은 새삼 놀랐다. 그렇게 고마움이 사무칠 만큼 아주머니에게 잘해준 적이 없는데 아주머니는 작고 소소한 모든 것에 감사해하고 있었던 것이다. 상진의 모습 위로 언젠가 간식으로 나온 바나나우유를 더 챙겨 아주머니의 손에 쥐여주는 그의 모습이 겹쳐졌다. 봉지에 우유 세 개를 몰래 넣어서는 '집에서 간식으로 드세요'라며 싱긋 웃는 모습이 맑게 비친다.

말을 못하는 아주머니에게는 친구가 한 명도 없다. 그래서 살갑게 다가와 이것저것 살펴주는 청년의 모습이 참으로 고마웠던 것이다. 늘 표정이 없던 아주머니는 내내 마음속으로 감사해하고 있었던 것이다. 그것도 가슴 깊은 울림이 느껴질 정도로. 상진은 깜짝 놀랐다. 자신의 작은 친절이 한 사람을 이리도 기쁘게 한다는 사실이 그저 놀라웠다. 그날도 상진은 아주머니를 살갑게 맞았다.

"벌써 호텔 청소를 마치신 거예요? 정말 부지런하시네요. 정말 대단하세요. 늘 감탄하고 있어요. 아주머니, 그럼 조심해서 올라가세요. 곤돌라 올라가겠습니다!"

별말이 아닐지 몰라도 가슴이 뜨거워지는 칭찬들이었다. 한마디 한마디를 즐겁게 내뱉는 상진의 얼굴이 보였다. 매일 인사처럼 건네는 그 말에 늘 가슴 깊이 기뻐하는 사람이 있다는 걸 상진은 처음 알았다. 아주머니는 부끄러운 듯 고개를 숙이고 곤돌라에 올라탔다. 산 정상에는 관광객을 위한 스낵 코너와 기념품 가게가 있었다. 커다란 통나무를 이어 만든 한 동짜리 건물에 여러 개의 상점이 붙어 있어 이곳에도 청소할 곳이 적지 않았다.

아주머니가 곤돌라 끝에서 내렸다. 아직 이른 시간이라 아무도 없었다. 부지런한 청년을 제외하고는 위쪽 곤돌라를 담당하는 관리 직원도 올라오지 않았다. 때문에 아주머니가 곤돌라에서 홀로 내려섰을 때 산 정상에는 아주머니 외에 아무도 없었다. 늘 그랬으니 새로울 것도 없었다. 아주머니는 상점 안으로 들어가 청소를 시작했다. 맨 끝에 있는 유명 도넛 가게부터 가장 바깥쪽에 있는 기념품 가게까지 꼼꼼히 청소가 이어졌다.

어젯밤에 마지막 청소를 마친 뒤에도 방문객이 있었는지 한쪽에 요란하게 쌓아올린 쓰레기 더미가 있었다. 누군가가 휴지 하나를 버리면 이렇게 산더미처럼 쓰레기가 쌓이곤 했다. 아주머니는 작게 한숨을 내쉬며 휴지들을 커다란 검정 비닐봉지에 꾹꾹 모아 담았다. 휴지만 떨어지면 다행인데 쌓아둔 음료와 아이스크림 자국까지 나 있어 나무 바닥의 색이 바랬다. 한번 바랜 나무 색은 좀처럼 돌아오기 힘들었다. 속상한 마음이 들었지만 할 수 없는 일이다. 아주머니는 카트에서 스펀지와 세제통을 꺼내 바닥을 문질렀다. 가능한 빠르게 색을 벗겨주어야 제 빛깔로 돌아올 수 있으니 있는 힘껏 바닥을 벅벅 문질러댔다.

차랑.

아주머니는 한참 동안 집중하며 바닥을 문지르느라 주변을 신경 쓰지 못했다. 갑작스러운 금속성에 아주머니는 깜짝 놀라 고개를 들었다. 아직 사람들이 출근할 시간은 아닌데 벌써 누가 왔나 싶었다. 하지만 찰랑거리는 상점 문만 보일 뿐, 사람의 모습은 보이지 않았다. 상점 유리문에 붙여둔 작은 종이 달랑거리고 있었다. 세찬 바람이 불면서 유리문이 덜컹거린 모양이었다. 두 팔에 갑작스러운 한기가 돋았다. 하지만 이내 무시해버렸다. 유리문을 통해 찬바람 한 줌도 안으로 들어온 게 분명했다.

아주머니는 다시 몸을 쪼그리고 앉아 바닥을 문질렀다. 거품 묻은 스펀지를 나무 바닥에 대고 세게 문지르자 점점 색이 벗겨졌다. 오히려 청소하기 전보다도 나무가 제 색으로 돌아오고 있었다. 아주머니는 저도 모르게 바스스 미소가 퍼졌다. 사람들과 대화하지 않는 대신 아주머니의 귀에는 무생물들의 말소리가 들렸다. '고마워요, 아줌마', '아이, 개운해' 같은 소리들. 그런데 신나서 종알거리던 바닥 목재가 갑자기 딱 말을 끊었다. 갑작스러운 침묵이 이상하게 느껴졌다. '왜 그러지?' 하고 생각하는 순간 그만 머릿속이 까마득해졌다. 지끈지끈 묵직하고 둔탁한 고통이 뒤통수로 밀려들어왔다. 그러고는 까만 어둠 외에 아무것도 남지 않았다.

'뭐, 뭐지? 뭐야, 대체!'

밀려드는 생각을 바라보던 상진은 몹시도 놀랐다. 머리털이 다 쭈뼛거릴 정도로 두려운 마음이 들었다. 갑자기 생각이 모두 끊어지고 검은 암흑만 이어졌다. 마치 영화 필름이 중간에 딱 끊긴 것 같은 기분이었다. 그런데 그 까만 화면이 너무나 두렵고 무서워서 견딜 수가 없었다.

그러다가 지끈지끈한 고통이 밀려들기 시작했다. 욱신거리는 깊은 고통이었다. 고통의 원인을 찾아보았다. 얼마의 시간이 지나지 않아 뒤통수에서 밀려오는 통증임을 알았다. 너무나 강한 고통이 느껴져 정신이 가물거리는데도 그 원인을 찾기가 어렵지 않았다.

바람이 불었다. 아주 차가운 바람의 향기가…… 눈앞으로 그림자가 드리웠다가 사라졌다가 했다. 모든 것이 뒤죽박죽이었다.

고개가 앞으로 덜컹 쏟아지면서 감겼던 눈이 스르르 풀렸다. 희미한 빛이 눈동자 안으로 들어왔다. 검은 그림자가 어른거렸다. 가늘게 떠진 시야로는 도무지 눈앞의 것들이 분간되지 않았다.

휘잉.

세찬 바람이 다시 온몸으로 느껴졌다. 너무나 차갑고 서늘했다. 눈앞이 가물가물한 그 순간, 갑작스럽게 두 눈이 번쩍 떠졌다. 캄캄하던 눈앞이 환해졌다. 아주머니의 눈앞에 펼쳐진 것은 산기슭에 높이 선 바위 아래 까마득하게 펼쳐진 급경사였다. 급경사의 왼편에는 편편한 낮은 식물이 자라고 있었고, 오른편 끄트머리엔 무질서하게 흩어진 자갈돌과 고개를 높이 쳐든 나무숲이 펼쳐져 있었다.

상진은 이 지형을 단번에 알아챘다. 겨울이 되면 스키장 최상급 코스로 이용되는 깎아지른 절벽이 이어진 곳이었다. 그곳에 아주머니의 몸이 대롱대롱 위태롭게 매달려 있었다. 아주머니는 끔찍한 광경에 몸을 틀어보려 했다. 하지만 몸은 아무렇게나 흔들릴 뿐, 아주머니의 마음대로 움직이지 않았다. 이 위태로운 곳에서 다리는 땅에 닿지 않고 붕 떠 있었다. 두 팔은 몸 뒤에 단단히 묶여 있고 두 발도 묶여 있었다. 심지어 입도 헝겊으로 친친 동여매져 있었다. 아주머니의 몸은 절벽을 향해 가지 하나를 드리운 주목나무에 매달려 있었다. 두 발을 흔들어대자 제멋대로 몸이 돌아가면서 그녀를 이렇게 만든 사람이 보였다.

절벽 앞에서 무슨 그림이라도 감상하듯 느긋한 얼굴로 아주머니를 바라보는 남자는 맹세컨대 한 번도 본 적이 없는 얼굴이었다. 군대를 갓 제대한 것처럼 짧게 자른 머리와 얼굴 여기저기의 거친 흉들이 눈에 띄었다. 군청색 티셔츠에 산악용 조끼를 입은 남자는 덩치가 매우 컸다. 어깨가 떡 벌어지고 셔츠 안쪽으로 울퉁불퉁한 근육까지 눈에 들어올 정도로 건장한 남자였다. 하지만 그는 아주머니와 일면식도 없었다. 있었다면 아주머니의 입을 묶지 않았을 것이다. 그는 아주머니가 입을 동여매지 않아도 말 한마디 못하는 처지란 걸 모르는 사람이다. 그런 사람이 왜 이런 짓을 했을까. 더 많은 생각을 할 수가 없었다. 그의 싸늘한 눈이 아주머니의 눈과 딱 마주쳤다. 버둥거리는 움직임을 차갑게 바라보던 남자가 중얼거렸다.

"살았네. 재수도 없는 할멈이네."

그놈이 일어섰다. 주머니가 여럿 달린 바지를 입은 낯선 얼굴의 남자가 다가왔다. 앉아 있을 때보다도 훨씬 커 보이는 남자의 모습은 흡사 거인 같았다. 그가 무릎께에 붙은 주머니에 손을 넣고 후비적거렸다. 나무에 달랑달랑 매달린 아주머니가 빙글빙글 돌아갈 때마다 남자의 모습이 보였다가 다시 절벽 아래가 보였다가 했다. 다시 그 남자가 보였을 때는 눈앞이 캄캄했다. 사슴뿔 느낌이 드는 은색의 예리한 흉기가 놈의 손에서 번쩍거렸다. 무슨 억하심정이 있는지 묻고 싶었다. 누구를 해치려는 것인지는 몰라도 나는 그 사람이 아니라고 부르짖고 싶었다. 하지만 아주머니의 입에서는 한마디도 나오지 않았다.

번쩍.

거대한 남자의 손아귀에 감싸인 은빛 칼날이 허공에서 빛났다. 그리고 잠시의 망설임도 없이 아주머니의 옆구리에 꽂혔다.

'으아아아악!'

끔찍한 고통이 밀려왔다. 이 모든 것을 바라보는 상진에게 아주머니의 고통이 고스란히 전해지는 것만 같았다. 그저 아주머니의 끔찍한 순간을 지켜보는 것만으로도 참을 수 없는 괴로움이 밀려들었다. 하물며 이 모든 일을 고스란히 당해야 했던 아주머니는 얼마나 참혹했을까 상상할 수도 없었다.

한 번이 아니었다. 짧은 칼날은 옆구리에 이어 아주머니의 하복부를 마구잡이로 공격했다. 처음엔 그 고통이 너무 심해 아무런 생각도 나지 않았다. 그러다가 이런 끔찍한 공격을 받을 정도로 잘못한 일이 없는데 왜 이런 일이 생긴 건지 억울함에 눈물이 흘러넘쳤다. 흐릿해지는 눈앞에 거대한 덩치를 가진 범인의 얼굴이 보였다. 짧은 머리의 남자는 무표정했다. 마구잡이로 아주머니를 찔러대는 놈의 얼굴에서는 어떤 감정도 느껴지지 않았다. 두려움, 미움, 복수심은 물론이거니와 공격에 대한 쾌감 따위도 없었다. 무표정…… 아무런 감정이 느껴지지 않는 얼굴…… 그게 다였다. 그 얼굴을 확인하는 순간, 아주머니는 눈을 감았다. 묵직한 고통은 이제 더 이상 그녀를 괴롭히지 못했다. 대롱대롱 매달렸던 주목나무의 밧줄이 끊기고 엉망진창으로 해진 몸뚱이가 저 아래 절벽을 향해 데굴데굴 굴러가는 동안에도 더 이상의 고통은 없었다.

망가진 몸뚱이가 걸레처럼 버려져 계곡 아래에 처박히는 동안 신기하게도 몸속에서 뭉글한 정신이 쑥 빠져나와 하늘 위로 솟아올랐다. 아주머니는 몸을 솟구쳐 저 하늘 위로 올라서려 했다. 바로 그 순간, 그녀를 이 지경으로 만든 범인의 얼굴과 딱 마주쳤다.

그제야 놈의 모습이 똑똑히 인식되었다. 험상궂은 얼굴의 건장한 젊은 남자였다. 그는 아주머니를 저 지경으로 만들어놓고도 별 감흥이 없는 편안한 얼굴로 계곡 아래를 흘끗 내려다보고 있었다.

부르르르…….

그 순간 아주머니의 몸을 타고 전기 같은 것이 찌릿찌릿 전해졌다. 죽음의 순간에 느꼈던 끔찍한 고통과 괴로움이 영혼 속까지 퍼져 흘렀다. 한겨울에 천 조각 하나 걸치지 못한 것처럼 날선 추위가 온몸으로 느껴졌다. 귀신이 되어도 저런 눈빛의 인간은 너무나도 겁이 났다. 인간이지만 인간 같지 않은……. 아무런 감정도 없는 끔찍한 괴물을 바라보는 것 같았다. 형용할 수 없는 두려움과 공포가 영혼을 잠식했다. 그러자 하늘로 둥실 떠오르려던 그녀의 영혼이 땅 아래로 끝없이 가라앉는 기분이 들었다.

그녀의 영혼이 땅바닥으로 떨어져 내리면서 더더욱 살인마는 거인처럼 느껴졌고 아주머니는 쥐새끼처럼 작아지는 듯했다. 그녀의 두려움을 아는지 모르는지 심연으로 떨어지는 아주머니를 바라보는 살인마의 그윽한 시선이 떠나질 않았다. 그녀의 영혼이 마침내 바닥을 굴렀다. 데구루루 구르면서 시뻘건 피를 펑펑 쏟아내며 죽어가는 자신의 얼굴과 마주쳤다. 하얗게 눈을 홉뜬 채로 입도 손도 발도 밧줄로 친친 덮인 그녀 자신의 모습이 끔찍했다. 영혼이 데굴데굴 구르며 숲 속에 감춰져 있던 또 다른 존재가 보였다. 시커멓게 색이 바랜 채 죽어 있는 또 다른 시체가 보였다. 황토색 등산복을 위아래로 입은 남자의 모습이었다. 그 역시 두 손이 뒤로 묶인 채 입에 재갈을 물고 있었다.

　죽은 것은 아주머니 혼자가 아니었다. 살인자의 퀭한 눈은 누군가의 인생을 아무런 감흥도 없이 마구잡이로 끝내버렸던 것이다. 그녀의 영혼이 저 아래로 데굴데굴 굴러가는 내내 살인마의 지긋한 눈길이 지워지지 않았다. 그 끔찍한 눈빛이 두려워 아주머니는 발발 떨었다. 그렇게 아래로 아래로 굴러떨어지던 아주머니의 눈에 부지런한 청년이 보였다. 친절한 청년. 늘 고마웠던 청년. 동시에 살인마의 눈동자가 반짝이는 것도 보였다. 멀리 있는 청년을 응시하는 그 서늘한 눈매가 왠지 살벌하게 느껴졌다.

　'안 돼! 이 나쁜 놈아, 안 된다, 안 돼!'

　아주머니의 가슴이 외마디 비명을 질러댔다. 무표정한 눈만도 두려워 미칠 것 같았던 아주머니의 마음이 죄다 청년에 대한 걱정으로 옮겨졌다. 가족 하나 없이 혈혈단신 외로운 아주머니를 대부분의 사람들은 장애인이라며 괴롭혀댔다. 같은 용역 일을 해도 더 많이, 더 오랫동안 일하는 아주머니의 일당을 깎으려 하고 아예 채용하지 않으려 하고…… 이런저런 불이익을 주는 경우가 너무나 많았다. 하물며 가게에서 물건을 살 때도, 미용실에서 머리를 할 때도 말을 못하는 아주머니에게 얼토당토않은 사기를 쳐대려는 사람이 수없이 많았다. 친절한 사람이 아예 없지는 않지만 그것도 마음이 편하진 않았다.

　동정심에서 우러나온 친절과, 동등한 인간에 대한 친절은 확연히 달랐다. 동정심에서 나온 친절은 어딘가 거추장스러웠다. 몸에 맞지 않는 옷을 입은 것처럼 불편하고 힘들었다. 하지만 청년의 친절은 그렇지 않았다. 담백하고 깔끔한 친절이었다. 고마움을 강요하지 않는 친절이었다. 보답을 기대하지 않는 친절이었다. 애써 용을 쓰지 않아도 마음 씀씀이가 살갑게 느껴지는 친절이었다. 그런 청년을 향해 살인마의 서늘한 눈길이 꽂히는 게 똑똑히 보였다. '다음은 너'라고 말하는 것 같은 끔찍한 기분이 느껴졌다.

　'아아, 그래서…….'

　그 순간 상진은 모든 것이 이해되기 시작했다. 끔찍한 고통을 받은 아주머니의 영혼이 상진을 향해 달려가는 게 느껴졌다. 상진에게 달려오는 동안에도 아주머니의 영혼은 공포에 휩싸여 있었다. 죽으면서 느꼈던 끔찍한 고통과 청년에 대한 걱정이 뒤범벅되어 정신을 차릴 수가 없었다. 그런 아주머니의 영혼이 상진의 어깨를 부여잡았다. 그 순간, 상진은 온몸을 덜덜 떠는 자신의 모습이 보였다.

　'그래, 저게 바로 시작이었어. 기억난다, 기억나.'

　이제 모든 것이 이해되었다. 왜 자신에게 갑작스러운 공포가 나타났는지. 극심한 공포를 일으킨 범인이 누구인지. 그분이 자신에게 극심한 공포를 준 까닭이 무엇인지. 그 모든 것이 자신을 살리기 위한 아주머니의 은혜로운 마음에서 나온 것임을 알았다. 상진의 두 눈이 뜨겁게 달아올랐다.

　상진은 자신의 손을 바라보았다. 그의 손을 단단히 붙잡고 있는 어린 여자아이의 작은 손이 보였다. 양 갈래로 머리를 묶은 소녀가 그를 빤히 쳐다보고 있었다. 소녀의 다른 쪽 손에는 하얀 한복을 입은 소년의 손이 있었다. 그리고…… 이제는 알 수 있었다. 소년의 어깨 너머 보이지 않는 그곳에 아주머니가 계셨다. 내내 상진의 어깨에 매달려 그를 보호하려 애쓴 아주머니가 또렷이 느껴졌다.

4

　전화를 든 상진은 몹시도 바빴다.
　"네, 저는 리조트 직원입니다. 제가 살해된 사람들을 숲에서 본 것 같습니다. 네, 그렇습니다. 범인이 숨어 있을 만한 곳도 짐작이 갑니다만. 네, 그렇습니다."
　통화는 꽤 길어졌다. 살해된 사람들의 이야기를 하는 순간부터 수화기 너머의 목소리는 숨이 가빠졌다. 평화로운 산속 마을에서 벌어졌다는 뜬금없는 연쇄살인 신고는 한가하던 지역 경찰서를 부산하게 만들었다.
　상진에게 리조트가 있는 산속의 지리는 손바닥 안이었다. 덕분에 살해된 사람들이 버려져 있는 위치와 영혼이 보여준 잔인한 살인마의 피신처까지 명확히 설명할 수 있었다. 다만 어떻게 이 모든 사실을 알게 되었는지, 왜 그동안 입을 닫고 있었는지, 어째서 산이 아닌 원룸에서 신고하는지를 설명하기가 어려웠다. 하지만 상진은 최대한 자신이 알고 있는 모든 사실을 말하려 애썼다. 자신이 알고 있는 리조트 직원 두 명과 이름 모를 관광객이 이미 살해되었다고. 말하지 않은 것은, 이 사실을 알려준 것이 이미 죽은 가엾은 아주머니의 영혼이라는 점뿐이었다.

"아저씨, 일이 더 진행되기 전에 저희는 어서 자리를 떠야겠어요. 남은 일은 잘 처리해주시길 바랄게요. 그럼 갈 길이 바빠서 가보도록 하겠습니다."

소년 일행은 경찰들이 남자의 집에 도착하기 전에 서둘러 자리에서 일어섰다. 이제 나머지는 남은 사람들의 힘만으로도 처리할 수 있을 것이다.

"가, 감사합니다. 저기…… 그런데, 하나만……."

발딱 일어서서 원룸을 나서는 소년의 흰 소매를 상진이 머뭇머뭇 붙들었다. 소년은 동그란 눈으로 상진을 바라보았다. 이제 공포는 사라진 얼굴이었지만 무언가 걱정이 가득한 표정은 여전했다. 낙빈은 그 이유가 궁금해졌다.

"다른 게 아니라…… 저기 아주머니는 어떻게……."

혼령이 된 아주머니가 계속 붙어 있을까 걱정이 되었던 모양이라고 짐작했다.

"걱정하지 않으셔도 떠나실……."

대답을 하던 낙빈이 상진의 얼굴을 빤히 바라보았다. 계속 귀신이 붙어 있을까봐 불안한 것이 아니었던가? 하지만 그런 표정이 아니었다. 낙빈은 그 얼굴에 스며 있는 걱정과 불안은 종류가 다르다는 걸 눈치챘다.

"혹시…… 아주머니께서 가실 데가 있으신지……."

머뭇거리는 상진의 표정이 여전히 밝지 않았다.

"안타까운 일이지만 흉한 일로 돌아가셔서 당장 이승을 떠나진 못하실 거예요. 영혼에 맺힌 흉한 기억이 서서히 말소되면, 그때 떠나실 수 있을 거예요."

"그럼…… 이승을 떠도신단 말이니?"

"네. 한동안은요. 하지만 걱정하지 않으셔도 돼요. 불안과 두려움이 조금씩 해결되면 떠나실 수 있을 거예요. 아주머니를 이승에 붙들어둔 건 아주머니를 살해한 끔찍한 살인범이 돌아다닌다는 사실이었어요. 그 위협이 제일 컸어요. 하지만 그건 경찰들이 곧 해결할 거예요. 그러면 영혼의 한恨도 반감될 거예요. 아주머니를 이승에 붙들어두는 또 하나의 원인은 아끼는 사람에 대한 걱정이에요. 그것 역시 아저씨께서 잘 사는 모습을 보이면 차차 마음의 안정을 얻고 만족하시게 될 거예요. 가슴에 맺힌 한을 당장에 풀진 못해도 아주머니의 경우엔 머지않아 전부 해결될 거예요. 걱정하지 않으셔도 돼요. 오래지 않아 성불하실 거니까요."

낙빈은 빙긋 웃음을 지었다. 왜 영혼이 된 아주머니가 이 남자를 내내 걱정하며 곁에 붙어 있었는지 알 것 같았다. 이 상황에서도 상진은 영혼이 된 아주머니를 걱정하는 착한 사람이었다. 영혼이 그를 지켜주었던 것도 그런 착한 마음 때문이었을 것이다.

낙빈은 그 마음이 좋아 보였다. 늘 육신에 붙은 영혼을 떼어버릴 생각만 하는 사람들만 보아왔는데, 혼령을 걱정해주는 상진의 마음 씀씀이가 가슴을 훈훈하게 했다.

"저기…… 염치없지만 하나만 부탁해도 될까?"

"무슨 부탁요?"

낙빈 대신 곁에 서 있던 미덕이 냉큼 물었다. 정희와 정현도 상진의 얼굴을 물끄러미 바라보고 있었다. 이 착한 남자의 입에서 과연 어떤 부탁이 나올지 다들 궁금한 표정이었다.

"아주머니께 말씀을 드렸으면 해서. 저기, 영혼들이 구천을 떠도는 건 집도 절도 없는 노숙자 생활일 것 같아서……. 아주머니께서 준비되시면 언제든 가셔도 좋은데…… 그전까지는 나한테 계셔도 좋다고 말하고 싶어. 저기, 난 영혼의 세계를 잘 모르지만…… 아주머니께서 그래도 좋다고 하시면…… 떠도는 것보다 나라도 괜찮으시다면 지금처럼 내게 계시다가 서, 성불인가 뭔가…… 그거 하시면 좋지 않을까 싶어서……."

"네에?"

눈이 둥그레진 것은 정희와 정현만이 아니었다. 미덕은 아예 높은 고함 소리를 낼 정도였다. 미덕이 기가 찬 얼굴로 쏘아붙였다.

"아저씨! 지금, 귀신보고 붙어 있으라는 거예요? 지금처럼 귀신 붙은 생활을 하겠다고? 아저씨는 산에도 못 오르고 그럴지도 모르는데, 아저씨 정말 정신이 있어요?"

"그게, 저…… 그, 그래."

낙빈은 너무나 신기해서 자신도 모르게 입을 쩍 벌렸다. 영력도 없고 영혼과의 교류도 없는 평범한 사람이 저렇게 말하는 건 처음이다. 아니, 영적으로 예민한 사람도 귀신이 붙는 걸 싫어하는 일이 허다한데…… 그래서 좋은 귀신이 붙는다고 해도 어떻게든 눌림굿◆을 하는 경우가 많은데……. 게다가 깊은 인연이나 혈연 따위도 없는 사람이 귀신이 머물 몸을 제공하겠다니! 이런 부탁을 하는 건 예상 밖이었다. 정희가 걱정스러운 얼굴로 되물었다.

"진심이에요? 경험해보셔서 알겠지만 여러 가지 불편함이 있어요. 아주머니의 영혼에 남은 극심한 고통을 함께 느끼는 건 힘드실 거예요."

"하지만, 아주머니가 안 계셨으면 제가 동료 대신 죽었을지도 몰라요. 아주머니는 제 생명의 은인이신 걸요. 그리고 제가 할 수 있는 거라곤 고작 이런 것뿐인데……. 저 같은 사람은 안 될까요?"

낙빈은 상진의 모습을 멍하니 바라보았다. 상진의 뒤쪽 멀찍이서 아주머니의 영혼이 어른거렸다. 꾀죄죄한 몰골에 등까지 구부정한 아주머니가 가슴을 쥐고 있는 모습이 보였다. 말 한마디 없

◆누름굿이라고도 한다. 강신했는데도 신을 받지 않으려 할 때 벌이는 굿이다. 신을 거부하는 굿이므로 철저하게 확인한 뒤에 이루어져야 옳다. 우선 신의 성질이나 강신하는 뜻을 알아내야 한다. 강신하려는 신을 달래야 하기에 일반적으로 한 번에 끝나기는 힘들고 몇 년간 지속적으로 누름굿을 치르는 경우가 많다. 이런 경우 경제적인 문제 외에도 신을 거부함으로써 본인과 가족이 치러야 하는 대가도 면밀히 살펴야 한다.

어도 느껴지는 고마움이 사무쳤다. 이리저리 구천을 떠도는 건 영혼에게 좋은 일이 아니다. 쌓인 한을 어서 풀고 떠나지 않으면 구천을 떠돌다 다른 영혼에게 해코지를 당하기도 하고, 좋지 못한 경험을 할 수도 있다. 그렇지 않더라도 정처 없이 이승을 돌아다니는 건 영혼에게도 외롭고 또 두려운 일일 것이다.

재주와 힘이 있어 낙빈같이 좋은 몸주를 만나 무당과 공생공사 하면 더없이 기쁜 일이겠지만, 힘도 없는 영혼이 사람에게 깃들어 한을 풀어낸다는 것은 언감생심 바랄 일이 못 된다. 예민한 사람들도 영혼을 받는 것을 꺼리는데, 하물며 일반 사람이 영혼을 걱정하며 몸주를 해주겠다고 나서는 것은 영혼에게 더없는 은혜라 할 수 있다.

"그렇게만 해주신다면…… 아주머니는 더욱 안전하게, 그리고 더욱 빠른 시간 안에 성불하실 수 있을 거예요."

낙빈은 멀리 아주머니를 바라보며 대답했다. 그 대답에 남자의 얼굴이 환해졌다.

"그럼 그렇게 하시라고 전해주겠니? 아주머니가 내게 머무셨으면 좋겠어. 오랫동안 성불을 못하시더라도 아주머니가 만족하실 때까지 계셔도 괜찮아. 아주머니께서 나한테 안 좋은 일을 하실 리 없잖아. 얼마나 좋은 분인데……. 살아 계실 때 내가 더 잘 해드렸어야 했는데……."

"하지만 아주머니의 마음속 상처가 회복될 때까지는 전처럼 산을 못 오르실 거예요."

"그, 그렇겠지. 하지만 내 생명의 은인이신 걸. 괜찮아, 정말 괜찮아. 더 좋은 일을 찾을 수 있을 거야. 산 말고 평지에서 하는 일을 좀 찾아보면 될 거야."

"그 말씀…… 정말 고마워…… 하실 거예요."

낙빈의 가슴이 먹먹해졌다.

"내가 더 감사하다고 전해주겠니?"

벙긋 웃는 상진의 해맑은 미소가 낙빈의 가슴에 박혔다. 그 순간 심장이 뻥 뚫리는 것 같은 기분이 낙빈을 흔들었다.

'삶과 죽음은 이렇게 연결되어 있는 것인가! 나는 무당인데…… 이런 연결을 미처 생각지도 못했어. 그저 귀신을 피하기만 급급한 모습들 속에서 진짜 보아야 할 것들을 보지 못했구나!'

낙빈은 마음속 깊이 감탄사를 연발했다. 산 사람과 죽은 사람 사이에 선 어린 무당에게 이들은 생각지도 못한 두 세계의 연결 방법을 말해주고 있었다. 산 사람이 영혼을 생각하는 마음과, 귀신이 산 사람을 어여삐 여기는 그 마음이 낙빈의 가슴을 설레게 했다. 무당으로 늘 신과 함께 살면서도 낙빈은 자신의 신을 저리 어여삐 생각해본 적이 있던가 싶었다. 늘 신에게 받기만 하면서 그게 당연한 줄로만 알았다. 자신이 신을 가엾게 여겼던가. 자신의 신들에 대해 깊이 공감하고 생각을 나눈 적이 있었던가.

'이럴 수가…… 나는…… 한 번도…….'

낙빈은 늘 신의 품에 싸여 어리광만 부렸다. 받는 것이 당연한 줄로만 알았던 자신의 어리석은 모습들이 뇌리를 스쳐갔다. 한없이 받는 것에 익숙해서 자신의 신들을 돌아보지 못한 죄스러움에 낙빈은 고개를 숙였다. 맑은 두 눈에 물기가 서렸다. 눈동자가 한 없이 뜨거워졌다. 신과 인간 사이에서 해결할 수 없었던 아득한 난제가 단번에 풀리는 기분이었다.

"아주머니께…… 내게 계시다 가시라고 꼭 말씀드려줘."

따스한 목소리가 귓가에 퍼졌다. 낙빈은 있는 힘껏 눈물을 참았다. 꿀꺽. 숨이 넘어갔다. 떨리는 몸을 다스리며 간신히 고개를 들었다. 낙빈은 한없이 따스한 마음을 가진 남자를 바라보았다. 그 모습이 하도 고맙고 따스해서 슬며시 미소가 배어나왔다.

"아주머니께서 그러실 수 없다고 고개를 저으세요. 아저씨에게 폐가 될까 걱정하시는 것 같아요. 좋은 직장을 잃게 될까봐 걱정하시는 게 느껴지네요."

"아니야, 괜찮다고 전해줘. 젊은 놈이 뭐든 할 일이 없을까!"

손사래를 치는 남자의 모습이 너무나 따사로워서 낙빈은 눈이 부셨다.

"제가…… 해결해드릴 수 있을 것 같아요. 부적신장님께서 흔쾌히 도움을 주겠다고 하시네요."

낙빈은 호주머니에서 노란 종이 한 장을 주섬주섬 꺼내 들었다.

"저기, 물에도 지워지지 않는 펜이 있으면 주시겠어요?"

"물에 지워지지 않는 거? 검은색 네임펜이 있는데 괜찮을까……?"

"네, 괜찮습니다."

상진은 재빠른 동작으로 책상 서랍을 뒤졌다. 상진이 서랍 끝에 누워 있던 펜을 건네자 낙빈이 노란 종이 위에 글자 같기도 하고 그림 같기도 한 것을 적어 넣기 시작했다. 낙빈의 머릿속에서 기다란 수염을 늘어뜨린 부적신장님이 싱긋싱긋 미소를 지었다. 제자에게 낯선 부적을 그리는 법을 손수 가르쳐주기 위해 부적신장은 먼저 허공에 일필휘지 붓을 그었다. 그어대는 붓끝에서 힘을 가진 글자들이 만들어졌다. 글자는 그냥 글자가 아니었다. 한 획, 한 획이 살아 숨 쉬고 움직이는 역동적인 에너지였다.

낙빈은 노란 치자 물을 들인 종이 위에 그 글자들을 따라 그렸다. 그 순간 부적신장님의 힘과 에너지가 고스란히 부적 안으로 스며들었다. 펜을 한 번 그을 때마다 이마에서 몽글몽글 땀이 배어나왔다. 낙빈은 그렇게 온 힘을 다해 부적에 생명을 불어넣었다. 하지만 하나도 힘들지 않았다. 글자가 완성될수록 즐거움이 커졌다. 부적신장도 마찬가지였다. 흥겨운 가락에 춤이라도 한판 추는 것처럼 기뻤다. 이토록 기쁘게 글자를 써나간 적이 언제였던가 싶을 정도로 흥겨웠다. 영혼과 인간의 따스한 교류에 얼쑤 춤이 흐를 정도로 부적을 완성하는 어깨가 흥겨웠다.

"어머나, 어쩐지 지금까지의 부적들과는 느낌이 다른 걸? 지극한 기쁨이 느껴지는 부적이야."

완성된 부적을 바라보는 정희의 입에서도 탄성이 나왔다. 낙빈은 정희를 마주 보며 빙긋 미소를 지었다. 신장神將의 기쁜 마음이 정희에게도 오롯이 전해지는 모양이었다.

"이 부적을 가지고 다니세요. 한동안은 아주머니께서 산에 대한 공포를 극복하시기 어려울 거예요. 아저씨가 산에 계시는 동안 아주머니가 이 부적에서 쉬실 수 있을 거예요. 편안히 주무시는 것처럼요. 그럼 아저씨도 계속 일을 하실 수 있을 테고, 아주머니도 안전하게 기다리실 수 있어요."

낙빈의 손에서 상진의 손으로 노란 부적이 건네졌다. 그저 검은색 네임펜으로 휘갈겨 쓴 것 같은 그림문자인데, 그것을 받는 순간 상진의 두 손이 뜨거워지는 것 같았다.

"고, 고마워. 사실 나는 산이 좋아서 리조트 일이…… 아니, 아니야. 정말 고마워. 정말로……."

부적을 가슴에 안고 부르르 떠는 상진의 뒤로 아주머니의 영혼이 다가왔다. 그의 뒤에서 낙빈을 향해, 그리고 부적신장을 향해 쉼 없이 절을 하는 아주머니를 바라보며 낙빈도 깊이 고개를 숙였다. 그러고는 후다닥 뒤도 돌아보지 않고 상진의 원룸에서 뛰어 내려왔다. 내내 가슴이 뛰었다.

'고마운 건 저예요. 너무나…… 많은 걸 깨달았어요. 잊고 있던 진실을 마주했어요. 영혼과 인간은 공생하는 거예요. 마음이 서로 통하는 거예요. 서로를 염려하는 마음으로 함께하는 거예요. 그 공생을 위해 존재하는 것이 무당이에요. 죽음의 세계와 산 사람의 세계가 함께 아름답게 이어지도록 도와야 하는 게 바로 제 일이에요. 그 평범한 진실을 지금껏 간과했어요. 감사, 감사합니다.'

얌전히 기다리던 세 마리의 복실이도 민첩하게 계단을 내려왔다. 원룸에서 빠져나온 그들은 좁은 골목길을 내처 달렸다. 슬쩍 뒤돌아본 원룸 2층 창문에 상진의 얼굴이 어른거렸다. 그의 어깨에 매달린 주름진 아주머니의 영혼도 보였다. 두 사람 모두 고개를 숙이며 멀어져가는 낙빈 일행을 바라보고 있었다.

좁은 골목을 재빨리 빠져나오자 몇 미터 앞에서 제복을 입은 경찰 둘이 달려오고 있었다. 그들이 낙빈 일행을 스쳐 지나 상진의 원룸으로 향하는 것을 확인하지 않더라도 그 목적지가 어디인지는 너무나 뻔한 일이었다.

버스에서 우연히 만난 남자로 인해 잠시 지체되었지만 그 시간이 조금도 아깝지 않았다. 낙빈은 짧든 길든 이 여정 중에 들어야 할 이야기 한 줄을 놓치지 않고 경청했다는 생각이 들었다. 그것은 다른 사람들도 마찬가지였다. 영혼과 사람의 따스한 관계를 바라보며 못내 잊고 있던 하나의 깨달음이 일행 앞에 두둥실 떠오른 느낌이었다. 낙빈의 뒤쪽에서 승덕이 흐뭇한 얼굴로 암자 식구들을 바라보는 게 느껴졌다.

그날 버스를 타는 동안에도, 또 터벅터벅 걷는 동안에도 승덕은 나타나지 않았다. 마치 하고 싶은 말을 모두 한 것처럼.

"와, 저거다! 저거야!"

끊어진 길을 빙 돌아 천천히 걸어가던 미덕이 소리쳤다.

한적한 시골 마을을 걸어가던 일행의 눈에 낮은 대문 너머 대청마루의 문을 활짝 열어놓은 농가가 보였다. 대청마루의 텔레비전에서 뉴스를 내보내는 모양인지 기자의 목소리 너머로 자막과 사건 현장들이 토막토막 지나가는 중이었다.

암자 식구들은 미덕이 가리키는 화면을 동시에 바라보았다. 챙이 긴 야구 모자를 눌러쓴 남자가 경찰에게 양팔이 붙잡힌 채 걸어가고 있었다. 그의 등 뒤로 여러 명의 경찰이 보였고, 저 멀리 높이 치솟은 산세가 드러났다.

국립공원 등산객과 직원 살해, 묻지마 범행
26세 김모 씨, 돈 때문에 살해한 것은 아니다
취직 안 되고 생활고에 범행 계획

오늘 낮에 보았던 장소들이 화면에서 휙휙 흘러갔다. 소리는 들리지 않지만 지나가는 자막을 통해 대략적인 내용이 파악되었다. 흘러가는 화면 속에 두 손을 모으고 두려운 듯이 범인을 바라보는 낯익은 얼굴도 있었다. 경찰들에게 보호받는 것처럼 둘러싸여 있는 상진이었다. 겁먹은 그의 얼굴 위로 두려움에 떨던 아주머니의 영혼이 서려 있었다.

"원한이 있지도 않은데 닥치는 대로 아무나 죽이다니."

정현의 한숨이 길게 이어졌다.

"그것도 끔찍한 모습으로…… 죄의식도 없이…… 어쩜 저럴 수가 있을까."

정희도 안타까운 듯 말을 이었다.

"사람인지 귀신인지가 중요하진 않은 것 같다. 중요한 것은 존재가 아니야. 본질이지. 옳고 그름은 존재를 초월한 문제야. 너희는 그걸 꿰뚫어봐야 한다."

"뭐야, 승덕 오빠! 오늘 처음 나왔네? 오빠아!"

낙빈의 입이 달싹이는 순간 미덕은 그게 승덕이라는 걸 단번에 알아챘다. 낙빈은 낙빈대로 반갑고 승덕은 승덕대로 반가운 미덕이 낙빈의 가느다란 목을 붙잡고 늘어져 대롱대롱 매달렸다. 낙빈이 미덕의 몸무게를 견디지 못하고 '아이고'라는 비명과 함께 쓰러지는 바람에 두 아이의 옷이 흙투성이가 되었다.

"조심해라, 미덕아. 낙빈이 목 빠진다."

미덕의 몸이 훌쩍 허공 위로 치솟았다. 순식간에 낙빈에게서 미덕을 떼어놓은 정현이 미덕의 두 다리를 훌쩍 제 어깨에 둘러멨다.

"헤헤. 저기 좀 봐!"

정현의 어깨에 목말을 타자 굽이굽이 산 너머 높은 광경이 한눈에 들어왔다. 미덕은 기분이 좋아 흥얼흥얼 하늘을 바라보았다. 시퍼렇고 말간 하늘이 어느새 붉은 태양에 물들어 있었다. 저 멀리 높다란 산 아래로 붉은 태양이 고개를 숙이는 중이었다.

한 걸음 한 걸음이 소중한 하루가 또 가고 있었다.

1

　남색 플리츠스커트와 재킷 교복을 입은 선옥은 단정한 모습이었다. 아이보리색 남방이 오늘따라 유난히 눈부셨다. 아무도 오가지 않는 시간대에 교문으로 들어서는 선옥의 등 뒤로 유난히도 환한 햇살이 비쳐들었다. 텅 빈 교정으로 들어서는 선옥의 발걸음이 무거웠다.
　오늘 새벽, 삼일장의 마지막인 할아버지 발인發靷을 끝냈다. 늘 할아버지를 따랐던 터라 장례 중에 깊은 슬픔 속에서 날밤을 새우고 빈소를 지켰던 선옥은 적어도 오늘 하루 정도는 쉬고 싶었다. 하지만 엄마는 허락하지 않았다. 고등학생에게는 휴가도 없고 집안 행사도 없다는 말과 함께 학교 수업도 제대로 따라가지 못하는 실력으로 계속 수업을 빠지면 안 된다는 핀잔을 하며 선옥을 학교로 보내버렸다. 그 때문에 환한 대낮에야 느지막이 등교하는 꼴이 되었다. 연년생인 오빠는 선옥보다 한 발 먼저 등교해버렸다. 같은 학교에 다니면서도 여동생과 늘 거리를 두는 냉정한 오빠였다. 훤한 대낮에 혼자서 교문을 통과하는 건 아주 마음이 불편해지는 일이었다.
　사실을 말하자면, 혼자 늦은 시간에 등교하는 것이 선옥의 발걸음을 무겁게 하는 건 아니었다. 교실 안에서 선옥을 기다리는 무언가가 막연한 두려움으로 다가왔다.

'할아버지, 나도 할아버지를 따라가고 싶어요.'

햇살이 너무나 밝았다. 눈이 부셨다. 그래서 선옥의 눈가가 붉어졌다. 늘 인자하고 존경스러웠던 할아버지. 그러면서도 한없이 선옥을 감싸주어 선옥이 유일한 내 편이라 생각했던 할아버지. 그런 할아버지가 떠난 뒤로 선옥은 더욱더 외롭게 느껴졌다. 공부를 못한다고 내몰리던 선옥을 감싸주며 병풍이 되어준 할아버지. 그런 할아버지의 빈자리가 더욱 크게 느껴졌다.

드르륵.

선옥이 교실 문을 열고 들어서자 모든 아이의 눈이 한번에 선옥에게 꽂혔다. 그래도 사정을 아는 담임선생님이 교탁 앞에 서 있었다. 왜 늦었는지 따로 설명하지 않아도 된다는 것은 여간 다행스러운 일이 아니었다.

"왔구나. 그래, 선옥이 고생했다. 자리에 앉으렴."

과도하리만치 이해심을 가득 담은 담임의 음성과 함께 아이들도 다시 교탁 쪽으로 고개를 돌렸다. 반 친구들 모두 돌연한 질문이나 웅성거림이 없는 걸 보니 이미 선생님으로부터 할아버지가 돌아가셨다는 이야기를 들은 게 분명했다. 그것도 다행이었다. 자신에 대한 괜한 이야기가 웅성웅성 오가지 않는다는 것도.

선옥은 고개를 숙이고 천천히 제자리로 발걸음을 옮겼다. 창가 제일 끝의 텅 빈 책상이 선옥의 자리였다. 선옥이 소리를 죽이며 책상 쪽으로 걸어가 가방을 거는데, 책상 가득 적혀 있는 글자들이 눈에 들어왔다. 고동색의 거무튀튀한 책상 위에 연필로 진하게 새겨 넣은 글자들이 가득했다. 슬쩍 보면 알아보기 힘들지만 자리에 앉으면 낱낱이 눈에 들어왔다.

할아버지 돌아가셨다면서?
정말 안됐구나. 흑흑.
정말로 할아버지 돌아가신 거 맞니?
우리가 보기 싫어서 떠난 건 아니지?
얼른 돌아와. 네가 없으니까 재미가 없어.

책상에 적어놓은 글들이 그대로 보였다. 교묘하다. 아주 교묘하게도 선옥을 협박하는 말들이 적혀 있었다. 돌아가신 할아버지를 은근히 조롱하는 말들, 선옥을 괴롭히려는 악의적인 감정이 느껴졌다. 선옥은 누가 이 글을 썼는지 알고 있었다. 선옥을 진심으로 염려하고 걱정하는 마음 착한 아이들이 아니다. 눈에 보이지 않게 아이들을 괴롭히면서 한 명씩 돌아가며 왕따를 시키는 무리…….

몇 번이나 그 아이들에게 따돌림을 당했던 선옥은 잘 알고 있었다. 그 아이들이 선옥의 책상에 적어둔 것이다. 선옥을 가지고 놀 생각을. 또다시 선옥을 왕따시킬 생각을 하고 있다. 선옥은 두 팔 가득 번지는 소름에 온몸을 부르르 떨었다. 그런 선옥을 슬쩍 바라보는 은근한 눈길이 느껴졌다. 비열한 웃음도 느껴졌다. 선옥은 재빨리 교과서를 꺼내 책상 위를 덮었다. 그리고 쉬는 시간이 오기만을 기다렸다.

종이 치자마자 선옥은 선생님의 뒤를 따라갔다. 처음엔 눈치를 채지 못하던 담임이 교무실 문을 열고 들어서면서 선옥이 자신의 뒤를 따라온 걸 알아챘다.

"어머나, 옥아. 고생 많았다. 그래, 장례는 잘 치렀고?"

"네에······."

담임은 선옥을 교무실 책상 곁으로 이끌었다. 그러고는 작은 간이 의자에 앉힌 뒤 빨갛게 부은 선옥의 눈가를 바라보았다.

"많이 울었구나. 눈 부은 것 좀 봐. 고생했어. 그런데 왜? 할아버지 사망 서류를 가져왔니?"

"아니, 그게 아니라······."

선옥은 단단히 마음을 먹고 왔는데도 말문이 막혔다. 어떻게 이야기해야 할지 알 수가 없었다. 갑자기 눈물이 핑 돌았다. 순간 돌아가신 할아버지의 말씀이 생각났다.

'있는 그대로 말하는 게 제일이란다. 정직보다 나은 거짓말은 없단다.'

초등학교 교장 선생님까지 지낸 할아버지는 선옥에게 늘 이런 말씀을 하셨다. 순간을 모면하고 싶어서 거짓말을 하면 더 큰 거짓말에 짓눌린다며 언제나 진실을 말하라고 선옥의 등을 쓰다듬어주셨던 할아버지······. 언젠가 유치원에서 기르던 작은 딸기 화분을 깨고 집에 돌아와 바들바들 떨고 있는 선옥을 다정하게 안아주셨던 할아버지. 결국 선옥이 스스로 선생님께 잘못을 털어놓도록 두 손을 꼭 붙잡고 함께 유치원까지 가주셨던 분. 잘못을 고백하는 선옥을 한없이 칭찬해주셨던 고마운 할아버지. 할아버지의 주름진 얼굴이 눈앞에 어른거렸다.

'선옥아, 말하렴. 걱정은 담아두기보다 진실한 마음으로 털어놓는 게 낫단다.'

돌아가신 할아버지가 선옥의 등을 살살 쓰다듬는 듯한 느낌이 들었다. 그래서 선옥은 용기를 내어 말했다.

"선생님…… 아이들이 무서워요."

"응, 뭐라고, 선옥아?"

선생님의 눈이 동그랗게 커졌다. 깜짝 놀란 마음이 표정에 고스란히 드러났다.

"선생님, 아이들이 저를…… 괴롭혀요."

"뭐? 갑자기 그게 무슨 소리니?"

선생님의 미간이 찌푸려졌다. 걱정을 해주는 걸까? 아니면 이런 말이 듣기 싫은 것일까?

"아이들이…… 제 책상에 이상한 말을 적어두고…… 저를 왕따 시키려고 해요."

"뭐어? 잠깐, 잠깐만 선옥아."

선생님의 눈이 더욱더 커졌다.

"네 책상에 적혀 있는 것들 말이니?"

"네, 아이들이 거기에 선생님 모르게 제게 하는 말을 적었어요."
"선옥아, 아니야. 선생님은 알고 있었어. 거기에…… 할아버지가 돌아가셨다는 말이랑 네가 없어서 재미없다는 말이 적혀 있지 않았니?"
"네, 맞아요."
선옥은 어쩐지 마음이 불안해졌다. 순간 환하게 밝아지는 담임선생님의 표정 때문이리라.
"어머, 선옥아. 너 없을 때 아이들이 네게 하고 싶은 말을 책상에 쓰겠다기에 내가 그러라고 했어. 그거 보고 괜히 속상했구나? 낙서가 아니라 너가 걱정돼서 적어둔 거야. 그런 오해는 하지 마."
선생님이 만면에 미소를 활짝 띠며 말했다.
"하지만 그전에도……."
"선옥아, 그냥 낙서가 아니라 너에 대한 걱정들이야. 그거 가지고 애들을 오해하면 너무 서운하다, 얘! 우리 반에 왕따가 어딨어? 서로서로 얼마나 잘 지내고 있니? 그런 말 하는 거 아냐!"
웃으며 말하던 표정이 마지막에는 선옥의 얼굴을 살짝 흘겼다. 선옥의 입이 벌어졌다. 힘껏 용기 내어 말했지만 담임선생님에게 진실은 통하지 않았다. 어쩐지 이렇게 되리란 걸 알고 있었는지도 모르겠다. 예상되었던 바다. 그래서 돌림왕따를 당하는 내내 아이들이 고민을 털어놓을 수 없었던 것이다.
선옥의 반에서 왕따를 주도하는 것은 학급의 부장들이었다. 선생님에게는 믿음직하고, 착하고, 성실하고, 공부도 잘하는 예쁜

학생인 아이들. 그 아이들은 머리도 좋아서 절대로 증거를 남기지 않았다. 선옥의 책상 위에 협박을 적으면서도 미리 담임에게 이야기한다. 그리고 너무나 교묘한 말들을 쓴다. 협박을 받는 사람만 알아들을 수 있게. 그래서 나중에 걸려도 빠져나갈 구멍을 만들어둔다. 되레 왕따를 당한 아이가 나쁜 사람이 되어버린다.

'정말로 할아버지 돌아가신 거 맞니?'

이 말 속에 숨어 있는 뜻은 아이들끼리만 안다.

'너네 할아버지 돌아가셨다고 거짓말하고 집에서 노는 거 아냐? 너네 할아버지가 돌아가셨다고 하고서 우릴 피해서 도망간 거 아냐?'

'정말 안됐구나. 흑흑.'

이 말은 '정말로 우리가 널 동정할 거라고 생각하지는 마. 안됐지만 할아버지가 돌아가셨든 너네 부모가 돌아가셨든, 넌 똑같은 아이니까. 달라질 건 없어'라는 의미였다.

'얼른 돌아와. 네가 없으니까 재미가 없어.'

이 말은 '너를 골려줄 거야. 그래야 우리가 재미있지'라는 뜻을 담고 있었다.

교묘히 숨겨진 뜻을 선생님은 볼 수도 없고, 보려고도 하지 는다. 이렇게 말해도 선생님은 요지부동이다. 살그머니 흘기는 눈빛에 '괜한 일 벌이지 마' 하는 은근한 압력이 느껴졌다.

선옥은 주머니에 손을 넣었다. 차가운 휴대전화가 만져졌다. 그 안에도 여러 가지 증거가 있었다. 학급 단체 이야기방에서 일어나는 여러 가지 일들…… 비밀스럽게 학급 여학생들끼리만 초대되어 얘기할 수 있는 무시무시한 단톡방…… 그것을 담임한테 보여주면 어떻게 될까…… 선옥의 눈동자가 흔들렸다.

순간적으로 생각해보았지만 아무 소용이 없을 것이다. 머리 좋은 임원 아이들은 단톡방에서도 말투가 책상 위에 적힌 것과 다르지 않았다. 은근한 압력과 교묘한 따돌림의 증거들…… 너무나 교묘해서 증거로 보일 수가 없었다. 오히려 단톡방에서 욕을 하거나 말실수를 하는 건 왕따를 주도하는 아이들이 아니라 엉뚱한 아이들이었다.

"선옥아, 이번 일은 선생님이 못 들은 걸로 할게. 친구를 의심하지 말자. 알았지? 앞으로는 절대 그런 생각 하지 말고 모두 다 사이좋게 지내는 거다."

담임의 억지웃음이 선옥의 눈앞으로 다가왔다. 정말로 담임은 이런 사실을 모르는 걸까, 아니면 모른 척하고 싶은 걸까? 선옥은 순순히 물러나기로 했다.

"죄송합니다."

선옥은 의자에서 일어나 얼굴이 보이지 않도록 깊숙이 고개를 숙였다.

"그래, 선옥아. 네가 할아버지가 돌아가셔서 좀 예민해져서 그럴 거야. 걱정하지 말고. 또 다른 걱정이 있으면 언제든 선생님께 상담하고. 알았지?"

긴 앞머리 사이로 빙긋 웃음 짓는 담임의 얼굴이 눈에 들어왔다. 고개를 끄덕거리긴 했지만 상담이라니……. 다시는 그럴 일이 없을 것이다.

선옥은 몸을 돌려 교무실 문을 빠져나왔다. 차가운 복도를 오가는 아이들이 선옥을 힐끗힐끗 쳐다보았다. 선옥은 딱딱하게 굳은 표정으로 다시 교실을 향해 돌아섰다.

'할아버지, 할아버지가 틀렸어요. 정직한 게 항상 좋은 건 아니에요. 정직하지 못한 이유가 있는 거예요. 그동안 아이들이 돌림왕따를 당하면서도 정직하게 말하지 못했던 건 다 이유가 있었던 거예요. 정직해봤자…… 거짓말하는 아이들을 이길 수가 없어요. 또 내가 당하고 말아요.'

선옥은 고개를 숙였다. 이 끔찍한 세계에서 벗어날 방법은 없을 것만 같았다.

2

암자 식구들의 짐은 단출했다. 짐보다 더 단출한 것은 마음이었다. 가까운 뒷동네로 소풍이라도 가는 양 왠지 마음이 들떴다. 곁에서 지켜봐야 하는 사람들에게는 퍽이나 힘겹고 안쓰러운 걸음일지라도 당사자들은 그걸 못 느꼈다.

이 여행이 혹여 마지막일지도 모른다는 건 알고 있었다. 느린 걸음일지언정 그들이 향하는 곳에 흑단인형이 기다리고 있다는 것과 반드시 그녀를 만나게 되리라는 것을 알았다. 낙빈은 어쩐지 그녀가 자신을 기다리고 있다는 생각이 들었다.

그녀를 만나 이승과 저승을 혼란케 하는 헤르메스의 창을 두고 다툴 수도 있다. 인류의 미래를 두고 서로 다른 의견을 합치하지 못해 치열한 대결을 벌일 수도 있었다. 지난번에는 간신히 살아남았지만 이번에는 결코 돌아올 수 없는 곳으로 떠나야 할지도 모른다. 하지만 그러한 것들이 낙빈과 암자 식구들의 마음을 흔들지는 못했다. 그 어느 때보다도 마음은 차분하고 조금 들뜬 듯 흥겨웠다. 걸음걸음마다 축복을 건네는 어머니와 스승님의 깊은 기도와 기원이 있는 까닭이었다. 또한 삶도 죽음도 심각하게 느끼지 못하도록 단속하는 한 사람이 있는 까닭이었다. 이미 저승의 세계를 건넌 승덕은 죽음 이후의 세계에 대해 암자 식구들이 결코 두려움을 갖지 않게 했다. 승덕 덕분에 이제는 그 세계가 친밀하고 정겨운 이웃 나라쯤으로 생각되었다.

낙빈이 손가락을 들어 그들의 머리 위에서 비쳐대는 말간 햇살을 가리켰다. 손가락은 어린 소년의 것이지만 지금 그 손을 들어올린 건 승덕이었다. 일행은 나지막한 산길을 오르락내리락하는 중이었다. 넓고 시원스러운 길로 갈 수도 있지만 식구들은 마음 내키는 대로 좁은 길도 지나고 산길도 통과하며 저 먼 땅 끝을 향해 나아가고 있었다.

"저기 봐라. 태양은 그대로인 듯하지만 매 12초마다 심장이 뛰는 것처럼 맥동을 한단다. 옛날부터 지구도 태양도 살아 있는 생물처럼 묘사한 신화나 전설이 많은데 실제로 살아 있는 사람처럼 맥이 뛴다니 참 신기하지?"

"와아, 정말요? 태양이 두근두근 심장박동을 한다는 거야?"

"진짜 신기하네요. 우리가 사는 지구도 살아 있는 생물처럼 느껴질 때가 많은데……. 정말 생명을 가진 존재가 아닌가 생각이 되네요."

미덕이 커다란 눈을 둥글게 뜨고는 새된 소리로 함성을 지르고, 정희 역시 고개를 끄덕끄덕 흔들었다. 승덕은 쉴 새 없이 이런 저런 지식을 뽑아냈다. 좋지 않은 생각으로 마음이 어지럽혀지는 걸 경계하려는 의도가 다분했다. 그 마음을 알면서도 낙빈 역시 승덕의 이야기에 마음을 홀딱 빼앗겼다. 애써 애먼 생각을 하지 않게 하는 데는 승덕의 신비한 지식들이 한몫을 했다.

"우리나라에는 일월성신日月星辰이 있어서 해만큼 달이나 별에게도 존경을 표하지만 다른 나라의 경우에는 태양에 대한 절대적인 신앙을 키운 곳이 꽤 많아. 특히 이집트는 아주 대표적인 태양 숭배 사상을 가지고 있었지."

"맞아요, 오빠. 기억나요. 우리가 중국에서 봤던 고구려 무덤 속의 벽화요. 거기에도 해를 든 사람의 모습이 있었죠."

"맞아, 누나. 그리고 해 뒤에는 달을 든 사람의 모습이 있었지."

정희에 이어 정현도 고개를 끄덕였다. 조미니의 도움을 받아 중국까지 해의 검과 달의 검을 데리고 갔던 날이 기억났다. 낙빈의 일월신검을 찾아 떠났던 중국에서의 일들이 주마등처럼 스쳐갔다. 작고 가엾던 소인족의 얼굴도 뇌리를 스쳤다. 소소 님은 부족 안에서 이제는 행복하실까 걱정과 기대가 동시에 스쳐갔다.

"이집트의 신이라면 '라Ra'라고 하지 않아?"

"와, 우리 미덕이가 정말 똑똑하구나!"

미덕이 아는 체하자 정희가 한껏 놀란 표정을 지었다. 짐짓 입술을 실룩거리는 미덕은 그런 칭찬이 싫지 않은 눈치였다.

"그래, 맞아. 하지만 이집트에는 '라'뿐 아니라 '케프리Khepri'와 '아툼Atum'이라는 태양신들이 더 있단다."

"와, 그건 또 금시초문인 걸요?"

정희의 눈이 휘둥그레졌다.

"태양을 숭배하다 보니 더 치밀하게 분석하고 그 특징도 더 자세히 나눌 수 있었나 봐. 아침의 태양은 케프리, 가장 강한 한낮의 태양은 라, 저녁의 석양은 아툼으로 나누어 불렀다고 해."

"뭐야, 그게? 태양은 하난데 뭘 그렇게 나눠서 불러?"

미덕은 도저히 이해되지 않는다는 듯 고개를 흔들었다. 정희는 신기한 듯 미덕과 정현을 번갈아 보았다.

"하나의 태양을 나눠서 보았다니 참 신기하네. 뭔가 특이한 것 같아."

한 발 한 발을 내디딜 때마다 이렇게 끝없이 이야기가 이어졌다. 대체 하루에 얼마나 가야 하고, 어디를 들러야 하며, 어느 길로 가야 하는지는 관심 밖인 사람들처럼. 그저 나침반의 남쪽을 향해 끝없는 이야기를 나누며 천천히 걸음을 옮겼다. 그래서 도착할 곳이 정해져 있는데도 걸음이 숨 가쁘지 않았다. 걷다가 미덕이 지치면 정현이 업기도 하고, 그래도 미덕이 칭얼거리면 배낭에 담아온 간식거리를 먹기도 했다. 산골을 지나면서 여린 풀잎들도 뜯고, 가끔은 들판에 앉아 한숨도 돌리면서 한가로이 여정을 즐기는 중이었다.

얼었던 마음이 녹은 것처럼 얼었던 땅도 녹았다. 세상은 그 어느 때보다 여린 색으로 반짝였다. 푸르른 하늘도, 여린 녹빛 풀들도 보기 좋았다.

마르고 차가운 시멘트 바닥을 밟다가 마음이 지치면 푸른 풀숲으로 들어가 산을 올랐다. 낮은 구릉을 지나기도 하고 높은 곳에서 멀리 아래를 내려다보기도 했다. 그러면서도 이야기가 끊임없었다. 그렇게 낮은 산 하나를 지나가는 중이었다. 높다란 태양이 고도를 낮출 무렵이었다.

나지막한 산 아래쪽에 작은 집 하나가 눈에 들어왔다. 모양새를 보니 그냥 집은 아니었다. 처음 눈에 들어온 작은 집 곁에는 처마선이 아름답고 유려하게 늘어진 고풍스러운 건축물이 있었다. 주변에 돌탑들이 낮게 서 있는 걸로 봐서는 소박한 사찰 같았다. 때마침 지친 미덕이 정현의 등에서 칭얼대기 시작했다.

"으엥, 밥 먹고 싶어. 주먹밥 말고. 누룽지 말고. 진짜 밥 먹고 싶어. 국물에 밥 말아 먹고 싶어. 히잉."

"개들도 가만있는데 넌 사람이면서 참을성이 없냐."

낙빈이 미덕을 살짝 흘겼다. 아니나 다를까, 철딱서니 없는 주인과 달리 늠름한 개들은 지친 기색도 없이 처음부터 끝까지 씩씩한 걸음으로 일행의 뒤를 따라오는 중이었다.

"네가 개들 맘을 알아? 저것들도 다 배고파 죽겠다고 나한테 불평불만을 터뜨리고 있단 말이야! 불쌍한 우리 복실이들……."

"거짓말하지 마! 어이구, 따라나설 땐 절대로 힘들다는 말을 안 하겠다더니 내가 너 이럴 줄 알았어."

낙빈이 툴툴거리자 미덕의 성난 발길질이 낙빈의 뒤통수에 꽂혔다. 정현의 등에 업혀서 작은 발을 쭉 뻗으니 동그란 낙빈의 머리가 정통으로 맞았다.

"야, 이! 황미더억!"

"꺄아!"

낙빈의 성난 목소리와 함께 미덕이 정현의 어깨에서 날쌔게 뛰어내려 산등성이 아래 작은 사찰로 달리기 시작했다. 낙빈이 소리만 치고 따라나서지 않는데도 쏜살같이 사찰로 달려가는 게 속셈이 뻔했다.

"아휴, 저 밉상! 정말 못 말려."

제 주인의 잘못을 대신 사과하듯 세 마리 개가 몰려와 낙빈의 손등을 핥기도 하고 얻어맞은 뒤통수에 대고 작게 쿵쿵거리기도 했다. 낙빈이 개들을 쓰다듬으며 피식 웃었다.

"괜찮아, 니들이 미안해할 건 아니야. 아니 근데 뭔가 잘못된 거 아니니? 니들이 잘못하면 주인이 사과해야 하는 건데, 어째 주인이 잘못한 걸 너네들이 사과하냐. 니들이 미덕이 주인인 것처럼."

정희도 정현도 눈짓을 하며 빙그레 웃음을 지었다. 얼굴을 찌푸리며 고개를 젓는 낙빈과 제 키보다도 작은 오빠를 골려대는 미덕을 보는 것은 그리 나쁜 광경이 아니었다. 사실은 낙빈이 심각해질 틈을 주지 않는 미덕이 은근히 고마운 때가 많았다. 미덕이 아니면 저렇게 투탁거리며 싸우는 낙빈의 모습을 어찌 볼 수 있을까 싶었다. 늘 어른인 척하는 어린 소년을 진짜 소년으로 만들어주는 건 미덕뿐이었다.

낙빈과 정희, 그리고 정현은 미덕이 작은 사찰 안으로 냉큼 뛰어 들어가고 불과 몇 분 뒤에 사찰 안으로 들어섰다. 그런데 그 짧은 시간 동안 벌어진 광경에 다들 눈이 휘둥그레졌다.

"미덕아……."

정희는 멍하니 입을 벌리고 미덕을 바라보았다. 초로의 아저씨와 화려한 꽃무늬 한복을 입은 중년 여자 사이에서 미덕이 도란거리며 옥수수를 뜯고 있었다. 세 사람은 둥그런 파라솔 아래서 옥수수가 수북한 쟁반을 앞에 두고 단란하게 앉아 있었다.

"언니, 오빠, 낙빈아. 여기로 와. 아저씨 아줌마가 이거 같이 먹재."

"뭐……?"

낙빈과 정희, 그리고 정현은 더 말하려다가 인사도 하지 않은 게 생각나 깊이 고개를 숙였다. 듬직한 개들도 마치 사람이라도 되는 것처럼 고개를 숙여 함께 인사했다.

"아휴, 참 특이한 사람들이 왔네? 어쩐지…… 내가 말했잖아요,

오라버니. 오늘은 재밌는 사람들이 올 거라고. 내 말이 맞죠?"

화려한 꽃이 한복 가득 피어오른 중년 부인이 싱긋 웃으며 남자 쪽을 바라보았다. 그러더니 푸근한 얼굴로 손을 흔들며 암자 식구들을 불러 모았다.

"이리 와. 찐 옥수수도 먹고. 여기 토마토랑 딸기도 먹어. 얼른 와. 개들도 이리 데려와요. 개들한테도 줄 것이 있으니까. 그나저나 다들 참 특이하네."

단정한 머리를 하나로 묶어 쪽을 찌어 올린 여자는 아주 오랜만에 만나는 식구들을 대하는 것처럼 허물이 없었다. 그녀는 낙빈 일행을 보며 특이하다고 했지만, 사실 그녀와 남자 역시 독특하기 그지없었다. 머리를 하나로 올리고 얼굴을 진하게 화장한 그녀 뒤에서는 뭉글뭉글 신의 기운이 올라오고 있었다. 그녀는 전통 무속인이 분명했다. 그런데 희한한 점은 옆에 앉아 있는 남자의 옷차림이었다. 그녀와 함께 앉아 느긋한 미소를 짓는 남자는 검은색 수단을 입고 목에는 하얗고 빳빳한 로만칼라를 두르고 있었다. 아무리 보아도 가톨릭 사제의 복장이었다.

"어서 이리 와요. 제 동생이 미리 감을 느끼고 넉넉히 준비해두었어요."

"그래, 어서 와요. 아직 계절이 이르지만 지난해에 내가 직접 심고 수확해서 냉동시켜놓은 옥수수를 다시 쪘다니까. 아주 말랑말랑해서 새로 나온 것처럼 맛이 있어. 얼른 와요. 우리 아기씨는 아주 허기가 진다니 다들 비슷할 테지 뭐."

낙빈과 정희, 그리고 정현이 머뭇거리며 곁으로 다가섰다. 너른 마당 한쪽에 짙은 초록빛을 머금은 커다란 파라솔 아래 둥근 테이블이 있고, 주변에는 모양이 다른 의자가 여럿 있었다. 의자를 하나씩 끌고 와 테이블 주변에 앉으니 파라솔 그늘이 머리를 덮었다. 동시에 한적하고 여유로운 분위기가 그들을 휘감았다. 암자 식구들은 오후 무렵 산등성이에 자리한 고요한 절간에 초대되어 한복을 입은 무속인, 검은 사제복을 입은 신부님과 함께 옥수수를 뜯게 되었다. 이 모든 게 조금 얼떨떨했다.

"아줌마, 진짜 맛나요! 아저씨, 저 딸기 더 주세요!"

철없는 미덕은 아예 얼굴에 철판을 깔고 제집처럼 굴었다.

"죄, 죄송해요. 미덕아, 예의를 차려야지."

그런 미덕을 바라보며 정희가 되레 안절부절못했다.

"아유, 젊은 아가씨는 왜 그래? 아가씨도 아직 어린 것 같은데, 뭘 예의를 차려? 그냥 먹어. 아직 어린애들은 어린 티를 내는 거야. 그게 정상이지."

"거 맞는 말씀이네요!"

중년 아주머니의 말을 이어 낙빈이 너스레를 떨었다. 아니, 낙빈이 아니라 승덕이었다. 승덕이 노란 옥수수 한 자루를 턱 잡으며 우걱우걱 씹어댔다. 그런 승덕의 모습에 정희는 더욱더 사색이 되었다. 어린 낙빈이 저렇게 넉살 좋은 소리를 해대는 걸 보면 무속인과 신부님이 예의가 없다고 생각할 것 같아 가슴이 조마조마했다.

"아니, 저기 그게……."

"어머나. 지금 말한 건 꼬마가 아니라 어떤 청년인 것 같네, 맞지?"

"그걸 어떻게……."

단번에 낙빈 안의 승덕을 알아본 아주머니의 말에 정희의 눈이 동그래졌다.

"어머, 출중하진 않아도 나도 보는 눈이 있어. 아가씨 뒤에 있는 보살님도 보이네. 다들 보통 사람들은 아니잖아, 그지? 특이한 사람들이 찾아왔다니까. 하여간 얼른 먹어. 어른인 척 말고."

"그래요. 얼른 들어요, 아가씨."

무녀 아주머니도, 검은 사제복을 입은 신부도 푸근한 얼굴로 낯선 손님들을 대했다.

"우리만 좀 별난 줄 알았더니 이런 조합도 있네? 아휴, 특히 저기 꼬마는 장난 아니에요, 오라버니."

"으응, 무슨 말인지 나도 알겠다."

두 사람이 낙빈을 바라보며 신기한 듯 눈을 굴렸다. 낙빈의 몸에 있는 승덕은 물론이거니와 엄청난 신들의 존재를 얼핏 눈치챈 것이 틀림없었다.

"우리가 별나긴 뭐가 별나다고 그러냐."

그때였다. 그들의 등 뒤에서 또 다른 음성이 들려왔다. 일행은 냉큼 고개를 돌렸다. 뜰 저편의 사찰 안에서 머리를 하얗게 민 스님이 허허 웃음 지으며 다가오고 있었다. 낙빈과 정희, 그리고 정현은 발딱 일어나 합장했다.

"아이고, 작은오라버니. 손님들을 불러놓고 바쁜 척 말고 얼른 이리로 와요."

"그래, 이거 주인 없는 집에서 객들만 모여 앉아 먹어서야 되겠니. 얼른 오너라."

스님을 향해 손을 흔드는 무속인 아주머니와 신부님의 표정이 다정했다. 이제 스님에 무속인 아주머니와 신부님까지 한자리에 모였다. 낙빈도 정희도 옥수수를 뜯으며 이 괴이한 조합에 자꾸만 눈동자를 돌리고 말았다. 정현마저 은근히 그들의 모습을 관찰할 정도였다. 그런 눈초리를 알아챘는지 한복을 입은 무속인 아주머니가 씨익 웃음을 보였다.

"너희가 보기에도 우리가 이상하니? 그러는 너희도 꽤나 신기해."

"죄, 죄송합니다."

"죄송해요."

흘끗흘끗 바라본 것이 큰 실례 같아서 낙빈과 정희가 즉시 고개를 숙였다.

"아니다. 뭐 사과할 일이라고. 우리도 우리가 좀 독특한 가족이라는 건 잘 알고 있단다."

검은 사제복을 입은 신부가 인자한 미소를 지으며 말했다.

"와, 세 분이 진짜 가족이에요?"

입가에 하얀 옥수수 알갱이를 붙인 미덕이 철없는 얼굴로 물었다. 게다가 손가락으로 세 사람을 가리키면서. 미덕이 그럴 때마다 정희는 엉덩이를 들썩이며 안절부절못했다.

"그래, 우리는 진짜 가족이야. 여기 신부님이 큰오라버니시고 이쪽 스님이 둘째오라버니, 그리고 내가 막내란다. 우리들 좀 닮지 않았니?"

무녀 아주머니의 말을 듣고 찬찬히 뜯어보니 닮은 데가 있었다. 진하게 화장한 무녀님의 얼굴 때문에 금방 알아차리진 못했지만 세 분의 콧부리가 둥그스름하고 통통한데다 쌍꺼풀 없이 가늘게 찢어진 눈매도 비슷했다. 특히 웃음을 지으면 사라지는 눈동자와 잘게 잡히는 잔주름은 아예 판박이였다.

"와, 근데 다들 완전히 달라요! 신들이!"

아무도 꺼내지 못하는 말을 미덕은 아무렇지 않은 얼굴로 덥석덥석 뱉어댔다. 정희의 엉덩이가 또다시 들썩였다. 미덕의 행동에 죄송스러우면서도 속을 시원하게 해주는 미덕이 고맙기도 했다.

"응, 그래, 맞아. 보시는 대로야. 우리들 다 종교가 달라."

무속인 아주머니가 턱을 괴고 앉아 암자 식구들과 자신의 오빠들을 돌아보았다.

"우리도 서로를 인정하기까지 시간이 조금 걸렸어. 하지만 지금은 보시다시피 잘 지내고 있지. 워낙에 바쁜 척을 해대서 서로 시간이 잘 나지 않지만, 그래도 일 년에 한 번씩은 만나려고 노력한단다. 그럴 때마다 사실 우리도 여러 사람의 눈치를 보고 그랬는데…… 뭐, 이젠 거의 초월했어."

무녀님의 말에 곁에 앉은 신부님과 스님이 서로를 바라보며 빙 긋이 미소 지었다.

"우리는 그렇다 치고, 너희는 어딜 가는 거니? 너희야말로 굉장해 보이는데, 이렇게 뭉쳐서 대체 어딜 가는 길이야?"

"중요한 일을 하러 떠나는 길입니다. 세상이 흉흉해진 건 느끼고 계시죠? 전 세계에서 이승과 저승의 혼란이 극에 달한 상황이라서 그것을 해결하는 데 힘을 보탤까 하고 길을 나섰습니다."

"허허어, 거참."

승덕이 낙빈의 입을 통해 말했다. 아이의 입에서 나온 어투가 영 다른 사람이란 것을 눈치챈 스님이 헛웃음을 지었다. 무녀 아주머니 역시 재미있다는 듯 낙빈의 위아래로 눈을 굴렸다. 신부님 역시 감탄한 듯한 표정으로 말했다.

"어린아이들이 그런 것을 알고 있다니 대단하구나. 우리 교단에서는 한참 동안 상황이 심각했단다. 세계 여기저기서 일어나는 성체 발현과 성모 발현 현상으로 발칵 뒤집혔지. 사실 지금도 그 현상은 지속되고 있단다. 특히 우리나라에서도 성체 발현 현상이 여러 건 확인되고 있어."

"네, 잘 알고 있어요."

낙빈 안에서 승덕이 고개를 끄덕였다.

"밖으로 드러낼 일은 아니지만 우리 교단과도 밀접한 관련이 있는 일이기에 교황청뿐 아니라 전 세계적으로 문제가 되었단다."

"성전에서 보호하고 있던 위대한 보물을 유실했기 때문이죠.

현재도 그 보물을 되찾지는 못했고요. 이제는 교황청이 아닌 다른 곳에서 그걸 보호하고 있고요."

"그런 소리를 대체 어디서 들었니!"

낙빈의 입에서 흘러나오는 승덕의 말에 신부님의 얼굴이 하얗게 질려버렸다. 그 보물, 즉 반쪽짜리 헤르메스의 창에 대해 구체적으로 말하진 않았지만 서로가 지칭하는 대상이 같다는 것을 단박에 알아챈 것이다.

"뭐, 어디서 들었는지가 중요한 건 아니고요."

승덕은 능글거리는 표정으로 옥수수만 뜯었다. 다만 그런 표정이 순박한 낙빈의 얼굴에 나타나는 게 좀 문제이긴 했다. 정희는 낙빈이 너무 예의 없는 아이로 비쳐질까 내내 걱정스러웠다.

"오라버니, 거봐요. 보통 손님은 아닐 거라고 했잖아요. 저 애 뒤에 어른거리는 신들의 모습을 봤다면 아마 까무러치실 거예요."

"아, 쟤 뒤에 뿌연 게 다 영기라는 거냐?"

"응, 그렇다니까요."

놀란 신부님 곁에서 무녀 아주머니와 스님이 두런두런 말을 이었다. 무녀님에게는 영기가 꽤 뚜렷하게 보이는 모양이었고, 스님은 어렴풋하게 영체를 느끼는 듯했다. 무녀 아주머니가 고개를 설설 저으며 말했다.

"그런데 요즘 왜 이런 일이 일어나는 거니? 아주 맘이 뒤숭숭해서 살 수가 없다니까. 하루가 멀다 하고 손님들이 찾아오는데, 완전히 산 사람과 죽은 사람이 뒤범벅되어 있고 엉망진창이라니까.

아주 별일이 다 있어. 그래서 우리 남매도 이번에는 아예 못 만나는 줄 알았다니까. 간신히 시간을 쪼개서 오늘 하루 만난 거야."

"절도 마찬가지다. 우리 절은 사실 조용하고 평화로운 편이었단다. 이 산골까지 날 찾아오는 건 아기 이름을 지어달라거나 자녀들의 합격을 기원해달라거나, 아니면 부처님 오신 날에 봉양하려는 순박한 동네 사람들이 전부인데, 요즘엔 이 마을에도 아주 이상한 일들이 생겼단다. 갑자기 정신을 잃어버린 사람도 나오고, 읍내에서는 죽었다 다시 살아나는 사람도 생겨나고 말이지. 여기저기 돌아보면 아주 희한한 일이 줄을 섰단다."

정희와 정현, 그리고 미덕이 서로를 바라보았다. 그것은 암자 식구들이 누구보다도 잘 알고 있는 사실이다. 지금껏 이러한 일들과 얼마나 자주 마주치고 해결하려 애써왔던가. 헤르메스의 창 반쪽이 흑단인형의 손에 들어간 이후 작은 마을에까지 얼마나 많은 일이 일어나는지 몰랐다. 더구나 저승과 이승의 혼란은 유독 우리나라에서 심각했다.

낙빈은 무녀님과 스님을 물끄러미 바라보며 고개를 끄덕끄덕 흔들었다. 낙빈에게는 여전히 승덕의 얼굴이 어려 있었다.

"이승과 저승을 혼란케 하는 창이 사라져서 그런 겁니다. 가톨릭계에서 보관하던 보물 말고 쌍둥이 보물이 하나 더 있는데, 그걸 지키던 사람들이 다 죽고 새로운 주인이 그것을 갖게 되었죠. 그런데 그 주인이 세상을 흔들어대서 이 모양입니다. 남은 하나의 창마저 빼앗겨버리면 세상은 멸망할 겁니다."

"오빠, 그런 거 다 말해도 돼?"

미덕이 낙빈 얼굴 속의 승덕을 빤히 바라보았다. 철없는 미덕도 승덕이 비밀스러운 이야기를 별생각 없이 술술 말하는 게 걱정되는 모양이었다.

"아니, 뭐야? 생전 처음 듣는 말까지 있네?"

"도대체 당신들은 누구기에 그런 소리를 다……."

무녀님이나 신부님, 그리고 스님까지 입을 떡 벌리고 낙빈과 일행을 바라보았다. 새파랗게 어린 아이들이 세계의 깊은 비밀과 속내를 알고 있는 게 여간 이상한 일이 아니었다. 놀란 눈으로 낙빈을 보던 무녀님이 큰 한숨을 내쉬었다.

"정말 말세가 아닌가 모르겠구나. 별일이 다 생기니 말이다."

"대체 누가 이런 짓을 하는 건지, 원."

"너희가 말하는 그 가톨릭계의 보물을 훔치려는 사람들이 일으킨 일이니? 그 사람들은 그런 짓이 이렇게 인간 세상을 혼란케 한다는 걸 알고는 있는 걸까?"

신부님과 스님, 그리고 무녀님이 두런두런 혀를 차는데 낙빈이 심드렁한 얼굴로 한마디를 던졌다.

"이러니저러니 해도 참 할 말이 없는 게…… 우리네 세상 사는 모습이 참 뭣 같아서 한편으로는 아주 이해가 안 되는 일은 아니란 말이죠."

"아유, 오빠……."

정희가 눈을 살짝 찡그리며 낙빈 쪽을 바라보았다. 어린 낙빈의 입을 빌려 회의적인 말을 하는데다 처음 만나는 사람들에게 이 말 저 말 가리지 않는 승덕이 걱정스러운 눈치였다.

"저게 애 입에서 나오는 소리가 맞냐?"

"아냐, 오빠. 지금은 머리가 큰 청년이 애 대신 말하고 있는 것 같아요. 애기라면 저런 말을 안 하지."

"그래, 그렇겠지."

신부님이 입을 벌리며 당황해하자 곁에 있던 무녀님이 설명해 주었다. 같은 신격을 가진 덕분인지 남매들 중에도 유독 무녀님이 낙빈의 변화를 제일 예리하게 알아채고 있었다.

"아유, 어린 무당 아이도 좀 더 먹어야겠다. 거기 안에 있는 젊은이, 애기한테 딸기도 주고 여기 방울토마토도 좀 더 먹여. 이거 여기 텃밭에서 무공해로 키운 거야. 많이 들어."

"아아. 고, 고맙습니다. 정말, 잘 먹겠습니다."

좀 전과 달리 한복을 입은 어린 소년이 아주 예의 바른 모습으로 깊이 고개를 숙였다. 그 모습을 보고 또 무녀님이 피식 웃음을 지었다.

"이번엔 진짜 저 애예요. 원래 아이로 돌아왔나 봐."

무녀님의 설명을 들은 스님과 신부님이 고개를 끄덕였다. 무녀님은 낙빈을 향해 먹을거리를 쑥 밀었다.

"네가 여기 이 아기씨보다 오빠라면서? 그럼 더 열심히 먹어야 겠어. 키가 비슷비슷해서 추월당하겠어. 얼른 들어."

남매들은 심각한 이야기 속으로 빠져들려다가도 너무 깊은 속

내가 흘러나오는 것을 경계하는 듯 화두를 바꾸었다. 그들은 낙빈의 입에서 나오는 이야기를 더 깊이 파고들지 않았다. 정희로서는 고맙기 그지없었다. 승덕이 위험하면서도 비밀스러운 이야기를 툭툭 던지는 것도 다 그런 계산이 있기 때문인 듯했다.

정희는 얼굴이 닮았지만 완전히 다른 듯한 남매의 모습을 찬찬히 바라보았다. 두런두런 이야기를 나누면서 서로 차를 따라주는 모습에서 끈끈한 가족애가 느껴졌다.

"실례되는 말씀일지 모르지만 정말 다정해 보이시네요. 보통은 신격이 다르면 한 핏줄이라도 다툼이 있게 마련인데."

정희가 살짝 미소를 지었다. 아무리 가족이라도 서로 믿음이 다른 사람들이 한데 엉켜 다정하게 대화하는 모습이 신기해 보였다.

"맞아, 맞아. 같은 민족 간에 일어나는 내전들을 보면 죄다 종교 분쟁이라니까."

"평화를 말하고 용서를 말하는 성직자들이 앞장서서 싸워대는 걸 보면 할 말이 없지."

"참으로 안타까운 일이야."

무녀님과 스님, 그리고 신부님이 똑같이 고개를 흔들며 혀를 찼다.

"사실 우리도 이렇게 되기까지 우여곡절이 좀 있긴 했단다."

신부님이 먼 곳을 바라보며 낮게 속삭였다. 흐려진 초점 저편에 잊힌 기억을 들여다보는 모양이었다.

"큰오빠가 처음 신부님이 된다는 말을 했을 때는 정말 집안이 발칵 뒤집혔죠."

"집안의 맏이가 결혼을 안 한다니 대가 끊긴다고 할아버지께서 아주 노발대발이셨지."

무녀님과 스님 역시 옅은 미소를 지으며 그 언젠가의 기억 속으로 빠져들었다.

"형님이 신부님이 된다니 정말 충격이었어. 멀쩡히 군대에 갔던 사람이 갑자기 귀의(歸依)하겠다니 참 기가 막힌 일이었지."

"하하, 그랬지."

스님의 말이 끝나자 신부님의 눈가에 깊은 주름이 지어졌다. 잔주름 사이로 먼 옛날의 기억이 주마등처럼 스쳐갔다.

"사실 우리 집은 특별한 종교가 없었어. 그냥 할머니 할아버지가 일 년에 한두 번 절에 가는 게 다였지. 그런데 군대에 가니까 절보다 성당에서 간식을 더 많이 준다는 거야. 과자 부스러기를 얻어먹으려던 걸음이 이렇게 평생을 바꿀 줄 그때는 몰랐지."

신부님이 잔잔한 미소를 지으며 말을 이었다.

"그때도 참 원망을 많이 들었지만 둘째가 귀의한다는 말을 했을 때는 정말…… 온 가족이 더욱더 나를 탓했지. 다 내 탓이라면서 말이야. 첫째가 길을 잘못 들어서 둘째까지 스님이 되었으니 완전히 대가 끊기게 됐다고들 했지. 사실 나도 둘째가 불가에 귀의한다고 했을 때는 어찌나 화가 나던지. 하하. 특별 휴가까지 받아 수도원에서 곧장 집으로 달려왔다니까."

"맞아. 자기는 뜬금없이 신부님이 된다고 집을 나가더니만 내 얘기를 이해해주기는커녕 아주 나를 잡아먹을 듯이 화를 냈지. 비슷한 처지라고 이해해주길 기대했던 내가 바보였어. 나를 아주 몹쓸 인간으로 만들어버렸다니까. 집안에서도 몹쓸 인간, 종교적으로도 사악한 이단의 종자로 몰아붙이고 말이야."

"맞아. 둘째오빠 때가 제일 힘들었어. 온 집안이 매일매일 초상집 같았지."

삼남매의 눈에 추억이 어렸다. 당시에는 힘들고 원망스러운 시간이었지만 이제는 아련하고 애틋한 날들로만 느껴지는 모양이었다. 낙빈은 그런 세 사람의 모습을 멍하니 바라보았다. 서로 다른 신격을 모시면서도 세 사람의 뒤로 퍼지는 기운은 참으로 잘 어우러지고 조화로웠다. 그것이 몹시도 신비하고 절묘하게 느껴졌다.

"내가 무당이 된다고 나섰을 때는 아예 다들 포기한 분위기였어. 오빠들 덕분에 나는 사실 손쉬운 편이었지. 후후. 이제 말하지만 고마워요들."

바스스 웃음 짓는 무녀님의 눈가에 주름이 졌다. 주름 사이로 살짝 어리는 물기가 낙빈의 눈에 들어왔다. 모든 것이 흘러간 지금에야 한마디로 요약할 수 있는 일들이겠지만 삼남매가 종교, 그것도 각자 신격이 다른 종교에 귀의하기까지 다른 가족은 물론 그들 사이에도 얼마나 많은 갈등이 있었을까 싶었다.

"그래도 다들 그렇게 의귀依歸하시고도 다정히 지내시네요. 참으로 좋아 보여요."

정희가 빙긋 미소를 지으며 세 사람을 바라보았다. 하지만 세 사람이 동시에 손사래를 쳤다.

"하이고, 이렇게 되기까지 얼마나 힘들었는지 아니? 아주 만나기만 하면 싸우고 난리가 아니었지."

"특히 형님은 아주 고집이 셌어. 매번 어찌나 나를 설득하려 드는지……. 내가 참 고생을 많이 했지. 휴가만 받으면 아주 한달음에 절로 찾아와서 날 잡아먹을 듯이 괴롭혔단다. 정말 그땐 말이 안 통했어. 자기 말만 옳다는 거야. 다 때려치우고 가족에게 돌아가라고 아주 날 들들 볶았지."

"그럴 때면 작은오라버니가 날 불러댔어. 자기 좀 살려달라고. 큰오빠 좀 데려가라고 몰래 전화를 거는 거야. 그럼 또 나는 산으로 들어와서 큰오빠를 모시고 내려와야 했지. 그렇게 치고받고 싸우던 모임이 어느새 이렇게 사이좋은 남매 모임으로 바뀌었어. 이렇게 되기까지는 참 오랜 시간이 걸렸다니까."

"그래, 내 죄가 많다. 내 죄가 많아."

신부인 큰형님이 고개를 설설 흔들었다. 지금이야 웃으면서 말하지만 그들 사이에 있었을 오랫동안의 갈등이 낙빈의 머릿속을 스쳐 지나갔다. 치열하게 다투고 서로를 괴롭히면서 모든 것이 자신의 죄인 듯 괴로워하던 시간이 낙빈의 눈앞에 흘러갔다. 하지만 그토록 치열하게 괴롭혀대던 시간이 지나고 이제는 서로를 아끼고 생각하는 끈끈한 마음들이 각자의 세계를 이해하는 방식으로 넓어졌다.

낙빈은 그들의 모습 속에서 흔들리고 일렁이는 심장을 느꼈다. 해답을 얻지 못해 방황하던 심장의 한쪽 끝이었다. 습기를 머금은 채 가득 끼어 있던 이끼의 한 귀퉁이가 햇살을 받아 바사삭 떨어지는 기분이었다. 어울리지 않는 조합 속에 함께 어우러진 마음이 낙빈의 가슴을 흔들어댔다.

"하여간 큰오빠 고집은 말릴 수가 없었지. 오빠 땜에 참······."

미안한 듯 고개 숙이는 신부님을 향해 혀를 차던 무녀님이 자리에서 발딱 일어섰다. 무언가에 깜짝 놀랐는지 두 눈을 동그랗게 떴다.

"어머?"

그녀가 저 멀리 산속을 바라보았다. 낙빈 역시 의자를 밀며 일어섰다. 숲 속 가까이까지 다급한 차 소리가 들리더니 이내 인기척이 느껴졌다. 얼마 지나지 않아 한 무리의 사람들이 절간으로 밀고 들어왔다.

3

제일 먼저 눈에 들어온 건 허우적거리며 다가오는 중년의 부인이었다. 그 뒤로 중년의 남자와 그 아들쯤 되어 보이는 젊은이가 흐느적거리는 여학생을 부축하고 절간으로 들어섰다. 그 곁에서 눈물을 펑펑 쏟는 아주머니 한 명도 있었다. 제일 먼저 절로 들어서던 중년 부인이 파라솔 아래에 모여 있는 사람들을 발견하고 헐레벌떡 뛰어왔다.

낙빈 일행과 이야기를 나누던 스님이 재빨리 일어나 그들 쪽으로 다가갔다.

"보살님, 어쩐 일이십니까?"

스님은 제일 먼저 달려오는 파마머리의 부인을 아는 체했다. 수수한 회색 옷차림의 부인이 서둘러 합장하며 스님 앞으로 나섰다.

"아아, 스님. 제 친구 부부인데…… 아이에게 좋지 않은 일이 생겨서 이렇게 급히 찾아왔습니다. 미리 말씀도 못 드리고 와서 죄송해요. 우리 친구 좀 도와주세요, 제발."

보살이라 불린 여성은 뒤쪽의 사람들 중에 중년 남자와 젊은 남자 사이에 있는 여학생을 가리켰다. 여학생은 다리가 완전히 풀린 상태로 두 남자의 어깨에 팔을 두르고 있었다. 언뜻 보아도 정신을 완전히 잃은 듯했다.

"아이고, 세상에! 어서 이쪽으로. 방에 눕히도록 하세요."

스님은 정신을 잃은 여학생을 황급히 방으로 이끌었다. 여학생을 데려온 사람들은 물론이고 낙빈과 일행도 전부 그 뒤를 따랐다. 짙은 황토색 엄나무 찻상만 덩그러니 놓인 작은 방 안에 정신을 잃은 여학생이 눕혀졌다. 편안해 보이는 셔츠에 면바지를 입은 단발머리 소녀는 일으켜 세울 때나 눕힐 때나 자발적인 움직임은 전혀 없었다.

"아이고, 간당간당하네. 어찌 된 일이에요?"

스님이 여학생의 앞에 다리를 겹쳐 앉았다. 생명줄이 가늘게 이어진 게 느껴졌다. 스님의 두터운 손이 민머리를 쓸었다. 손이 지나가는 이마에 번지르르 물기가 어렸다. 갑작스러운 손님에 진땀을 흘리는 게 분명했다. 소녀의 가족과 보살님이 소녀를 중심으로 빙그르르 둘러앉았다. 낙빈 일행과 무녀님, 그리고 신부님은 방 밖에서 그 광경을 지켜보았다.

"갑자기 이렇게 정신을 잃었답니다. 사실은 며칠 전부터 이상한 낌새를 보였대요."

보살님이 아까부터 내내 눈물을 훔치는 중년 부인 쪽을 바라보았다. 여학생의 어머니로 보이는 여성이 간신히 울음을 삼키며 이야기를 받았다. 그녀는 곁에 앉아 있던 남학생의 무릎을 짚으며 딸아이에게 닥친 변고를 설명했다.

"이 애가 선옥이 오빠인데…… 같은 고등학교에 다니는 한 살 터울의 연년생 아이들이거든요. 그런데 며칠 전 하굣길에 우리 옥이가 이상한 행동을 하더래요. 학교 앞 도로를 건너는데…… 빨간불인데도 막 건너려고 하더래요. 애가 처음에는 동생인 줄 모르고 지나치는데…… 학교 앞에서 여자애들이 소리를 지르고 난리가 났더래요. 봤더니 어떤 여자애가 빨간불인데도 4차선 도로 한가운데를 건너려 하고 주변의 아이들은 우왕좌왕 소리를 지르고 있더래요. 좀 더 지켜봤더니 한 여자애가 달리는 차들을 아랑곳하지 않고 막 길을 건너려 하고, 주변에 있던 여자애들은 차도 한복판에서 그 애를 말리더래요. 뒷모습이 어째 낯익어서 달려가봤더니 지 동생이 맞더라지 뭐예요! 여러 애가 붙잡고 말려도 아주 힘이 세서 막 차도로 뛰어들려고 하는데, 애가 제정신이 아닌 것 같더래요. 애 오빠가 하도 놀라서 머리를 세게 치니까 깜빡 눈이 돌아갔다가 다행히 금세 깨어나더래요. 얼이 빠진 것처럼 멍하니 있다가 곧 제정신이 돌아왔다나 봐요."

부인이 눈물을 훔치며 이야기하는 동안 고개를 푹 숙인 연년생 오빠의 눈에서 눈물이 툭툭 떨어졌다. 울음소리를 내지 않으려고 애를 쓰는데도 후회의 눈물이 쉬지 않고 떨어지는 모양이었다.

"그때 곧장 우리한테 말했으면 좋았을 텐데 부모가 걱정할까봐 둘 다 말을 안 하고 비밀로 했다지 뭐예요."

고개를 푹 숙이고 있던 남학생이 두 눈이 시뻘게져서 더듬더듬 말했다.

"걱정을 하실까봐……. 선옥이도 그러자고 하고. 저도 두 분이 요즘 얼마나 정신이 없으신지 잘 아니까…… 할아버지가 돌아가시고 두 분 다 많이 힘드신 걸 아니까 차마……."

얼굴 가득 여드름이 돋아난 남학생의 눈에서 끝내 눈물이 주르륵 흘렀다.

"네, 맞아요. 저희가…… 근래 좀 경황이 없었거든요. 아버님이 돌아가신 지 얼마 되질 않아서. 저나 이 사람이나 정신이 좀 없었어요. 그래서 애들 딴엔 힘든 부모를 생각해서 말을 하지 않았던 가 봅니다."

학생의 아버지가 침울한 얼굴로 말을 받았다. 미간에 가득한 주름이 깊은 시름과 한숨을 대신하고 있었다. 여학생의 기이한 행동들과 그동안 가족에게 있었던 일들, 그리고 이곳까지 찾아오게 된 이유 등이 낱낱이 이어졌다. 낙빈 일행도, 스님의 다른 형제들도 그들의 이야기를 묵묵히 들었다.

그사이 낙빈의 옆에 서 있던 무녀님이 슬며시 낙빈의 어깨를 밀었다. 소년이 동그란 눈으로 무녀님을 올려다보았다.

"너, 보이지?"

"아, 네에."

무녀님의 눈짓에 낙빈이 살며시 고개를 끄덕였다. 아마 무녀님의 눈에도 여학생의 곁에 있는 노인의 영혼이 보이는 것이리라. 여학생의 영혼과 함께 선 노인은 황금빛이 은은하게 도는 삼베 수의壽衣를 입고 있었다. 영혼의 모습이 매우 정갈하고 금빛 수의도 단정하기 그지없었다.

"아마…… 돌아가신 할아버지인가 보다, 그지?"

"네에."

다시 낙빈이 고개를 살짝 끄덕였다. 두 사람이 말을 나누는데 스님이 이쪽을 바라보았다.

"네게는 보이는 거지? 가슴이 답답한 게 우리 말고 누가 계시는 것처럼 느껴지는구나."

"응, 오라버니. 여자아이 옆에 누가 있어요."

무녀님의 말에 두 눈이 둥그레진 사람들이 그녀를 응시했다.

"누군지 나는 확실히 모르지만, 이 아이는 아마 알 거예요."

무녀님이 가리킨 사람은 곁에 있는 낙빈이었다. 순간 낙빈은 얼굴이 붉게 달아올랐다. 단번에 모든 사람의 시선이 한데 모아지자 어쩐지 쑥스러웠다.

"아, 그게…… 여쭤봤어요. 할아버지라고 말씀하시네요. 손녀를 데려가려고 오셨대요."

"너…… 강신降神을 안 하고도 영혼의 말이 다 들리는 거니, 똑똑히?"

무녀님의 눈이 커졌다. 기를 모은다거나 굿을 한다거나 강신을 하는 느낌도 없었는데 자연스럽게 영혼에게 말을 걸고 대답도 들었다는 게 신기한 얼굴이었다.

"느낌이나 감정으로 전해지는 게 아니라 영혼의 말이 들려?"

"아, 네에……."

낙빈은 더듬거리며 말했다. 무녀님은 낙빈의 신격으로 대충 예상을 했지만 아무런 집중의 행위 없이도 영혼의 말을 다 듣는다는 낙빈의 말에 조금 질린 표정이었다. 따로 접신을 하지 않고도 영혼들과 똑똑히 대화할 수 있는 낙빈은 할아버지의 말을 그대로 전했다.

"성함은…… 송 자, 승 자, 철 자 되시는 분이에요."

"아이고, 아버지!"

"아아, 아버님!"

이름을 듣자마자 중년 부부가 까무러칠 듯 소리를 질렀다. 여드름 가득한 남학생도 얼굴이 새파래져서 몸을 덜덜 떨었다. 분명 근래 돌아가셨다는 할아버지의 이름이 맞는 모양이었다.
"우리 아버지가 옥이를 제일 예뻐하셨는데!"
"아버님, 왜 그렇게 예뻐하던 옥이를 데려가시려는 거예요, 왜요!"
"아버지가 이러실 리 없어요. 우리 아버지는 교장까지 하시던 분이라고요. 아이들을 얼마나 잘 돌보고 사랑하셨는데…… 무슨 억하심정이 있으시다고, 말도 안 돼요!"
중년 부부가 눈물을 뿌리며 낙빈을 향해 소리쳤다. 돌아가시는 순간까지 정성을 다해 모셨는데 왜 손녀를 데려가려는지 원망과 한숨이 섞여 있었다.
"……미워서 데려가시려는 게 아니래요."
낙빈은 할아버지의 말을 전했다. 어여쁜 여학생 곁에서 손녀의 손을 꼬옥 붙잡은 할아버지의 영혼이 온화한 얼굴로 낙빈에게 말을 건넸다.
'나는 말이다, 우리 아이들이 미워서 이러는 게 아니야. 다 데려가지는 못해도, 그래도 이 아이만은 편한 세상으로 데려가고 싶다. 우리 애기가 너무나 힘들게 세상을 살아갈 걸 아니까…… 이렇게라도 도와주려는 거란다. 너도 알겠지만 이 세상이 참 흉흉하지 않니. 죽어보니 그 모든 게 보이는 걸 어쩌니. 찌들어가는 세상의 모습이 보이고, 흉악해져가는 인간들의 모습이 보이고. 이승에서든 저승에서든 고단한 나날을 보낼 것이 뻔히 보이는데 어쩌겠니. 이 세상이 더 좋아진다면 아이를 두고 가겠지만. 살아봤자 좋은 꼴도 못 보고 괴롭힘이나 당할 것 같은데 어쩌겠니. 그래서 사랑하는 손녀 아이를 고생시키지 않고 데려가려는 거야.'

낙빈의 눈앞에 선 할아버지는 돌아가신 뒤 입혀드린 금장 삼베옷을 걸친 채 사람 좋은 표정으로 조곤조곤 말씀을 이어갔다. 그 말투와 감정에는 자손에 대한 걱정과 슬픔이 담겨 있을 뿐, 원한이나 미움 따위는 찾을 수 없었다.

"나쁜 영혼은 아니구나, 그렇지?"

"네에."

무녀님의 눈에도 흐릿하나마 조상신의 모습이 보였다. 낙빈처럼 또렷한 신격이 보이지는 않지만 흐릿한 안개에 가려진 듯한 할아버지의 모습이 어른거렸다. 온 정신을 다해 돌아가신 분의 감정을 들여다보아도 아이에게 해코지를 하려는 의도는 전혀 느껴지지 않았다. 눈앞에 있는 영혼은 원혼이 아닌 선한 영혼이 분명했다.

낙빈과 무녀가 말을 주고받자 사색이 되었던 일가족이 너나없이 질문을 쏟아냈다.

"아니, 아버님이 어째서 그러신 거래요?"

"왜 우리 옥이를……!"

"저희가 뭐 소홀히 한 게 있는가요? 잘못을 저지른 게 있나요? 대체 왜 이런 일을 벌이시는 거래요?"

"아버님이 이러실 리가 없는데…….'

"살아생전 효도는 못했어도 불효도 하지 않았는데 왜……?"

"특히나 우리 옥이…… 그렇게 어여삐 여기시더니 대체 왜 이런 일을 일으키시는 거래요!"

터져 나오는 질문 공세에 낙빈의 두 귀가 멍멍해졌다.

"잠시만요, 가족 여러분 진정하세요."

낙빈의 얼굴에서 당황한 기색을 눈치챈 스님이 가족들을 막아섰다.

"마음이 급하시겠지만 이러시는 건 도움이 되지 않습니다. 천도진언天道眞言을 외우고 마음을 하나로 모아주세요. 그래야 영혼이 안정되고 대화가 이루어질 수 있습니다."

"네. 그러시는 것이 좋겠어요, 오라버니."

무녀님 역시 당황해하는 낙빈 대신 가족을 얼렀다.

스님의 말이 떨어지자 여학생의 가족을 데리고 온 중년의 보살님이 총총히 발걸음을 옮기더니 다른 방에서 책자 몇 권을 가져왔다. 진언들이 적힌 책자인 모양이었다. 스님을 시작으로 낮고 고요한 소리로 염불을 외우자 눈앞의 영혼이 훨씬 더 또렷해지고, 그 기운도 사뭇 안정적으로 느껴졌다.

방 안에서 여학생 주위에 둘러앉은 가족들과는 별개로 문 앞에는 신부님이 성호를 그리며 무릎을 꿇고 앉았다. 낙빈의 곁에 섰던 무녀님도 두 손을 모으고 기도를 시작했다. 좁은 방과 더 비좁은 툇마루였지만 천지 가득 좋은 기운이 모여들었다. 가족들의 소란이 잦아들고 분위기가 고요해지자 돌아가신 할아버지가 낙빈에게 천천히 속내를 털어놓기 시작했다.

'박수무당아, 내 말을 아이들에게 전해주지 않겠니? 내가 죽고 나서 세상을 돌아보니 살아서는 보이지 않던 것이 보이더라. 내가 살아왔던 세상과 우리 아이들이 살고 있는 세상, 그리고 앞으로 살아갈 세상이 다 느껴지더구나. 나는 전쟁을 겪은 세대란다. 전쟁 직후에 찢어지게 가난했던 세상을 살았지. 나는 그때가 살아서 지나는 생지옥이라고 생각했단다. 일곱 형제자매 중에 셋이 굶어 죽는 지난한 세상 말이다. 가난하고 힘들어서 먹지도 못하고 죽어가는 모진 세상 말이다. 그래도 젊어서는 노력하면 할수록 조금씩 재산도 쌓이고 삶도 편해지고 몸과 마음도 한가로워지는 세상을 보면서 이게 바로 천국이구나 생각했더란다. 내가 살아생전 교장 일을 하면서, 티 없이 맑고 밝은 아이들을 보면서 세상천지에 이런 행복이 있을까 늘 감사했단다. 그런데…….'

할아버지의 두 눈이 그리운 듯 먼 곳을 바라보며 어른거렸다. 하지만 곧 그 눈빛에 어두운 그늘이 드리워졌다.

'그런데 말이다, 내 세상이 그렇게 편해지는 동안 모르고 있던 사실을 죽고 나서야 깨달았지 뭐냐. 나는 육신을 버리고 영이 되고 나서 세계가 한눈에 보이는 곳까지 높이높이 올라가보았단다. 그러고는 정말 못 볼 꼴을 보았지 무어니. 나 편하자고, 내 새끼들 편하자고 만들어놓았던 것들이 얼마나 이 세상을 더럽혔는지를 깨닫게 되었단다. 내가 내 가족과 학생들만 생각하고 그들만 편하면 된다는 생각에 이 땅을, 이 세계를 전부 더럽히고 망쳐놓았다는 걸 알아버린 거다. 지구가 죽는다느니, 쓰레기가 하늘을 찌른다느니, 나도 학교에서 입이 닳도록 교육했지만 정말로 아는 것은 아니었지. 아무리 말로 해도 느끼지 못했던 것을 죽고 나서야 생생히 느낄 수 있었단다. 내 영혼이 내가 아니라 이 세상의 일부라는 걸 몸으로 알게 되었단다. 그냥 생각으로 아는 것이 아니라 내가 이 세상인 것처럼, 내가 상처받는 것처럼 뼈아프게 느낄 수 있었단다. 폐부를 찌르는 아픔과 고통을 생생히 느끼면서 그 모든 아픔을 만든 것이 바로 나라는 사실을 깨달았다. 내가 더럽힌 땅, 내가 헤집은 흙, 내가 버린 찌꺼기들이 이 세계를 한없이 고통스럽게 만들었다는 사실을 깨달았다. 그리고 그 아픔을 모른 채 나만 즐거이 세상을 누리다가 훌쩍 떠나버리는 몹쓸 인생을 살았다는 걸 깨달았단다.'

할아버지의 흰머리가 푸스스 아지랑이처럼 일렁였다. 그 모습이 마음속 고통과 깊은 후회를 보여주는 것만 같았다. 슬픈 듯, 기운이 다 빠진 듯 힘겨운 영혼의 웅얼거림이 이어졌다.

'남은 고통은 고스란히 다른 이들의 몫인 게야. 이 세상에 남은 풀과 나무의 몫이고, 이유도 모른 채 죽어가는 말 못하는 짐승들의 몫이고, 내가 두고 가는 내 자식들과 후손들의 몫인 게야. 모른 척 떠나고 싶었지만…… 그 고통과 죗값이 나를 붙들었단다.'

할아버지의 고요한 음성이 낙빈의 두 귀로 퍼졌다. 그분이 느끼는 안타까움과 슬픔이 생생하게 느껴졌다. 살아생전에 말로만 알고 지식으로만 알았던 모든 사실을 죽음과 함께 영혼으로 느끼게 된 분의 돌이킬 수 없는 후회가 생생했다.

'나 혼자 저지른 짓이 아니라고 발뺌할 수도 있겠지. 이 땅을 더럽히고 이 세계를 오염시켜서 도저히 살지 못할 곳으로 만든 것이……. 그래, 내가 저지른 일은 티끌만큼이라고 변명할 수도 있겠지. 하지만 이젠 틀렸어. 너무나 깊이 이해하고 느낀 걸 어쩌겠니. 이 몹쓸 세상을 만들어놓고 내 자식 손주들을 다 버리고 가는 게 너무 미안하고 안타까워서…… 내 손녀라도 데려가려는 참이었단다. 고통스럽게 사는 대신 나를 따라가는 게 낫지 않을까. 애써 고통을 느끼지 않아도 되지 않을까. 그런 생각이 들었단다. 내 마음의 연민이 우리 옥이에게 가 닿는 걸 어쩔 수가 없었다. 그래서 데려가려는 게야.'

할아버지는 누워 있는 손녀의 육신을 물끄러미 바라보았다. 그리고 그 위로 두둥실 떠올라 있는 소녀의 영혼을 가엾다는 듯이 쳐다보았다. 단발머리를 예쁘게 기른 여학생은 한 손으로 턱을 괴고 할아버지의 모습을 평화로운 얼굴로 바라보고 있었다. 여학생의 영혼은 어떤 저항도 거부도 없었다. 그녀는 할아버지와 함께 할아버지가 속한 맑고 밝은 세계로 가는 것이 즐거워 보였다.

할아버지는 그런 손녀의 영혼에게 슬픈 빛이 묻어나는 쓸쓸한 미소를 지어 보였다.

'내가 병들게 한 것은 이 세상만이 아니었다. 이렇게 몹쓸 세상을 만들어놓은 탓에 아이들마저 각박하게 변했음을 알게 되었지. 나는 말이다…… 사실 평생 교직에 몸담았단다. 퇴직 후에도 아이들을 가르칠 수 있는 곳이라면 어디든 찾아가 봉사를 했단다.

그냥 그게 좋았단다. 하지만 입으로 가르치기만 했을 뿐, 아이들의 마음을 보지는 못한 못난 스승이었지. 나는 아이들의 마음이 강철처럼 단단해지고 바늘처럼 뾰족해지는 걸 몰랐다. 자연 속에서 뛰놀며 꿈만 꾸어야 하는 아이들을 각박한 현실 속에 밀어 넣고 그곳에 적응해 살아남으라고 강요했다는 것을 몰랐단다. 아니, 사실은 다 알면서 모른 척했는지도 모르겠구나. 뛰어놀 시간도 없이 아이들을 학원으로 돌리면서 공부를 하라고 들들 볶아댔지. 그래야 인간 세상에서 살아남을 수 있다고 가르치면서 말이다. 이 세계는 물론이거니와 우리 아이들의 마음까지 나 같은 어른들이 망쳐놓았어. 착하고 여린 우리 옥이는 나와 같은 어른들의 욕심 안에서 많은 상처를 받았단다.'

할아버지의 눈이 손녀의 영혼을 가엾다는 듯이 바라보았다.

'……제 아빠와 엄마도 모르는 일이었을 게다. 우리 옥이가 학교에서 아이들에게 상처를 받고 혼자 동떨어져 살아왔다는 걸. 그래서 몹시도 고통받고 있었다는 걸……. 세상과 하나가 되는 경험 속에서 나는 유독 아픈 손가락을 발견했단다. 그건 바로 옥이의 마음이었다. 예전부터 영악하지가 못한 아이였어. 주변의 분위기를 재빨리 알아차리지도 못하고 제가 어찌해야 살기 편한지도 모르는 순박한 아이였지. 약삭빠르게 세상에 적응할 줄 모르는 가엾은 내 손녀…… 그 여린 마음을 짓밟히고 상처받으며 살아왔더구나. 괴롭힘을 당하던 우리 아이는 제가 받은 그대로 또 다른 아이에게 풀기도 했지. 아이들이 어른들에게 받은 스트레스를 견디지 못하고 저희끼리 누군가를 괴롭히기도 하고, 또 괴롭힘을 당하기도 하면서 서로서로 밟고 밟히는 걸 보았단다. 그 상처받은 아이들에게 부모들은 세상에 나오면 더 끔찍한 사회가 기다리니 다른 아이들을 모두 이기고 살아남으라고 말했단다.'

할아버지는 가슴에 손을 얹었다. 영혼의 모습에 깊은 주름이 드리워졌다.

'그뿐만이 아니었다. 나는 말이다…… 우리 옥이의 앞날도 더 볼 수가 있었단다. 어른이 되어 세상에 나가면 더 많은 괴로움과 고통 속에서 살아갈 손녀의 모습을 보았고, 아무리 노력해도 벽에 가로막히는 또래 젊은이들의 모습을 보았단다. 나와 우리들이 만들어놓은 이 세상에서 시달리고 치이면서 좌절하고 슬퍼하는 옥이의 모습을 느꼈단다. 우리 어른들이 만들어놓은 수많은 문제를 해결하지 못하고 점점 더 피폐해지는 내 아이들의 인생을 보면서 나는 가엾은 마음을 억누를 수가 없었단다. 그래서…… 우리 옥이만이라도 내가 데려가기로 했단다. 유독 아픈 손가락인 우리 옥이를…… 재주 좋게 세상에 적응할 줄 모르는 우리 옥이를 모른 척할 수가 없었다. 다른 아이들에게는 미안한 말이지만, 그래도 이 아이만이라도 끔찍한 고통의 시간에서 구해주고 싶었단다.'

할아버지는 손녀의 영혼에게 천천히 다가갔다. 눈을 감고 누운 자신의 육신 위에 무릎을 모은 채 가만히 앉아 있던 손녀가 할아버지를 향해 손을 내밀었다. 서글서글한 눈동자로 웃던 노인이 금빛 수를 놓은 긴 마의의 한 팔을 걷더니 손녀의 손을 꼭 쥐었다. 육신 위에 달랑달랑 붙어 있는 손녀의 영혼이 부스스 일어서더니 할아버지의 어깨에 얼굴을 기댔다. 여학생의 하얀 얼굴이 피로해 보였다. 그 아이가 조부의 어깨를 비비며 중얼거렸다.

'할아버지, 나 데려가. 나 여기 안 살 거야. 애들이 나 싫어해. 공부 못해서 엄마 아빠한테도 걱정만 끼치고. 나는 제대로 할 줄 아는 게 없어. 학교에서도 날마다 혼나고, 학원에서도 만날 꼴찌 반이야. 언제나 그래. 친구들은 한 명 한 명 돌아가며 서로를 따돌리고 괴롭혀. 나 그거 싫어. 이런 세상이 싫어. 할아버지 따라가면 천국에 가는 거잖아. 나 그냥 갈래. 그만 살래.'

'그래, 옥아. 그래, 아가야. 그래그래…….'

할아버지가 손녀의 어깨를 토닥토닥 두드렸다. 그때였다. 일가족 중 오빠의 입에서 외마디 비명이 터져 나왔다.

"선옥아, 안 돼! 입술이…… 입술이 파래져요! 선옥이가!"

다른 가족이 염불을 외우는 동안 입을 꾹 다물고 있던 오빠가 여동생의 변화를 제일 먼저 알아챘다. 아이의 손이 힘없이 바닥에 떨어지고 입술이 새파랗게 변하는 게 눈에 들어왔다. 영혼이 할아버지를 따라가려고 일어서면서 육신이 급격히 생기를 잃고 있었다.

"촌각에 달렸구나!『금강경』을 외우세요. 멈추지 말고 계속요!"

스님의 다급한 음성이 방 안에 퍼졌다. 가족들은 새파랗게 질려『금강경』을 펼쳤다. 그리고 더더욱 한목소리로 염불을 외웠다. 뭔가 꺼림칙한 기분에 입을 다물고 있던 오빠마저도 서둘러 『금강경』을 펼치고 목소리를 합했다. 한자 원문 대신 한글이 빼곡히 들어찬 경전을 독경하는데도 알 수 없는 말들에 힘이 실리는 것 같았다. 의미를 알지 못하는 말들을 내뱉는데도 어쩌면 이토록 가슴이 뜨거워지는지 몰랐다.

'아버지, 옥이를 살려주세요. 옥이는 아직 창창한 나이예요. 더 살아야죠. 그래서 세상사 쓴맛 단맛도 느껴봐야지요. 살려주세요, 제발.'

'아버님, 아버님께서 사랑하시던 우리 아이, 제발 도와주세요. 우리 아이가 가족 곁에서 사랑을 더 나눌 수 있게 기회를 주세요. 제발 부탁이에요. 아버님을 따라가겠다고 나서면 타이르고 깨우쳐서 돌려보내주세요. 아버님께서 평생 그러셨던 것처럼 우리 아이, 바른길로 가라고 따끔히 일러주세요.'

'할아버지, 잘못했어요. 지금껏 제가 정말 잘못했어요. 더 잘해드려야 했는데. 할아버지께 잘못한 게 너무 많아서 죄송해요. 선옥아, 미안해. 너를 만날 괴롭히고 놀려서 미안해. 네가 학교에서 힘든 일이 있었던 거 오빠가 다 아는데…… 여자애들 일이라고 모른 척하고 도와주지 못해서 정말 미안해. 내가 잘못했어. 정말 잘못했어.'

입으로 외우는 독경 소리 뒤로 가족들의 가슴에서 들려오는 이야기가 고스란히 할아버지의 혼백에게 전해졌다. 낙빈은 그 모습을 고요히 바라만 보았다. 할아버지의 어깨에 기대앉았던 여학생이 천천히 고개를 돌려 경문을 외우는 가족들 쪽을 바라보았다. 할아버지 역시 가족들의 모습을 하나하나 바라보았다.

'너희 잘못이 아니다. 다 내 잘못이야. 나와 우리들이 지은 죄를 너희에게 갚게 해서 고개를 들지 못하겠구나. 옥이를 이리 만든 것도 내 죄가 크다. 그래서 데려가려는 게다. 이제 그만 고통을 끝내고 좋은 곳에 데려가려고 그러는 게야. 슬퍼하지 마라.'

할아버지는 안타까운 눈빛으로 가족들을 바라보았다. 여학생은 무슨 생각을 하는지 아무 말 없이 부모와 오빠의 얼굴을 내내 바라만 보았다.

"조상님들, 이 세계는 이 세계 사람들의 몫입니다. 손녀를 데려가지 마시고 맡겨주십시오. 죽이 되든 밥이 되든 우리가 해야 할 일이지 않습니까. 세상이 아무리 어수선하고 흉해 보여도 난잡한 세계를 치유하고 보살피는 게 우리 후손들의 일이 아니겠습니까. 이승과 저승이 다 허물어지는 말세가 도래했다 하더라도 우리가 헤집어놓은 그 모든 것을 우리 손으로 기워야 하지 않겠습니까. 잘못을 회복하고 되돌릴 기회는 주셔야 하지 않겠습니까."

커다란 소리로 염불을 외우던 스님의 입에서 말씀이 터졌다. 두 손을 가슴에 모으고 두 눈을 감은 채 몸을 앞뒤로 꾸벅꾸벅 흔들며 내뱉는 그분의 말이 할아버지의 마음으로 쏙쏙 들어갔다. 할아버지와 대화한 것은 낙빈 혼자인데도 한마음으로 기도하는 이들의 힘 때문인지 스님은 할아버지의 말을 생생히 들은 것처럼 말을 건네고 있었다.

"그것이 인간이 사는 방법 아니겠습니까. 항상 실수하고 더럽히고 엉망으로 만들었다가 후회하고 뉘우치고 다시 새로운 방법을 찾아내는 것 말입니다. 완벽하지 않으니 인간이고, 늘 실수를 하니 인간인 법이지요. 부디 실수할 기회를 주십시오."

낙빈은 죽어가는 손녀의 손목을 잡은 할아버지가 스님의 말을 가만가만히 듣는 걸 보았다. 할아버지의 영혼이 무릎을 쪼그리고 앉더니 스님의 코앞에서 그 얼굴을 빤히 들여다보았다. 스님의 마음속 말을 찬찬히 들으려는 듯 한참 동안 스님 앞을 떠나지 않았다. 그러더니 이제는 남은 가족들 하나하나의 코앞에 다가가 가족의 얼굴을 자세히 들여다보기 시작했다. 영혼이 보이지 않는데도 할아버지의 영혼이 코앞에 다가오자 가족들은 움찔거리며 몸을 떨었다. 갑자기 오한이 일어 팔을 비비기도 했다. 할아버지의 영혼은 식구들을 한 번씩 바라보더니 곁에 주저앉아 기도를 드리는 신부님의 곁에까지 다가갔다. 예상치 못한 상대를 본다는 듯 눈을 둥그렇게 뜬 할아버지의 영혼이 고개를 이리저리 돌리며 신부님의 얼굴을 바라보았다.

낙빈은 그 모습을 물끄러미 쳐다보았다. 가족들과 스님에게서 느껴지는 믿음의 근원과 다른 신부님의 기운을 느끼는 게 분명했다. 우리나라의 무속과 불교가 서로 엉겨서 비슷한 기운을 쏟는 것과 달리 신부님의 종교적인 색채는 조금 다르게 느껴지는 모양이었다. 영혼이 그 앞에서 시간을 지체하자 눈을 감고 기도하던 신부님이 스르르 눈을 떴다. 그러고는 여동생 쪽을 슬쩍 바라보았다.

"혹시 영혼이 내 앞에 있니?"

신부님은 영혼을 보지 못하는데도 그 존재를 느낀 모양이었다.

"응, 오빠."

여동생의 대답이 떨어지자 신부님은 영혼을 향해 손을 내밀었다. 분명 그는 영혼을 볼 수 없다고 했는데, 참 신기하게도 한 손으로는 할아버지 영혼의 한 손을 부여잡고 다른 손으로는 그 손등을 감싼 것 같았다. 마치 눈으로 똑똑히 영혼을 바라보는 것처럼. 그 모습을 바라보는 낙빈의 눈이 더욱 크게 벌어졌다.

"많이 부족하고…… 많이 힘들게 살지도 모릅니다. 망자의 눈에는 더더욱 차지 않는 후손들일지도 모릅니다. 하지만 어쩌겠습니까. 그렇게 뒤웅박 팔자로 사는 게 인간인 것을. 많은 잘못을 저지르는 저희이지만, 그래도 조금씩 나아지는 게 없진 않겠지요. 마음이 아프더라도 한번 지켜봐주시면 안 되겠습니까?"

신부님은 마치 할아버지의 손을 매만지듯 앞뒤로 손을 움직이며 앞쪽을 바라보았다. 그는 영혼의 눈을 정확히 마주 보는 것만 같았다. 영혼은 검은 사제복을 위아래로 바라보더니 천천히 고개를 끄덕였다. 그러더니 다시 스르르 몸을 일으켰다.

'개똥밭에 굴러도…… 이승이 낫다는 거로구나.'

뭔가 기운이 빠진 듯한 음성이었다. 할아버지는 다시 식구들을 주르륵 둘러보더니 자신을 똑바로 바라보고 있는 낙빈 쪽으로 고개를 돌려 서글픈 눈동자로 낙빈을 쳐다보았다.

'너도 그리 생각하니?'

낙빈이 대답하기도 전에 승덕이 먼저 튀어나왔다. 붉은 모자에 청바지 차림의 승덕이 낙빈의 어깨 위에 한 손을 두른 채 나타났다. 승덕의 영혼이 한 손으로 붉은 모자를 스르륵 벗더니 덥수룩한 머리를 긁적거렸다.

'제가 죽어봐서 아는데…… 죽음은 참 고요하지요. 소란스럽지도 않고 요란하지도 않아요. 고단하지도 힘겹지도 않지요. 제 가족과 사랑하는 사람들, 먼저 세상을 떠난 그분들의 모습도 그러했어요. 그렇게 죽음이 고요했던 건 우리가 삶을 힘겨워했기 때문이 아닌가 합니다. 괴로움과 고통을 받은 사람일수록 저승에서 느끼는 고요함에 더욱더 감사를 느끼지요.'

승덕은 긁적이던 머리를 매만지며 다시 모자를 썼다.

'고요한 죽음의 세계에 감사했던 것은 살아생전 제 삶이 여간 소란스럽지 않았기 때문입니다. 그래서 살아생전엔 그 모든 게 원망스러울 때도 있었습니다. 하지만 지금은요…… 죽음에 대해 감사하고 그 소중함을 깨달은 것도 다 고달픈 생이 있었기 때문이 아닌가 생각합니다. 고달파도…… 그 모든 게 의미를 지니게 될 거예요.'

'우리 아이들은 많이 힘들 게야. 세상살이가 더욱더 힘들어질 게야.'

'네, 그럴 겁니다.'

'우리가 자연과 세계에 저지른 잘못들이 내 아이들과 손주들을 괴롭힐 게야. 지금도 이승과 저승의 일들이 점점 더 배배 꼬이고

있고 인간들은 한없이 괴로움을 당할 게야.'
 '네, 그렇습니다. 그래서 이 어린 꼬마 무당과 우리 식구들이 아주 애를 많이 쓰는 중입니다.'
 승덕은 암자 식구들을 주르르 가리켰다. 할아버지의 영혼이 그들의 모습을 찬찬히 바라보았다. 그러고는 고개를 끄덕였다.
 '……그래, 미안하다. 이 나이를 먹었는데도 생각이 짧았구나. 쉽게 얻은 건 쉽게 잃기 마련이지. 어려움을 알아야 감사함을 알게 되는 법이지. 그래, 그렇구나.'
 할아버지의 영혼이 깊이 고개를 끄덕이며 어린 손주의 영혼을 바라보았다. 할아버지의 손을 잡은 손녀가 동그란 눈으로 올려다보았다. 승덕과 할아버지의 대화를 한참 동안 듣고 있던 손녀는 그들의 이야기를 간신히 이해하고 할아버지의 황금빛 베옷을 붙잡았다.
 '할아버지, 나 데려가요. 나 여기 있기 싫어. 앞으로 모든 일이 다 무섭고 힘든데 내가 왜 여기 있어. 그냥 할아버지가 가는 좋은 곳에 나도 데려가요. 제발 나 두고 가지 마요.'
 등이 구부정한 할아버지가 손녀의 등을 설설 쓸어주었다. 노인의 영혼이 깊은 한숨을 내쉬었다. 그의 얼굴 가득 자글자글한 주름이 갑자기 도드라지는 기분이었다.
 '이 할아비가 내 생각만 앞섰구나. 널 생각한다고 한 일인데…… 이게 아닌가 보다. 옥아, 뒤를 보렴. 네 오빠와 네 어미, 그리고 네 애비가 저리도 구슬프게 울어대며 너를 찾고 있잖니. 네

가 돌아갈 곳은 저기가 맞는 것 같다.'
 '할아버지, 싫어요. 저 그냥 할아버지 따라갈래요. 거긴 좋은 곳이라면서요. 즐겁고 화사하고 행복하다면서요. 저 갈래요. 할아버지랑 같이 갈래요.'
 노인이 떼를 쓰는 손녀의 등을 쓸며 설레설레 고개를 흔들었다.
 '그래, 좋은 곳이지. 너도 이승에서 좋은 일 많이 하고 할아비한테로 오려무나. 그때는 할아비가 꼭 데리러 오마. 옥아, 네가 오는 날에 할아비가 꼭 마중 오마, 응?'
 할아버지는 매달리는 손녀를 타이르며 여학생의 영혼을 천천히 이끌었다. 손녀는 할아버지에게 이끌려 제 육신 위에 앉았다. 처음에는 동떨어진 것처럼 들썩거리더니 잘 맞는 고둥 껍질에 쏙 들어가는 소라게처럼 엉덩이가 육신의 위에 꽉 끼었다.
 '할아버지……'
 여전히 여학생은 울상을 짓고 있었지만 할아버지의 부드러운 미소 아래 점점 고집을 내려놓았다. 선옥은 할아버지가 이끄는 대로 조심스럽게 머리를 기대고 육신 위로 반듯하게 누웠다. 동글동글한 눈을 깜빡거리던 손녀의 영혼이 제 육체 위에서 편안히 눈을 감았다. 그 모습을 지켜보던 할아버지의 영혼이 쓸쓸한 미소를 지으며 뒷걸음질로 멀어졌다. 영혼은 방 안에 있는 가족들은 물론이고 스님과 신부님, 낙빈과 무녀님에게까지 모두 고개 숙여 인사했다. 영혼의 모습을 볼 수 있는 낙빈과 무녀가 함께 맞절을 했다. 그들이 다시 고개를 들었을 때 할아버지의 영혼은 완전히 사라져 보이지 않았다.

"옥아! 선옥아!"

그 순간이었다. 눈이 시뻘게질 정도로 비벼대던 남학생이 소리쳤다. 그와 동시에 기도 중이던 어머니와 아버지가 눈을 번쩍 떴다. 죽은 듯 움직임이 없던 선옥의 입가에서 희미한 신음 소리가 들려왔다. 처음엔 다들 얼어붙은 듯 움직이지 않았다. 마치 시간이 멈춘 듯 아무도 움직일 수 없었다. 새파랗게 질려 있던 여학생의 입술에 갑자기 옅은 핏기가 느껴졌다. 그 입술이 가늘게 벌어지며 다시 한숨을 뱉었다.

"으음……."

"옥아! 옥아아아아!"

동시에 가족의 비명 소리가 좁은 선방을 가득 채웠다.

"아이고, 소리치지 마시고요. 딸내미 팔다리나 주물러주세요. 다행히 할아버지가 가셨네요. 손녀딸을 두고 혼자 가버리셨어요. 이제 다 됐어. 걱정 마세요."

무녀님이 가족들을 안정시키며 이리저리 방법을 알려주자 아버지와 어머니, 그리고 아들까지 여학생의 팔다리에 달라붙어 주물러댔다. 무녀님도 한쪽 팔을 붙잡고 앉아 꼼꼼히 주물렀다.

"오빠, 수고했어요."

무녀는 염불을 외우는 동안 땀으로 흠뻑 젖어버린 둘째오라비의 번들거리는 민머리를 보며 싱긋 미소를 지었다. 여학생의 앞에 정좌하고 내내 열심히 기도하던 스님도 마주 보며 미소를 지었다.

"도와줘서 고맙다. 역시 우리 셋이 있으면 무서울 게 없다니까. 형님도 감사해요."

스님은 함께 기도해준 신부님과 무녀님을 바라보며 화답했다.

"망자의 영혼이 부디 좋은 곳에서 안락하시기를. 주여, 이 가족을 축복하소서."

신부님 역시 부드럽게 미소 지으며 가족을 위한 기도를 마무리했다. 찬찬히 성호를 긋는 얼굴에 미소가 어렸다.

시간이 얼마 지나지 않아 여학생이 눈을 떴다. 마치 깊은 잠에서 깨어난 것처럼 나른한 표정으로 부스스 눈을 뜨며 일어나 앉았다. 그 모습을 보는 순간 가족 모두 왈칵 울음을 터뜨렸다.

"엄마, 아빠, 오빠……."

소녀는 그런 가족들의 모습을 흐린 눈동자로 바라보았다.

"옥아, 그래. 엄마야. 우리 다 여기 있어. 괜찮은 거야? 어디 아픈 덴 없는 거야? 정말로 괜찮은 거지, 응?"

어머니는 딸의 어깨를 감싸 안으며 연신 눈물을 흘렸다. 굳건한 표정을 짓고 있던 아버지의 눈에서도 말간 물이 줄줄 흘러내렸다. 잃어버릴 줄로만 알았던 딸이 절에 들어온 지 몇 시간 만에 정신을 차리는 게 차마 믿기지가 않았다.

"엄마, 나 꿈꿨어. 아주 생생한 꿈……."

여학생이 나지막이 말했다. 반쯤은 잠에 취한 것처럼 몽롱한 눈빛으로 어눌하게 느릿느릿 이야기했다.

"꿈에 할아버지가 나왔어. 나랑 같이 가자고 하셨어. 나 좋은 데로 데려간다고 하셨어……. 내가 슬쩍 보니까 파란 잔디가 깔린 아주 넓은 곳이었는데 무지하게 예뻤어. 그래서 내가 따라가려고 했는데…….''

"아이고, 옥아! 어허엉!"

어머니가 두 팔을 가득 벌려 딸의 몸을 와락 껴안았다. 곁에 있던 오빠도 동생의 한쪽 팔을 붙잡고 눈물을 뚝뚝 흘려댔다.

"아이고, 그렇게 우리가 널 잃을 뻔했단 말이야! 널!"

가족들의 사정을 아는지 모르는지 소녀는 여전히 멍한 표정이었다.

"그런데 할아버지가 그냥 가버렸어. 나보고 나중에 오라고 하시면서…… 가버리셨어. 그래서 나…… 돌아왔어."

"어헝, 어헝! 그래, 잘했어. 아주 잘했어!"

눈물 콧물을 빼면서도 잃어버릴 뻔했던 귀한 딸의 손을 가족들은 단단히 붙잡고 놓지 않았다.

"선옥아, 가지 마! 네가 갖고 싶어 하던 내 핸드폰이랑 수첩이랑 게임기도 다 줄게. 너 하고 싶을 때 내가 다 시켜줄게. 가지 마. 다시는 할아버지 따라가지 마. 어어어엉!"

냉정하던 오빠마저 동생의 팔을 잡고 엉엉 울어대자 소녀의 입가에 희미한 미소가 지어졌다.

"나…… 준다는 거…… 다 들었다, 오빠."

슬픔이 사라지고 기쁨으로 범벅이 되었는데도 가족의 눈물은 쉽사리 그치지 않았다. 그들이 정신을 차리고 스님과 그곳에 함께 있는 손님들에게 하나하나 인사하고 또 인사한 뒤에야 절간은 본래의 고요함을 되찾을 수 있었다.

4

한참의 시간이 흐른 것 같은데도 아직 해는 머리 위에 둥실 떠 있었다. 시간이 오래 걸릴 수도 있는 일이었지만 함께 있던 사람들이 힘을 모은 덕분에 생각보다 빨리 해결되었다.
"아이, 정말 배가 고프지? 다들 여기로 다시 모여봐요. 새로 찐 감자랑 술빵도 있어. 토마토랑 참외도 더 내올 테니까 다들 얼른 와요."
무녀님이 모두를 모아 절간 마당에 놓인 작은 파라솔 아래에 앉게 했다. 순식간에 먹음직스러운 산골 간식이 줄줄이 뒤를 이었다. 낙빈의 뱃가죽이 지르르하고 울려댔다. 잊고 있었던 허기가 사무치게 느껴졌다. 다들 허기를 느꼈는지 간식을 맛나게 먹기 시작했다. 처음 만나는 사람들이라고는 믿어지지 않을 만큼 화기애애한 얼굴로 감자를 베어 물고, 또 옥수수를 뜯었다. 암자 식구들도, 절간의 삼남매도 다들 서로가 낯설지 않게 느껴졌다.
"그런데요...... 참 신기했어요."
옥수수자루 하나를 거의 다 뜯어가던 낙빈이 삼남매를 물끄러미 바라보았다.

"저는요…… 조금 이상한 기분을 느꼈어요. 죄송하지만 아까 신부님께서 할아버지의 손을 잡았을 때…… 신부님은 영혼을 볼 수 없는데도 정말로 영혼의 손을 붙잡고 그분의 손등을 쓸어주셨어요. 게다가 할아버지의 영혼은 깊은 불심을 가진 분이었어요. 그런데도 그분의 영혼을 느끼고 위로해주셨어요. 어떻게 그런 게 가능한지…… 잘 모르겠어요."

낙빈은 어물어물 말머리를 흐렸다. 왠지 크게 혼날 것 같은 기분이 스멀스멀 들었다. 서로 간에 얽힌 종교 이야기를 한다는 것이 얼마나 껄끄러운 일인지 어린 무당은 잘 알고 있었다.

"아아, 내가 그랬구나. 아마도…… 그런 느낌이 들긴 했지만, 정말로 영혼을 붙잡았구나!"

신부님은 감탄한 듯한 표정을 지었다. 스스로도 몰랐던 것을 확인받자 신기해하는 눈빛이었다. 그렇게 혼자 감상에 젖었다가 이내 자신을 바라보는 낙빈과 동생들을 보며 어색한 웃음을 지었다.

"어떻게 말해야 할지 모르겠구나. 이런 능력을 영력이라고 한다면, 사실 우리 삼남매 중에 영력이 제일 떨어지는 게 아마도 나일 거다. 우리 막내 여동생이 영혼의 존재를 가장 민감하게 알아채는 능력을 가졌지."

신부님이 고개를 갸웃거리며 천천히 이야기를 이어갔다.

"아마 우리 삼남매가 어느 정도 그런 능력이 있는 모양이야. 나는 사실 영혼을 똑바로 본 적은 없지만 그냥 그런 기척을 느낄 수는 있단다. 나도 모르게 이상한 감각이 들 때가 있지. 좀 전에도 그랬단다."

"그럼 신부님도 무속적인 영력을 가지고 계신 건가요?"

정희가 눈을 동그랗게 뜨며 물었다. 영혼을 바라보고 느낀다는 게 어쩐지 신부님에게 어울리지 않는 듯했다. 신부님이 당황스러운 듯 허허 웃었다. 정희의 질문에 대답한 사람은 마주 앉아 있던 무녀님이었다.

"아니, 무속적인 영력이라고 말하는 건 오빠한테 좀 실례일 것 같아. 오빠는 분명히 오빠가 믿고 있는 신에게서 힘을 얻으니까 말이야."

"그런…… 건가요?"

"그런데 좀 이상하지? 오빠가 믿고 있는 신은 사실 무속인들로서는 여간 껄끄러운 대상이 아니거든. 왜냐면…… 유일신이시니까! 우리처럼 많은 신을 모시는 사람들과는 정반대의 대척점에 서 있는 것이나 마찬가지니까 말이야. 나도 처음엔 그런 생각을 했어."

무녀님은 싱긋 미소를 지었다. 여동생을 바라보던 신부님이 미안한 듯 머리를 긁적였다.

"그래, 맞아. 덕분에 동생들이 나한테 아주 많이 시달림을 당했단다. 그땐 내가 수련이 부족하고 마음도 아주 좁아서 우리 동생들을 받아들일 수가 없었던 거야."

"하이고, 형님. 그걸 알고 계셨군요. 허허. 말을 말아야지, 우리

형님이 나를 아주 피 말리도록 괴롭히셨지."

말씀을 듣던 스님이 고개를 설설 저었다. 어린 시절 큰형님 때문에 절에 들어오기까지 얼마나 험난했는지부터 신앙인이라는 사람이 온갖 협박에 모진 소리를 해대며 괴롭혔다는 이야기까지 줄줄 이어졌다.

"아이고, 그래그래 말도 많다. 우리 형제들에게 고백하나니 제 죄가 많나이다. 생각과 말과 행위로 죄를 많이 지었나이다. 제 탓이오, 제 탓이오, 제 큰 탓이옵니다."

"그럼 그럼, 형님은 죄가 참 많으시지."

과장되게 가슴을 팡팡 치는 큰형님 앞에서 스님은 너털웃음을 지었다. 낙빈은 그 모습을 물끄러미 바라보며 이리저리 눈을 굴렸다. 지금이야 저렇게 말하지만 그들이 지나왔을 험난한 세월이 손에 잡힐 것처럼 느껴졌다. 서로 다른 종교적 뿌리를 인정하기까지 그들의 내면에서 얼마나 많은 갈등과 아픔이 있었을지 짐작되었다.

하지만 차림새가 영 다른 삼남매가 미소를 띠며 두런두런 이야기꽃을 피우는 모습은 아무리 보아도 다정했다. 앞과 뒤가 다른 생각들도 아니었다. 서로의 생각이 이어지고 자연스럽게 흐르는 것이 마치 하나의 생각, 하나의 종교를 가진 사람들처럼 위화감 없이 어우러졌다.

'신기하지?'

낙빈의 가슴속에서 승덕이 말했다.

'네, 형.'

'그래, 나도 신기하다. 뭐 스님이랑 신부님이 만나서 차도 마시고 대화를 하는 장면이야 종종 신문 기사에서도 보지만, 이건 뭐랄까…… 완전히 종교를 초월한 기분이라고 해야 하나? 참 낯선 광경이네.'

'게다가 그중 한 사람은 유일신을 모시고 있는데 말이에요.'

'그러게나 말이다.'

이어지는 대화만큼이나 옥수수도 달고 맛났다. 어리고 연한 옥수수 알갱이를 다 파먹으니 순식간에 자루만 가득 남아버렸다. 정겨운 분위기에 취해 더 이상 들어갈 데가 없을 정도로 실컷 배를 채웠다.

"아이, 참 잘 먹었네. 너무 좋다. 어쩐지 오늘은 옥수수를 많이 삶고 싶더라니까. 오빠들이 너무 많이 삶지 말라고 타박하더니 거봐요, 내 말대로 하니 좋지요?"

"그래, 네가 옳다."

무녀님도 두 오빠도 모두 빙그레 웃음이 피어났다. 그들은 오랜만에 삼남매가 함께 모인 것만으로도 참 행복해 보였다. 그래서 낙빈은 용기를 냈다. 내내 묻고 싶던 말을 조심스럽게 꺼냈다.

"세 분이 모시는 신神님은…… 모두 다르시지요?"

"……응? 뭐, 보시다시피."

"그런데…… 서로의 신님들이 다 조화로워 보여요. 신앙이 서로 다른데도 세 분의 기운이 조화롭게 어우러지는 게 느껴져요."

낙빈의 말에 정희도, 정현도, 미덕도 고개를 끄덕였다. 굳이 낙빈의 눈에 보이는 기의 오라가 아니더라도 그들의 웃음과 대화만으로도 충분히 느낄 수 있는 점이었다.

"그렇게 보인다니 다행이구나."

"실례되는 질문일지 모르겠지만…… 어떻게 그게 가능한지 묻고 싶어요. 특히, 신부님. 신부님께서 몸담고 계신 신앙에서는 단 하나의 신만 인정하잖아요? 그런데 어떻게 다른 형제분들의 신을 인정하고 받아들이시는 건지…… 참 궁금해요."

낙빈의 물음에 삼남매는 빙긋이 미소 지었다. 당황하거나 불쾌해하는 기색은 없었다. 고개를 끄덕거리던 신부님이 말문을 열었다.

"허허, 한편으로는 어려우면서도…… 또 한편으로는 참 쉬운 질문이구나."

"어려운데 쉬운 건 또 뭐예요? 그게 말이 돼요?"

미덕이 동그란 얼굴로 말을 내뱉자 정희가 화들짝 눈치를 주었다. 꾸밈이 없는 건 좋지만 어른들에게 예의를 차리는 법이 없는 미덕을 정희는 엄마의 마음으로 바라보는 까닭이었다.

"어려운 질문이지만…… 사실 이렇게 함께할 수 있는 건 그 해답을 발견했기 때문이지. 이미 얻은 해답이니 대답하기 쉽다는 말이란다."

"그 해답이 무엇인가요?"

낙빈은 빨려 들어갈 것처럼 신부님의 눈을 쳐다보았다.

"사실 내가 모시는 주인은 한 분이지만 한 분이 아니기도 하단다. 혹시 삼위일체三位一體라는 말을 들어본 적이 있니? 하늘에 계시는 성부와 땅의 성자이신 예수님, 그리고 천지창조 시절부터 성부의 곁에 계셨고 지금은 우리 곁에 계신 성령께서 모두 하나의 존재라는 것을 우리는 믿고 있단다. 그게 내가 믿는 종교의 핵심 교리 중 하나란다."

"네에……."

"사실 이 교리가 정립되기까지는 오랜 세월이 걸렸지. 어떤 이들은 이 교리가 다신교를 의미한다면서 부정했고, 어떤 이들은 삼위일체가 하나의 보위를 나타내는 거라면서 옹호했단다. 100년이 넘도록 쉼 없이 싸워댄 끝에 결국 삼위일체는 위대한 개념으로 정립되었지. 그전까지 이 교리로 인해 수많은 사람이 핍박을 받고 죽음에 이르기도 했단다."

"으음……."

낙빈 일행은 마치 오랜 역사 이야기를 듣는 것처럼 동그란 눈으로 신부님의 말씀을 경청했다.

"나는 둘째가 그리스도교가 아닌 다른 종교에 귀의한다는 말을 들었을 때부터 몹시 괴로웠단다. 오랜 불면과 신경쇠약이 극에 달할 정도였지. 나는 저 아이가 보는 신이 악마로 느껴졌어. 그래서 내 동생이 그 세계로 귀의한다는 사실에 심각한 정신적 타격을 입었던 것 같다. ……하지만 깊은 기도 중에 계시를 얻었단다."

신부님은 잔잔한 미소를 지으며 스님의 얼굴을 바라보았다.
"우리가 다투고 싸우는 것이 수백 년간 삼위일체를 가지고 싸운 신학자들과 다르지 않다는 것을 깨달았단다. 한낮에 번개처럼 내려친 깨달음이었다. 정말…… 기도에 대한 응답은 기적과도 같았단다. 나는 더 이상 괴롭지도 힘들지도 않았다. 모든 것이 명확하게 이해되었다고 해야 할까? 지금껏 내가 우리 둘째를 괴롭혀댄 것은 모두 나의 한정된 지식과 비좁은 마음 탓이었다는 것을 깨달았단다."
"그게 무슨 말씀이신지……."
이야기를 듣던 정현이 신부님과 스님을 번갈아 바라보며 물었다. 과묵한 정현마저 이야기 속에 푹 빠져 있었다.
"그러니까 말이다…… 내 비좁은 아집이 나를 몰아세웠음을 깨달은 거야. 한번 보렴. 그전까지 나는 내가 보고 내가 믿는 것만이 전부라고 생각했던 거란다. 내가 보는 나의 신을 내 신앙의 모든 것이라고 생각하는 아집 말이다. 무슨 말인지 알겠니? 무량광대無量廣大한 신을 상대로 내가 그분의 모든 것을 아는 체한 거란. 협잡하고 옹졸한 내가 그분의 전부를 아는 것처럼 잘난 체하고 있었다는 말이다."
"그게…… 무슨 말이에요?"
이번에는 미덕이 머리카락에 두 손을 찔러 넣은 채 고개를 흔들었다. 이해하려고 애를 쓸수록 미덕은 더 깊은 수렁으로 끌려들어가는 기분이었다. 그 얼굴을 보던 무녀님이 피식 웃으며 끼어들었다.

"그러니까 말이다. 아가, 혹시 '장님 코끼리 만지기'라는 말을 아니?"

"그게 뭐예요?"

"그게 무슨 말이냐면……. 어느 날 장님들이 동물원에 코끼리라는 것이 있다는 말을 듣고 구경을 갔더래. 그런데 장님들은 보지를 못하니까 사육사가 코끼리를 만져보라고 허락해준 거야. 그런데 한 명은 코를, 또 한 명은 앞다리를, 또 한 명은 배를 만졌다는 거야. 그러고는 나중에 이 세 사람에게 코끼리에 대해 말해보라니까 뭐라고 했겠니? 한 명은 코끼리란 놈이 가늘고 길쭉하다고 하고, 한 명은 기둥처럼 두껍고 퉁퉁하다고 하고, 한 명은 아주 평평하다고 하는 거야."

"아항. 보지를 못하니까 그렇겠네요."

그제야 미덕이 고개를 끄덕였다. 신부님이 빙긋 미소를 지으며 말을 이어갔다.

"그래, 나는 내가 바로 장님이라는 걸 깨달았단다."

"신부님이 왜 장님이에요?"

"사실 나뿐 아니라 우리 인간들이 모두 장님이라는 사실을 깨달은 거야. 사실 우리가 신을 바라보는 것은 장님이 코끼리를 만지는 것과 같지 않겠니."

스님도 고개를 끄덕이며 말했다.

"신이란 무량무변無量無邊한 존재인데, 어찌 한량한 인간이 그 모습을 다 알겠는가 말이지."

"그래, 나는 그걸 깨닫게 되었단다. 내 동생들을 핍박하던 내가 얼마나 자만했는지를 말이야. 어떻게 나와 같은 미완의 인간이 신의 모습을 다 알아서 내 것은 옳고 네 것은 틀리다고 말할 수 있는가 하는 생각이 들었단다. 나의 생각과 시각이란 나란 인간이 경험하는 한 뼘의 좁은 세계에 갇혀 있음을 겸허히 받아들이게 되었지. 나는 깨달았단다. 협소한 나의 눈이 보지 못하는 곳을 내 형제들이 보았을 뿐이라는 걸 말이지. 그래서 우리가 조금 다른 종교를 가지고 있는 것처럼 보이지만, 그 근원은 모두 같을 수도 있다는 걸 이해했단다."

"이제 우리는 큰오빠 생각에 모두 동의하게 되었어. 겉으로 보기에 우리가 믿는 분들은 다르지만 어쩌면 한 분일지도 몰라. 온전치 못한 인간들이 눈과 귀를 열어 신을 바라보아봤자 그건 편협한 시각일 뿐이야. 나는 다른 사람이 바라보는 신도 장님이 만진 코끼리의 여러 모습 중 하나일지 모른다는 생각을 가지고 있어. 그래서 모든 사람의 신을 다 존경하고 인정하기로 했어."

무녀님은 두 오빠의 얼굴을 바라보며 빙긋 웃음 지었다. 두 형제 역시 서로를 향해 따스한 눈길을 나누었다. 스님 역시 동생의 말에 덧붙였다.

"우리는 우리가 반#장님이라는 걸 받아들였단다. 그래서 서로의 눈과 믿음에 의지하며 온전한 신을 보기 위해 늘 노력하기로 했단다."

"괴…… 굉장해요! 멋있어!"

그 모습을 바라보던 미덕이 소리를 질렀다. 작은 두 손으로 얼굴을 감싸고 입을 쩍 벌렸다. 미덕의 정직한 표현대로 삼남매의 모습은 무척이나 멋져 보였다. 깊은 고뇌와 분열을 겪은 뒤에 더욱 단단해진 세 사람의 사이가 가슴이 떨릴 정도였다. 정희도 감탄한 눈빛으로 그들을 바라보았다. 서로 다른 종교를 가진 사람들이 이렇게도 엮이어 하나가 될 수 있구나 싶었다. 이건 정말 감동적일 정도로 아름다웠다.

"……"

낙빈의 고개가 갑자기 땅바닥으로 푹 숙여졌다. 그 틈으로 물방울 하나가 툭 떨어지는 게 보였다. 정희도 정현도 그 모습을 보았지만 어쩐지 아는 척할 수가 없었다. 신들의 세계 속에서 살며 수많은 일을 겪었던 어린 낙빈이 느끼는 감정은 더욱 각별할 거라 짐작할 뿐이었다. 하지만 미덕이 그런 것을 모른 체할 리 없었다. 미덕이 커다란 두 눈으로 낙빈을 빤히 쳐다보았다.

"낙빈아, 낙빈 오빠야아! 너 우니?"

미덕에게 모른 척한다는 예의 따위는 없었다. 의자에서 펄쩍 뛰어내린 미덕이 잽싸게 낙빈 쪽으로 달려가 얼굴을 감싸고 위로 치켜들었다. 낙빈은 꽤나 반항을 하긴 했지만 결국 눈물 맺힌 까만 눈동자로 하늘을 바라보고 말았다.

"야, 너 왜 울어? 오빠야, 너 왜 그래?"

"아니, 아니, 그게…… 그게 아니라……."

놀란 미덕에게 얼굴을 붙잡힌 낙빈은 자신을 뚫어져라 바라보는 시선들 속에 갇혀버렸다. 낙빈의 얼굴이 빨갛게 달아올랐다. 하얀 한복 소매로 재빨리 눈물을 훔쳤지만 그렁그렁한 눈동자는 그대로였다.

"저도 깨, 깨달은 게 있어서…… 저도 너무 크게 느껴서…… 내내 가슴에 답답한 게 하나 있었는데…… 그것이 뻥 뚫린 것 같아서요."

더듬거리는 소년의 말에 절간의 삼남매는 긴 설명 없이도 다들 알겠다는 듯 고개를 끄덕였다. 낙빈은 발딱 일어서서 고개를 크게 숙였다.

"여러 신령과 믿음들 사이에서 내내 답답하고 괴로운 게 있었는데…… 크, 큰 깨달음을 주셔서 감사합니다!"

삼남매는 느긋한 얼굴로 소년을 바라보았다.

"아까 어지러운 세상을 위해 여행 중이라고 했지?"

무녀님이 부드럽게 말을 이었다.

"작은 도움이라도 되었으면 좋겠구나. 우리가 서로 만난 게 어쩐지 우연은 아닌 것 같으니까. 뭐, 신앙적인 도움은 이 정도면 된 것 같으니까 이제 물질적인 도움을 좀 줄까? 우리 아가들이 가면서 배가 고프지 않게 간식이나 챙겨야겠다."

"아아, 제가 돕겠습니다."

"꺄아, 그럼 난 맛있는 걸 골라야지!"

무녀님의 뒤를 따라 정희와 미덕이 일어섰다. 그들이 두 손에 노란 보따리를 하나씩 들고 나오고, 정현이 그걸 받아 등짐에 올리는 동안에도 낙빈은 내내 멍한 얼굴로 앉아 있었다. 가슴이 다 터져버릴 것만 같아서 쉽사리 움직일 수가 없었다. 느긋하게 쉬고 있던 복실이들도 다시 여행길에 합류했다. 그렇게 인사를 드리고 절간을 빠져나올 때까지도 낙빈은 같은 표정이었다.

작별 인사를 하고 걸음을 돌린 낙빈이 뒤돌아 달리더니 삼남매의 품으로 와락 뛰어든 것은 정말 순식간의 일이었다.

"고맙습니다. 정말 고맙습니다. 저는 이 여행의 의미를 이제야 비로소 알게 되었습니다."

신부님과 스님과 무녀님은 소년의 등을 함께 감싸 안았다.

아주 작고 어린 등이지만 소년에게서 전해지는 깊고 고요한 느낌에 세 사람의 심장이 두근거렸다.

"여러분의 여행을 위해 기도하겠습니다."

"기도하겠습니다."

"나도."

큰형님의 말을 받아 삼남매 모두 가슴에 손을 모았다. 비손하는 마음으로 인사를 나누는 모습이 한없이 다정했다.

"가, 감사합니다."

낙빈은 더욱더 깊이 고개를 숙이며 감사의 마음을 전했다. 뒤돌아서던 낙빈은 자신을 기다리는 정현과 정희, 그리고 미덕의 얼굴을 보았다. 그들의 시선이 하도 따뜻해서 가슴이 설렜다.

낙빈은 하늘을 보았다. 푸르른 나뭇가지 위로 구름 한 점 없이 말간 하늘이 펼쳐져 있었다. 너무나 오랜 시간이 지난 것 같은데도 여전히 해가 중천에 있었다. 놀랄 만큼 길게 느껴지지만 결코 지루하지 않은 하루가 가고 있었다.

반백년 맺은 정을 이승에 묻고
수중가 달빛 꿈에 세월 잊었나
어혀라 만경창파 해는 저물고

지아비 가신 뱃길 물결만 이네
영겁을 받으로다 이어도 사나
영겁을 받으로다 이어도 사나

한백년 맺은 정을 어찌하라고
이어도 푸른 물에 꿈을 실었나
어혀라 수로만리 달은 기울고

지아비 가신 뱃길 물결만 이네
영겁을 받으로다 이어도 사나
영겁을 받으로다 이어도 사나

제주 민요 「이어도 사나」

1

 저 멀리 아득한 곳을 바라보는 어머니의 옆얼굴은 아주 어린 시절부터 익숙했다. 나의 어머니는 초점 없는 눈으로 한없이 먼 곳을 바라보곤 했다. 그 시선은 끝도 없이 펼쳐진 바닷가 너머에 박혀 있었다. 집 앞 바닷가에서 조개를 캘 때도, 볕 좋은 날 마당에 빨래를 널 때도 어머니는 문득 고개를 들어 바닷가 저 멀리를 바라보았다.
 작은 계집아이였던 나는 그런 모습을 볼 때마다 가슴 한쪽이 짜해서 엄마의 옷자락을 꼬옥 쥐곤 했다. 어머니가 저 먼 바다 너머로 훨훨 날아가버릴지도 모른다는 두려운 마음이 들어서였다.
 "엄마, 어디 봐?"
 아주 어렸던 내가 그렇게 물으면 어머니는 늘 이렇게 대답했다.
 "저기…… 아빠 계신 데."
 어머니는 웃는 듯, 우는 듯 이상야릇한 웃음을 지으며 대답했다.
 "거기가 어딘데?"
 어머니는 여전히 먼 곳을 바라보았고, 또 나는 어머니가 날아가 버릴지도 모른다는 불안감에 자꾸만 질문을 이어갔다. 나는 어머니의 대답을 알면서도 늘 되물었고, 어머니는 늘 똑같은 대답을 반복했다. 평소 말없이 듬쑥했던 내가 어머니 앞에서만은 실없는 말을 멈추지 않았다. 쓸데없는 것이라도 물어보고 대답하면서 어머니가 날 바라보게 했다. 그래야 어머니가 날 버리고 저 먼 곳으로 떠나가지 않을 것 같았다.

"이어도離於島◆에 계시지."

이어도……. 나는 그 이름을 자주 들어왔다. 아주 어릴 적, 기억조차 잘 나지 않는 까마득한 시절부터 어머니는 내게 아버지는 이어도에 있다고 말했다.

"이어도는 어디야? 멀어? 아주 멀어? 미국보다 더 멀어?"

어린 계집아이가 두 눈을 동그랗게 뜨고 물으면 어머니는 다시 웃는 듯, 우는 듯한 얼굴로 대답했다.

"저 푸른 바다 멀리에 있는 섬이야. 한없이 푸르고 너무나 풍요로워서 고생도 없고 눈물도 없는 곳이래. 그래서 한번 가면 다시는 돌아오고 싶지 않을 만큼 좋은 곳이래."

어머니는 먼 바다를 바라보며 그렇게 대답했다. 그러면 어린 나도 어머니를 따라 실눈을 뜨고 바다 멀리를 바라보았다. 눈도 깜빡이지 않고 한참을 바라보았지만 늘 거센 파도와 허연 하늘밖에 보이지 않았다. 그러면 나는 곧 포기하고 갯바위 틈에 주저앉았다.

◆제주도 사람들이 그리는 가상의 섬. 산 사람 중에는 이 섬에 발을 디딘 자가 없다. 섬에 내리는 순간 다시는 고향으로 돌아올 수 없기 때문이다. 제주의 뱃사람들이 죽은 후에 되돌아가는 피안彼岸의 섬인 이어도는 「이어도 사나」라는 민요 속에도 전해져 내려온다. 앞에 인용한 민요 외에도 해녀들이 바다를 오가며 부르던 노동요인 「이어도 타령」도 있다. 환상의 섬 이어도는 일명 '파랑도'라고 하여 수중섬으로 발견되었는데, 실제 파랑도가 상상 속의 이어도인지는 알 수 없다. '이어도 종합해양과학기지'가 자리한 파랑도는 동중국해에 있는데, 마라도에서 서남쪽으로 149킬로미터 떨어져 있다. 파랑도 주변의 해류가 바다 밑 바위섬에 부딪히면서 제주의 고기잡이배와 뱃사람을 수없이 집어삼킨 것으로 알려지면서 파랑도가 상상의 섬 이어도가 아닌가 하는 추측을 낳아 큰 주목을 받았다.

그리고 조개 따는 어머니를 한참 동안 물끄러미 쳐다보았다.

"아빠는 언제 오는 거야?"

어머니는 굼뜬 동작으로 바위에 달라붙어 틈새기를 북북 문질렀다. 그렇게 한참을 문지르다 툭툭 떨어지는 조개를 모아 담으며 무심히 대답했다.

"돈 많이 벌면. 우리 호강시키려고 안 오시는 거야."

나는 그렇게 대답하던 어머니의 표정을 기억하지 못한다. 무슨 마음으로, 어떤 표정으로 그렇게 대답했는지 지금도 알 수가 없다.

어머니는 고개를 돌리고 무릎 아래 바위만 바라보며 그렇게 대답했다. 내게는 보이고 싶지 않은 얼굴 표정을 짓고 있었나 보다. 나는 어머니의 그 말을 철석같이 믿었더랬다. 점점 더 나이가 들어 어수룩함이 사라지고 나서도 한참 동안은 믿었다. 사춘기가 오고 나서도 그 거짓말을 믿었다. 아니, 믿고 싶었다. 그래서 어머니의 얼굴을 애써 확인하지 않았다. 그 표정 속에 담긴 허망한 거짓을 읽기가 두려웠는지도 모른다.

하지만 지금이라면…… 그때의 어머니 표정을 알 것만 같다. 어린 딸에 대한 죄스러움과 돌아오지 않는 남정네에 대한 그리움, 그리고 깊은 원망과 슬픔이 한데 어우러져 두 눈이 벌겋게 달아올라 있었을 것이다.

"난 호강 안 해도 좋은데. 아빠가 얼른 돌아왔으면 좋겠다."

아주 어린 시절에 나는 그렇게 대답했다. 철이 들어서는 아무런 말도 하지 않았지만 그 시절에는 아버지에게 얼른 오라는 편지를 써달라고 졸라서 어머니의 가슴에 생채기를 낸 적도 있었다.
"엄마는 편지 못 써. 그러니까 나중에 네가 써봐."
어머니는 편지를 쓰지 않았고, 나는 그런 엄마가 원망스러워 울음을 터뜨렸다. 나는 편지를 보내고 싶어도 글을 쓰지 못했기 때문에 대신 편지를 써주지 않는 엄마가 미웠다. 하지만 정작 글자를 배운 뒤로는 한 통의 편지도 쓸 수가 없었다. 편지를 보낼 곳이 없다는 사실도 함께 알아버렸기 때문이다.
"이어도는 멀어?"
"응, 아주아주 멀어."
어머니가 그렇게 대답하면 어린 나는 금세 낙담한 표정을 지었다.
"힝! 안 멀면 안씨 아저씨한테 태워달라고 할 텐데. 히잉……."
우리 옆집에 살던 안씨 아저씨…… 그분도 아버지와 마찬가지로 뱃사람이었고 아버지와는 죽마고우였다. 두 분은 항상 같이 배를 타러 나갔고, 또 함께 들어왔다. 그러다 어느 날부턴가 아버지는 사라졌고, 안씨 아저씨만 바다에 나갔다 들어왔다 했다.
안씨 아저씨는 아버지가 사라진 뒤에도 시시때때로 우리 집에 드나들었다. 겨울이 오면 보일러가 고장 나지 않았는지 살펴보았고, 여름이면 곰팡이가 생긴 곳이 없는지 확인했다. 봄이면 돌담이 무너진 데는 없는지, 지붕은 잘 덮여 있는지, 우리 집 부엌에 쌀이 떨어지지는 않았는지 살펴보곤 했다.
안씨 아저씨에게는 아들이 셋 있었지만, 아저씨는 항상 친자식보다 나를 먼저 염려하고 보살펴주었다. 그래서인지 나는 안씨 아저씨에게 이런저런 부탁을 할 때가 많았다. 터무니없는 부탁도 '그래 그래' 하며 받아주는 걸 알아서였다. 안씨 아저씨의 아들이 말했다가는 씨도 먹히지 않을 부탁도 내가 하면 냉큼 '그러마' 하는 대답이 돌아온 덕분에 그 집 아들들이 은근히 내 입을 통해 원하는 것을 얻을 때도 있었다.

"아저씨한테 그런 말 하면 못써."

어머니는 안씨 아저씨에게 의지하는 것을 탐탁지 않게 여겼다. 그래서인지 내가 안씨 아저씨를 찾을 때면 항상 나무라듯 말했다. 아버지가 돌아가신 것에 대해 아저씨는 심한 죄책감에 시달렸는지도 모르겠다. 어떤 어른도 말해주지 않으니 자세한 사정을 알지는 못해도 아저씨가 병적으로 어머니와 나를 돌보는 모양이 그랬다.

그렇게 안씨 아저씨가 우리 집을 우선시하니 아저씨의 부인은 기분이 좋을 리 없었다. 어린 마음에도 그때 아주머니의 모습은 조금 무섭고 싫었다. 아마 아주머니도 엄마와 나를 싫어했을 것이다. 그도 그럴 것이 자기 자식에게는 뭐 하나 해준 것도 없는 아저씨가 내 생일은 한 번도 잊지 않고 선물까지 챙겼으니 말이다. 배를 타고 돌아올 때마다 질 좋은 생선은 우리 집 부엌에 놓여 있기 일쑤였으니 아주머니 입장에서야 우리가 눈엣가시처럼 미웠을 법도 하다.

"하지만 아저씨는 나한테 뭐든 말만 하라고…… 아저씨가 다 들어준다고……."

"글쎄, 아저씨한테 뭐 부탁하고 그러지 말라고!"

"히잉……."

"혜원아, 제발…… 부탁 같은 거 하지 말어."

"……."

어머니와 나의 대화는 그렇게 항상 나의 울음소리로 끝을 보았다. 어머니와 둘이 있으면 이것저것 조잘대는 나였지만 마지막은 울음을 터뜨리거나 짜증을 내거나, 아니면 성난 눈초리로 입을 다무는 경우가 대부분이었다. 그러면 어머니는 더 이상 아무 말도 하지 않았다. 묵묵히 자기 일만 할 뿐이었다. 가끔 먼 바다를 바라보면서.

그렇게 나는 어린 시절 꽤 오랫동안 아버지가 먼 바다로 돈을 벌러 떠난 줄로만 알았다. 아버지가 엄마와 나를 호강시키기 위해서 보고 싶은 것도 참아가며 일하는 줄로만 알았다.

이어도가 실제로 존재하는 섬이 아니라 상상 속의 섬이라는 것과, 죽은 사람들만 들어갈 수 있는 섬이라는 사실은 그 뒤로도 한참이 지난 후에야 알게 되었다.

2

쏴아아…….

파도는 쉼이 없었다. 세차게 밀려와 검은 바위를 내려치고 다시 멀어졌다가 또다시 다가와 검은 바위를 내려쳤다. 바람은 어김없이 세차게 불어왔다. 한여름에도 종종 살을 에는 찬바람이 불어대는 이 섬에는 오늘도 팔뚝이 시릴 만큼 매서운 바람이 불어대고 있었다.

　부딪히는 파도가 훤히 내려다보이는 나지막한 갯바위 위에 오늘도 혜원은 고요히 걸터앉아 있었다. 세찬 바람과 끊임없이 철썩거리는 파도, 그리고 거무튀튀한 바위만은 혜원이 어릴 적과 변함없건만 사람의 손이 닿는 곳들은 모두 달라져버렸다.

　허허벌판에 낡은 가옥만 듬성듬성하던 바닷가에는 늘 푸른 잔디가 깔리고 아름다운 펜션들이 세워졌다. 낡은 그물이 널려 있던 어촌의 마당에는 아름다운 꽃과 잔디 사이로 예쁜 돌담길이 만들어졌다. 홀어머니와 단둘이 살던 낡은 가옥이 철거되고 옹기종기 붙어살던 마을 사람들도 떠나버렸다.

　변한 것은 그뿐이 아니었다. 먼 바다를 바라보며 조개를 캐던 어머니는 이미 오래전에 돌아가셨고, 이제는 어른이 된 혜원이 어머니가 응시하던 곳을 바라보고 있었다. 그리고 차가운 바람 속에서 몸을 발발 떨며 그녀의 옷자락을 잡고 있는 것은 혜원의 아들 경원이었다.

　"엄마, 어딜 보는 거야?"

　올봄 초등학교에 입학한 아들은 바다 너머를 바라보는 혜원의 옷자락을 잡아당겼다. 혜원이 먼 곳을 응시하던 어머니에게 그랬듯 엄마의 쓸쓸한 옆모습이 불안한 아들은 자꾸만 말을 붙였다.

　"응. 저기…… 바다 멀리 보고 있어."

　아들은 혜원이 말하는 저 멀리가 어디인지 실눈을 뜨고 바라보았다. 하지만 망망대해의 푸른 물결뿐, 저 멀리에는 아무것도 보이지 않았다.
"엄마, 우리 언제 가? 우리 그만 집에 가자, 응? 서울 가자, 나 학교 가고 싶은데……."

혜원은 아들이 집으로 돌아가고 싶어 한다는 것을 잘 알고 있었다. 남편과 혜원, 그리고 눈에 넣어도 아프지 않은 경원, 이렇게 세 식구가 세상에서 가장 예쁘고 행복하게 살던 그곳으로 돌아가고 싶은 게 분명했다. 그것은 경원만 바라는 게 아니었다. 혜원 역시 돌아가고 싶었다. 세 식구가 서로의 체온을 느끼고 살갗을 부딪치며 살던 그때로 돌아가고 싶었다. 돌아갈 수만 있다면. 그래, 그때로 돌아갈 수만 있다면…….

"엄마, 엄만 여기서 태어났어?"

혜원이 아무런 대답도 없이 바다만 바라보자 또다시 아들이 말을 걸었다. 먼 곳을 바라보는 엄마의 모습과 무심한 침묵의 시간이 어린 경원에겐 너무나 힘겨웠다.

"응, 엄만 여기서 태어났지."

혜원은 여전히 바다를 바라보며 아들의 머리를 쓰다듬었다.

"할머니하고 둘이 살았어?"

"응, 할머니하고 둘이 살았지."

"할머니는 어떻게 생겼어?"

아들의 질문에 혜원은 어머니의 얼굴을 기억해보았다. 그녀의 눈앞에 어머니의 모습이 생생하게 떠올랐다. 그것은 먼 바다를 바라보는 쓸쓸한 옆모습이었다. 길고 검은 속눈썹을 깜빡이며 드넓은 바다 저 너머를 한없이 바라보던 어머니. 그게 혜원이 간직하고 있는 어머니의 모습이었다.

"할머니도 이 바위에 서서 바다를 바라보셨단다."

그래, 그랬다. 돌아오지 않는 아버지가 계신 그곳을 향해 어머니는 항상 고개를 돌리고 있었다. 다시는 오지 않을 줄 알면서도 틈이 나면 바다만 바라보았다. 혜원은 그런 어머니가 싫었다. 아버지만 바라보며 평생을 기다린 어머니는 하나밖에 없는 혈육인 혜원을 너무나 외롭게 했다.

어머니와 혜원, 단 두 식구가 살았지만 혜원은 늘 혼자 같았다. 어머니는 다른 세계에 있는 사람 같았다. 그래서 혜원은 집이 싫었다. 어머니 같은 사람과 내내 한집에 살아야 한다는 게 싫었다. 때문에 젊은 날의 그녀는 집을 떠나는 것이 일생의 목표였다. 좁은 섬을 떠나 드넓은 뭍으로 가고 싶었다. 어디를 가도 검은 바위와 파도가 막아서는 이 서글픈 섬에서 벗어나고 싶었다. 그리고 대학 진학이 그녀의 꿈을 실현할 수 있는 유일한 방법이라고 생각했다.

혜원은 서울에 있는 대학에 진학하겠다고 결정했을 때도, 뭍의 대학에 합격했을 때도 어머니에게 아무 말도 하지 않았다. 늘 먼 곳만 바라볼 뿐, 딸에겐 도통 관심이 없던 어머니는 마침내 혜원이 서울로 떠나겠다고 말했을 때에야 딸이 제주를 떠나려 한다는 사실을 알게 되었다. 혜원이 대학 합격통지서를 건네자 어머니는 아무 말도 없이 눈물을 흘렸다. 딸을 떠나보내야 한다는 슬픔 때문이었을까? 아니면 혼자 남겨진다는 생각 때문이었을까? 어머니의 눈물은 혜원에게 의외였다. 혜원은 언제나 먼 곳만 바라보는 어머니에게 자신의 존재는 결코 중요할 리 없다고 생각했다. 이곳에 있으나 멀리 떠나버리나 아무런 관심이 없을 거라고 생각했다. 어머니가 기다리는 것은 평생 아버지 한 사람이었다. 한 사람만 그리워하느라 그토록 혜원을 외롭게 했던 어머니가 딸이 서울로 간다고 해서 눈물을 보일 거라고는 생각지 못했다.

비록 예상치 못한 일이지만, 그렇다고 혜원의 결심이 바뀌지는 않았다. 지금껏 어머니의 곁을 떠나는 것만을 목표로 공부했는데, 어머니의 눈물이 그 결심을 바꿀 수는 없었다.

혜원은 미련도 없이 제주를 떠났다. 한 번도 육지에서 살아본 적이 없는 섬사람이지만 육지의 바람은 섬 바람보다 훨씬 좋았다. 건조하고 쾌적한 바람. 축축한 바다 내음 없이 보송보송하게 불어대는 시원한 바람이 너무나도 좋았다. 평생을 살아온 제주의 어떤 것도 향수를 불러일으키지 않았다.

그렇게 대학을 다니고, 졸업을 하고, 취직을 하고, 한 남자를 만나 결혼할 때까지 혜원은 거의 집에 돌아오지 않았다. 대학에 입학하고 나서는 첫 방학과 졸업식 때 한 번씩 고향을 찾았다. 그다음에는 결혼을 약속한 사람을 소개하기 위해 고향에 들른 것이 다였다. 서울에 신혼살림을 차리고 불과 6개월 만에 어머니가 뇌졸중으로 사망했을 때에도 혜원은 바로 달려가지 않았다. 그날 저녁까지 아무 일도 없는 사람처럼 직장 일을 모두 마치고 평소처럼 집에 들어가 샤워를 했다. 그리고 퇴근한 남편과 저녁 식사를 하면서 어머니의 죽음을 알렸다.

화들짝 놀라고 당황하는 남편과 달리 혜원은 어머니의 죽음이 안타깝다거나 슬프지도 않았다. 어머니의 죽음을 슬퍼할 만큼 어머니와 자신이 가까운 사이라는 생각이 들지 않았다. 언젠가 이런 일이 있을 줄 알았고, 그저 그때가 왔을 뿐이라는 생각이 들었다. 어머니가 돌아가셨으니 이제 이 섬에 다시는 오지 않아도 되겠구나 싶어서 홀가분하기까지 했다.

아들 경원을 가졌을 때만 해도 어머니는 그리운 사람이 아니었다. 임신을 하고 애를 낳으면 친정어머니 생각이 절로 난다는 말도 혜원에게는 해당되지 않았다. 아이를 낳고 기르면서 오히려 어머니를 이해하기 힘들었다. 이렇게 예쁘고 귀한 자식을 어떻게 그렇게나 방임했는지, 이토록 어여쁜 아이에게 어떻게 한 번도 웃어주지 않았는지, 어떻게 먼 바다만 쳐다볼 수 있었는지 이해되지 않았다. 눈에 넣어도 아프지 않은 아들 경원 덕분에 혜원과 남편은 한없이 행복했다.

그랬는데…….

"엄마, 자꾸 어디 보는 거야? 경원이 좀 봐봐."

아들이 혜원의 옷자락을 부여잡고 흔들어대기 시작했다. 자신을 보지 않고 먼 바다만 보는 혜원 때문에 쓸쓸한 까닭이다.

"저기…… 아빠 계신 데…….."

검은 갯바위에 걸터앉은 혜원은 먼 바다만 바라볼 뿐, 아들에게는 눈길도 주지 않았다. 그런 자신의 모습이 원망스러웠던 어머니의 모습과 똑같다는 것을 느끼면서도 혜원은 깊은 남빛으로 출렁이는 바다에서 눈을 뗄 수가 없었다.
"아빠는 어디 계신데?"
경원의 입에서 옛날 혜원의 말이 그대로 나왔다. 어제도 물어보고 그제도 물어보았으면서 오늘도 또 물어보았다. 혜원이 어머니와 이야기하고 싶은 마음에 쉴 새 없이 중얼댔던 것처럼.
"난 알아. 저기 바다에서 스킨스쿠버 하고 있는 거지, 그렇지?"
경원은 제가 묻고 제가 대답했다. 혜원의 침묵을 견디기 힘들어서이리라. 경원은 아빠의 마지막 모습을 여전히 선명하게 기억하고 있었다. 그래, 그렇게 스쿠버 장비를 걸치고 아빠는 손을 흔들며 바다로 나갔다. 스쿠버 동호회 회원들과 함께 배를 타고서.
혜원의 남편은 회사 사람들과 함께 스킨스쿠버 동호회를 만들었다. 남편은 마음이 넓고 인자한 사람이었다. 그래서인지 그의 마음과 닮은 바다를 사랑했다. 콩알처럼 비좁은 마음을 가진 혜원을 사랑했던 것도 그의 마음이 한없이 넓고 깊었기 때문일 것이다.
바다를 닮은 그 사람에게 고층 빌딩이 빼곡한 서울은 답답한 세상이었던 모양이다. 평소에 그는 동호회 회원들과 스킨스쿠버 훈련이 가능한 실내 수영장과 간이 훈련장에서 연습을 해왔다. 그리고 긴 연휴가 시작되자 동호회 회원들과 함께 제주로 왔다. 지금껏 갈고닦은 진짜 실력을 아름다운 푸른 바다에서 펼쳐 보이기 위해 혜원의 고향을 찾았다.
동호회 활동을 하면서도 가족은 함께였다. 그는 취미 생활을 즐기는 만큼 가족을 더욱 살뜰히 챙기는 남편이었다. 그래서 가족 모두 동호회 회원들과 함께 제주에 왔다.

그날 남편은 벙긋이 웃음을 지었다. 몸에 붙는 검은색 스쿠버 슈트를 입은 남편은 행복해 보였다. 그는 펜션에서 느긋하게 오전 시간을 즐기기로 한 혜원과 경원에게 바보처럼 환한 웃음을 지으며 떠났다. 보는 사람도 절로 신이 나는 너무나 환한 얼굴로 그렇게 바닷가로 나갔다.

"맛있는 전복 잡아올게, 여보. 기대해, 경원아!"

한없이 큰 웃음을 지으며 근육을 불끈거리던 아빠의 모습이 여전히 경원의 머릿속에 깊이 남아 있는 모양이었다. 그래, 남편은 그렇게 떠나갔다. 혜원과 아들에게 함박웃음을 지으며 저 멀리 바다로 떠나갔다. 그리고 그렇게 떠난 뒤로 돌아오지 않았다.

혜원과 경원은 다른 동호회 가족들과 즐겁게 이야기를 나누면서 회원들을 태우고 근해로 나간 작은 어선을 기다렸다. 멀리서 회원들이 타고 나섰던 어선이 다가오는 게 보였다. 배가 다가올수록 경원의 두 볼이 발갛게 상기되었다.

"경원아, 아빠가 전복을 얼마나 많이 땄을까? 하나라도 따 올까 모르겠다, 후후……."

"아냐, 엄마! 아빤 무지무지 많이 땄을 거야. 오징어랑 문어랑 붕어랑 또 상어도 잡아올지 몰라!"

경원은 잔뜩 흥분해서 아빠가 뭘 보여줄지 기대하고 있었다. 그런데 선착장으로 들어온 배에는 경원 아빠만 보이지 않았다.

얼굴이 새파래진 회원이 어리둥절한 혜원에게 다가와 떨리는 목소리로 말을 건넸다.

"사모님, 차장님이 떠오르질 않았어요. 파도에 휩쓸렸나 싶어서 체크포인트를 모두 뒤지고 주변 해역을 다 찾아봤지만…… 찾을 수가 없었어요. 해경에 연락해서 더 찾아봐야 합니다. 경원이 데리고 숙소에 들어가 계세요."

혜원은 아무 말도 못했다. 웃음도 사라졌다. 입은 닫혔고 혀는 굳었다. 그녀는 경원의 손목을 잡고 펜션으로 돌아오면서 한마디도 하지 않았다. 경원은 아빠가 물고기를 잡지 못해서 못 오는 거라고 말했다. 경원이에게 보여줄 더 많은 고기를 잡느라 아직 안 오는 거라고 했다. 상어를 잡느라 아직 바다에서 올라오지 않은 거라고 신나게 떠들어댔다. 하지만 혜원은 알고 있었다, 제주의 바다가 어떤 곳인지……. 자신의 아버지를 삼키고 어머니의 인생까지 송두리째 삼켜버린 그 바다가 얼마나 무섭고 겁나는지 누구보다도 잘 알고 있었다.

"엄마, 아빠는 스쿠버 하고 있는 거 맞지?"

아들은 또다시 아무런 대답 없이 멍하니 서 있는 혜원을 마구 흔들어댔다.

"그래, 스쿠버 하고…… 저기 이어도에 갔을 거야."

혜원은 자신도 모르게 어머니가 했던 대답을 하고 있었다. 눈은 여전히 먼 바다 너머를 바라본 채로.

"이어도는 뭐야?"

경원은 어제도, 그제도 그렇게 물었으면서 또 똑같이 묻고 있었다.

"이어도는 저기 멀리에 있는 섬이야. 너무 멀어서 여기선 잘 안 보이네."

혜원의 코끝이 빨갛게 달아올랐다. 눈가가 시려왔다. 혜원은 바람을 막는 척하며 눈을 비볐다. 그녀는 왜 어머니가 자신을 똑바로 바라본 적이 없었는지, 왜 자신에게 따스한 눈길 한 번 주지 않았는지 이제야 깨달았다. 어머니는 바라보지 않은 것이 아니다. 혜원을 쳐다보고 싶지 않아서 그랬던 것이 아니다. 바라볼 수가 없었던 것이다. 바라보면 눈물이 흐르니까. 눈물을 흘리는 어머니의 모습이 어린것의 가슴에 상처를 남길 테니까. 그래서 아이의 눈을 똑바로 바라봐주지 못한 것이다. 그제야 혜원은 진실을 알았다.

얼마나 바라보고 싶은지 모른다. 얼마나 자식의 눈을 바라보며 따스한 말을 하고 싶은지 모른다. 하지만 아이를 바라보면 눈물이 흐른다. 떠나버린 그 사람이 생각나서 눈물이 흐르고 아비 없이 자랄 자식이 가엾어서 눈물이 흐른다. 이렇게 둘만 남아 세상을 헤쳐 나갈 생각에 가슴이 답답해서 눈물이 흐른다. 그러니 가엾은 아이의 두 눈을 마주 볼 수 없었던 것이다.

그런 어머니를 원망하고 단 한 번도 따스한 말 한마디 붙여보지 않았던 자신이 미워서 혜원은 또다시 눈물을 흘렸다. 떠나버린 어머니가 너무나 가엾어서 가슴이 저렸다.

"엄마, 이어도는 멀어?"

"으응, 아주…… 멀리에 있어."

혜원은 하늘 저편으로 고개를 돌렸다. 볼을 타고 흐르는 눈물을 아들이 보지 못하게 그저 먼 곳만 바라보았다.

"하지만 아무리 멀어도 아빤 엄마랑 나랑 보러 매일 올 거야, 그지? 매일매일 아빠는 경원이랑 엄마를 보고 있어. 하지만 경원인 아빠가 보고 싶어. 만나도 만나도 또 보고 싶어. 무지무지 보고 싶어. 엄마랑 우리 셋이 다 같이 동물원에 가면 좋겠다."

아들은 세찬 바람 속에서 먼 곳만 바라보는 혜원의 옷자락을 부여잡으며 그렇게 말했다. 혜원은 아들에게 무어라 대답해야 할지 알 수 없었다.

"엄마도…… 보고 싶어."

눈물은 마를 줄을 몰랐다. 매일매일 이렇게 남편 이야기를 할 때마다 흘러내린 눈물이 바다를 이룰 것 같았다. 그런데도 또 어디서 샘솟는지 끊임없이 눈물이 흘러내렸다.

'언제쯤이면 끝없는 그리움에서 벗어날 수 있을까? 떠나간 그 사람을 잊는 것이 가능하기나 할까?'

혜원은 장담할 수가 없었다. 그날도 그렇게 혜원과 아들은 세찬 바람을 맞으며 제주도의 검은 바위 위에서 바다 저 멀리를 바라보았다. 인정머리 없는 차가운 파도는 쉼 없이 검은 바위를 때리고 또 때렸다.

남편을 두고는 서울로 올라갈 수가 없었다. 그가 죽었다는 심증만으로는 그 사람을 포기할 수가 없었다. 몰인정한 바다가 남편을 집어삼켰다는 걸 그녀도 모르지는 않았다. 하지만 어떤 증거도 없이 그 사람을 두고 떠날 수가 없었다. 그래서 혜원은 다시는 머무르고 싶지 않았던 고향 땅에 남았다. 언제 떠날지 기약할 수가 없었다. 함께 슬퍼해주던 남편의 회사 동호회 회원들이 주말마다 번갈아가며 혜원을 찾아 제주로 왔지만, 시간의 흐름은 남편이 사라진 그날로 멈춰버렸다.

한 달이 지나지 않았다는 건 알고 있었다. 하지만 열흘쯤 지난 뒤부터는 시간이 어떻게 흘러가는지 알 수가 없었다. 어떤 기약도 계획도 없이 이 땅에 머무를 수밖에 없었다. 가슴이 남편의 죽음을 받아들일 때까지 혜원은 자리를 뜰 수가 없었다.

그녀는 바다가 훤히 내려다보이는 옛 집터에 머물렀다. 어머니가 살던 그 동네에 아들과 함께 기약도 없이 머무르게 될 줄은 몰랐다. 어린 시절 혜원을 너무나도 외롭게 만들었던 그 자리에는 이제 자그마한 펜션이 들어서 있었다. 허허벌판이던 낡은 어촌이 개발되면서 보잘것없던 동네가 자그마한 관광지로 변모했다. 관광지로 바뀌면서 원주민들은 고즈넉한 동네로 이주했다. 때문에 혜원이 오랫동안 살았던 동네지만 옛 모습은 찾아볼 수가 없었다. 모든 것이 낯설고 아는 사람도 없었다.

그것은 혜원에게 무척이나 다행스러운 일이었다. 이런 모습을 누구에게도 들키고 싶지 않았다. 그러나 늘 그렇듯 사람의 일이란 한 치 앞도 볼 수 없는 법. 안도하기에는 이 세상이 손바닥만큼 좁았다.

가는 날을 세지 않고 그저 해가 뜨면 바닷가로 나오고 해가 지면 펜션으로 돌아오던 혜원에게 낯익은 사람이 말을 걸었다. 쉼 없이 불어대는 바닷바람을 향해 터벅터벅 걸음을 옮기던 아침나절이었다. 검은 돌길을 밟으며 느릿느릿 걷는데 늙수레한 남자가 그녀를 불렀다.

"혹시…… 혜원이가 아니냐?"

아들 경원이 먼저 고개를 홱 돌렸다. 대답도 없이 바다만 바라보는 혜원 때문에 누구라도 말을 걸어주면 반색하는 아이가 노인을 향해 냉큼 인사했다.

"안녕하세요, 할아버지. 근데 우리 엄마 알아요?"

눈이 동그래진 경원 앞에 낯익은 얼굴이 있었다.

"아, 아저씨……?"

혜원의 머릿속에 아버지 역할을 대신해준 고마운 안씨 아저씨의 얼굴이 떠올랐다. 머리는 희끗희끗해졌지만 가무잡잡한 피부와 서글서글한 눈매가 예전 그대로였다. 어린 시절 혜원이 아버지의 빈자리를 느끼지 못했던 것은 친아버지만큼이나 끔찍이도 베풀어준 안씨 아저씨가 있어서였다. 때문에 오히려 혜원의 가슴 속 빈자리는 아버지가 아니라 어머니의 자리였다. 바다만 바라보던 어머니…… 그 빈자리를 채우려고 애써준 고마운 얼굴이 이제는 어른이 된 그녀를 마주 보고 있었다.

혜원이 제주를 떠난 뒤로 어머니를 살뜰히 보살핀 사람도 안씨 아저씨였다. 어머니가 돌아가셨다고 연락해준 사람도, 사망일 다음 날에야 제주로 돌아온 혜원을 대신해 어머니의 장례를 돌보고 장지를 봐준 사람도 다 아저씨였다. 어머니의 장례식 때 혜원이 한 걸음 뒤로 물러서서 마치 남의 일인 양 지켜볼 수 있었던 것도 안씨 아저씨 덕분이었다.

그렇게 어머니의 장례를 치른 이후 몇 년 만에 그분을 다시 만난 것이다.

"아저씨······."

서울에서 사는 동안에는 한 번도 그분을 떠올린 적이 없었다. 아니, 애써 그 얼굴을 지우려 했다. 어머니의 얼굴을 지우려 애쓴 것처럼. 하지만 참 부질없는 일이었다. 잊으려 할수록 가슴에 담겨 있는 그리움이 컸던 모양이다. 안씨 아저씨를 확인한 순간 어머니의 장례식 때도, 남편의 실종 소식을 들었을 때도 나오지 않던 울음이 통곡이 되어 쏟아졌다.

"아저씨······ 아저씨······ 어흐으윽! 아저씨!"

"그래, 혜원아······. 울고 싶으면 울어야지. 그래, 그래."

혜원의 등을 토닥이는 두꺼운 손마디가 따스했다. 투박한 손가락이 혜원의 마음을 어루만지는 것 같았다. 경원의 앞에서 숨겨왔던 눈물이 폭포처럼 흘렀다. 어린 경원은 통곡하는 어머니와 낯선 노인을 번갈아 쳐다보았다. 왜 어머니가 울고 있는지, 노인과 어머니가 어떤 사이인지 궁금한 얼굴이었다. 소년은 어머니의 옷자락을 꼬옥 붙든 채 경계하는 눈초리로 노인의 얼굴을 익혔다. 낯설지만 선한 표정이 무섭지는 않았다.

혜원은 바닷가 쪽으로 열린 펜션의 작은 앞마당에 아저씨와 마주 앉았다. 그들 사이에는 파라솔 지붕에 돌을 얹은 손님용 작은 티 테이블이 놓여 있었다.

"아저씨, 여긴 어쩐 일이에요?"

혜원은 몹시 늙어버린 아저씨의 얼굴을 살폈다. 예전엔 전형적인 뱃사람의 모습으로 구릿빛 피부에 두꺼운 팔뚝과 단단한 가슴으로 안아주던 아저씨였는데, 어느새 온몸이 쪼글쪼글 줄어들어 완전히 노인의 얼굴이 되어 있었다. 아저씨가 늙은 만큼 혜원의 모습에도 세월의 흔적이 고스란히 남아 있을 것이다.

"낚싯배를 띄워주고 오는 길이었단다. 이제 고기 잡으러 멀리는 못 가고, 낚시 손님들을 태우면서 소일거리를 하거든. 이 펜션이 아는 사람 집인데 네 얘길 들었단다. 왜 그랬는지 모르겠지만 네 어머니가 생각나더라. 그래도 혹시나 너는 아니겠지, 너는 아닐 거야 하면서 와봤단다. 그런데…… 설마, 정말로 네가 여기 있을 줄이야."

아저씨는 차마 혜원의 눈을 바라보지 못하고 바다 쪽으로 고개를 돌렸다. 노인의 눈주름 사이에 물기가 어렸다.

"남편 얘기…… 들으셨군요."

"그래, 그게 설마 너일 거라고는……."

아저씨는 바다 저편으로 시선을 돌리고 고개를 설레설레 저었다. 그 눈에 안타까운 마음이 그득했다. 혜원은 티 테이블 옆에서 돌을 가지고 장난을 치는 경원을 불렀다. 구멍이 숭숭 뚫린 검은 돌을 들고 이리저리 긁어도 보고 부딪쳐도 보던 경원이 혜원의 곁으로 냉큼 다가왔다.

"경원아, 저기 슈퍼에 가서 경원이 먹고 싶은 거 사가지고 올래? 엄마가 마실 생수도 한 병 사오렴."

"네, 엄마!"

경원은 신이 나서 대답했다. 내내 먼 곳만 바라보던 혜원이 말을 걸어주는 게 좋은 모양이었다. 조금 떨어져 있는 가게를 향해 달려가는 아들의 뒷모습을 보고 나서 혜원이 말을 이었다.

"애 앞에서 남편이 죽었단 말은 마세요. 아직 얘기 못했어요."

"그래, 그랬구나."

안씨 아저씨의 기다란 한숨이 이어졌다.

"어쩌면 네 어머니와 같은지……. 네 엄마도 네 아버지가 돌아가셨단 말을 하지 않았지."

"네, 그랬죠. 제가 스스로 알아버린 후에도 아버지가 돌아가셨단 말은 절대 안 하셨죠."

혜원은 무표정한 얼굴로 고개를 끄덕였다. 그랬다, 어머니는 한 번도 아버지가 돌아가셨단 말을 하지 않았다. 언제나 이어도, 이어도. 아버지는 그 먼 섬에 돈을 벌러 갔다고만 했다. 이어도가 죽은 사람만이 가는 섬이라는 이야기를 듣고서야 혜원은 자신의 아버지가 영영 돌아올 수 없는 곳으로 떠났다는 걸 알았다.

"얘기를 들었을 때는 정말 설마 했다. 너일 거라곤 정말 상상도 못했다. 손님이 내내 바다만 바라본다는 말을 들었을 때 네 어머니가 생각났는데…… 네가 똑같이 그러고 있을 줄은……."

깊은 한숨이 새어나왔다. 그 한숨 속에 담긴 가련하고 불쌍하다는 마음이 하염없었다.

"……댁이 어디예요?"

혜원은 애써 화제를 돌렸다. 더 이상 자신의 이야기를 하고 싶지 않았다. 그런 혜원의 마음을 알아챘는지 아저씨는 순순히 화제를 바꿨다.

"저기 길 건너편 마을 안쪽에 집이 있단다. 여기 주인이 내 친구라서 종종 놀러 온다. 청소도 해주고 잔디도 가꾸면서 용돈벌이를 할 때도 있단다. 우리 애들은 다 장성해서 분가했고 나는 마누라랑 둘이 살고 있지. 네 얘기를 하면 그 사람도 보고 싶어 할 게다."

"네에."

혜원은 고개를 끄덕였지만 아주머니를 보고픈 생각은 없었다. 아마 아주머니도 그럴 것이다. 친아들보다 죽은 친구의 딸을 먼저 생각하고 아내보다 죽은 친구의 아내를 먼저 챙기는…… 모자랄 정도로 착한 남편 때문에 아주머니는 내내 속을 앓았다. 남편을 반쯤 빼앗겼다는 생각에 자신을 눈엣가시처럼 여겼을지도 모른다.

"같이 왔던 사람들은 다 돌아갔다면서. 왜 여기에 있는 거냐, 서울로 올라가지 않고. 객지에 오래 있어도 되는 거니? 애 학교는 어쩌고?"

아저씨는 걱정스러운 얼굴로 혜원을 염려했다. 그분의 걱정이 그냥 입바른 말이 아니라 진심이라는 것을 혜원은 잘 알고 있었다.

"가야죠. 돌아가야 되는데…… 아직 그 사람을 보내지 못했어요. 그 사람…… 가슴속에서 떠나보내면 가려고요. 아이에겐 미안하지만…… 돌아갈 수가 없어요. 그래도 처음엔 돌아가자며 많이 보채더니 이젠 여기에 익숙해졌나 봐요."

"그래……."

안씨 아저씨는 고개를 끄덕이며 무언가 깊은 생각에 빠진 듯했다.

"엄마아!"

그때 경원이 검은 봉지를 들고 달려왔다. 올해 초등학교에 입학한 경원은 연휴가 끝난 뒤에도 학교로 돌아가지 못하고 있었다. 처음에는 친구도 없고 놀잇감도 없는 이곳이 싫다며 징징거리더니 그새 적응되었는지, 가끔 칭얼거리기는 해도 무료한 일상에 별 불만이 없어 보였다.

"허이고, 애기 강아지가 심부름도 잘하는구나. 그래, 맛난 과자 사왔니?"

안씨 아저씨는 혜원이 손을 뻗기도 전에 한두 걸음 나아가 달려오는 경원을 안아 올렸다. 좀 전만 해도 아저씨를 경계하던 아이는 어머니와 친근하게 얘기하는 모습에 마음이 놓였는지 별 저항도 없이 아저씨의 품에 안겼다.

"혜원아, 애 아빠 얘기는 하지 않을 테니까 애랑 잠깐만 놀아도 되겠니?"

안씨가 혜원 쪽으로 고개를 돌리고 물었다. 그의 주름진 손이 경원의 등을 부드럽게 토닥이고 있었다. 혜원은 그 모습을 물끄러미 쳐다볼 뿐, 다른 대답이 없었다.

"경원아, 잠깐만 할아버지하고 놀겠니?"

경원은 눈이 동그래져서 노인과 엄마의 얼굴을 바라보았다.

"할아버지랑 놀자꾸나. 할아버지가 저기 커다란 어항에 담긴 작은 상어도 보여줄게. 요 건너편에 할아버지 친구네가 있는데, 그 집엔 거북이도 있고 햄스터도 있단다. 같이 보러 가지 않을래?"

아저씨는 근처 펜션 주인들과 잘 알고 지내는지 펜션에서 키우는 동물들을 경원에게 보여주겠다고 했다. 어떤 집은 커다란 어항에 각종 물고기를 키우고, 어떤 집은 귀여운 강아지를 많이 키우고, 어떤 집은 특이한 애완동물을 키운다는 말에 경원이 신난 얼굴을 했다.

"그래, 경원아. 할아버지 따라갔다가 여기로 와. 엄마는 바닷가에 나갔다가 올게. 알았지?"

"으응, 신난다!"

오랜만에 동물 친구들을 만날 수 있게 되자 경원은 들떠 보였다. 아무 말도 없이 바다 너머만 바라보는 엄마 곁에서 하루 종일을 기다리는 건 어린아이에게 견디기 힘든 일이었다. 신난 아들의 얼굴을 보는 혜원의 표정이 쓸쓸했다.

남편이 실종되기 전에는 거의 매주 여행을 다니고 동물원에도 자주 갔는데……. 한 달도 안 되는 사이에 모든 것이 변해버렸다.

"아저씨, 전 바닷가를 좀 걷다가 방에 들어가 있을게요. 아이는 펜션으로 데려다주세요."

"그래, 그래. 걱정하지 말고 좀 쉬어라."

경원은 엄마의 얼굴을 몇 번 쳐다보더니 이내 안씨의 손을 잡고 다른 펜션 쪽으로 걸어갔다.. 아이의 발걸음이 조금 들떠 보였다. 혜원은 그런 아들의 뒷모습을 한참 동안 바라보았다.

'저 아이에게 무슨 죄가 있다고…….'

그녀는 아들이 가엾어서 견딜 수가 없었다. 아빠 없이 평생을 살아가야 한다는 것보다 자신과 같은 엄마와 평생을 살아가야 한다는 것이 더 가엾었다. 자신이 아버지만 바라보며 평생을 살다 가버린 어머니를 원망하는 것처럼 경원도 자신을 원망할 것 같아 가슴이 아팠다. 하지만 이것이 무슨 업보란 말인가! 머리로는 알면서도 원망스러운 어머니와 똑같이 행동하고 마는 자신을 바꿀 수가 없으니 이를 어쩌란 말인가!

"하아……."

혜원의 고개가 툭 떨어졌다. 깊은 한숨만 흘러나왔다.

3

오늘도 바다는 깊은 남빛이었다. 흑회색의 돌더미를 내리치고 공격하는 그 차가운 물은 옛날과 다름없이 한없이 깊은 쪽빛이었다. 혜원에게 바다색은 너무나 차갑고 시렸다. 너무나도 추워서 두 팔을 덜덜 떨게 하는 외로운 빛이었다. 그래서 푸른빛이 싫었다. 하늘색도, 바다색도, 남빛도 다 싫었다. 그것은 괴로움을 주는 빛이었다. 외로움을 건네는 빛이었다. 사람을 불행하게 하는 빛깔이었다.
 시간의 흐름도 잊은 채 먼 바다를 바라보던 혜원은 지친 듯 터덜터덜 펜션으로 돌아왔다. 바닷가를 향해 커다란 창이 열린 펜션 방에는 아무도 없었다.
 '아무도 없구나. 아무도…….'
 순간 온몸이 싸늘해졌다. 가슴이 차가워지고 사지가 덜덜 떨렸다. 뼈에 사무치는 외로움에 질식될 것만 같았다. 경원이마저 없었다면…… 만일 아들이 없었다면 그녀는 이 외로움을 견디지 못했을 것이다. 지금껏 그녀의 목숨을 부지해주는 유일한 이유는 경원뿐이었다.
 '모두들…… 걱정하고 있겠지.'
 혼자라는 생각을 잊기 위해서인지 지금껏 애써 외면해왔던 사람들의 얼굴이 떠올랐다. 서울에서는 아마 난리가 났을 것이다. 혜원 쪽은 친척도 친지도 없지만, 남편의 본가에서는 사라진 며느리와 손자 걱정에 하루하루를 힘들게 보내고 있을 게 분명했다. 경원 아빠와 같은 회사 동호회 선후배들도 걱정하고 있을 것이다.
 남편의 장례 이야기를 꺼낸 사람들도 있었지만 혜원은 절대로 허락하지 않을 생각이었다. 시신도 찾지 못한 채 빈 관으로 장례를 치른다는 건 도저히 용납되지 않았다. 제주도 바닷가에서 사라져 시신이 떠오르지 않으면 그는 이어도에 가 있는 것이라고 하더니…… 그 말이 그녀의 머릿속에서 떠나지 않았다.

남편은 이어도에 갔을지도 모른다. 죽지 않았을 것이다. 그러니 장례를 치를 수는 없는 일이다.

'어머니도 이런 생각이었구나.'

그제야 원망스럽기만 했던 어머니의 심정이 이해되었다. 배를 타고 나간 아버지가 돌아오지 않았기에 어머니는 아버지가 이어도에 갔다고 말한 것이리라. 그리고 그분의 죽음을 받아들이지 못한 것이리라. 그래서 아버지가 돌아가셨다는 말을 평생 입에 담은 적이 없는 것이리라.

'어머니······.'

혜원은 가슴속 깊이 눈물이 차올랐다. 그토록 원망스럽고 밉기만 했던 어머니의 행동들이 이해되는 순간, 죄스러움에 몸을 가눌 수가 없었다. 모녀는 인생의 작은 부분까지 똑 닮는다더니 어머니의 못난 모습까지 어쩌면 이리도 자신과 닮았는지······. 혜원은 모진 인생이 애달팠다.

"어머니, 어허어어어!"

혜원은 텅 빈 방에서 홀로 가슴을 치며 통곡했다. 그동안 그림자처럼 함께 있던 경원이 없어서인지 꼭꼭 감춰두었던 둑이 평 하고 터지면서 하염없는 눈물이 흘러나왔다. 그렇게 오랫동안 울고 또 울었다. 어디에 숨어 있었는지 모를 눈물이 쉴 새 없이 흐르고 또 흘렀다. 그렇게 목 놓아 울다 까무러치기도 하고, 다시 일어나 울다 멍하니 넋을 놓기도 했다. 가슴속이 텅 빌 때까지 울어보았다.

그녀가 정신을 추스르고 달아오른 눈가를 차가운 물로 식히는

데 펜션의 종이 울렸다.

딩동.

혜원은 서둘러 거울을 바라보았다. 거울 속의 거친 얼굴에 붉게 물든 두 눈이 보였다. 차가운 물로 눈가를 매만졌지만 부기는 어쩔 수가 없었다. 그녀는 마른 수건으로 양 볼을 비벼댔다. 그러자 차가운 바람을 맞은 것처럼 얼굴 전체가 불그스름하게 변했다.

"경원이 왔니?"

그녀는 애써 밝은 얼굴로 문을 열었다. 작은 경원과 그 뒤에서 빙그레 웃고 있는 안씨 아저씨의 얼굴이 보였다. 경원은 엄마 품으로 폭 뛰어들더니 얼굴을 비볐다.

"엄마, 나 거북이 봤어. 상어도 봤어. 햄스터가 내 머리까지 올라왔어. 완전 끝내줘!"

경원이 상기된 눈을 반짝였다. 하루하루 심심하게만 보내던 아이가 신나게 소리치는 모습에 혜원의 가슴이 찡했다.

"근데 벌써 5시래. 나 만화 봐야 돼!"

제 할 말을 마친 경원이 날쌔게 안으로 뛰어 들어갔다. 작은 응접실 소파 위로 훌쩍 뛰어올라 앉더니 텔레비전을 켰다.

"아저씨, 수고하셨어요. 감사합니다."

"수고는 무슨…… 그럼 쉬어라. 나는 이만 가마."

안씨는 경원을 데려다주고 이내 돌아갈 생각이었다. 이것저것 힘든 혜원을 귀찮게 하고 싶지 않아서였다. 그런데…… 그는 곧장 나오지 못했다. 머뭇거리며 뒤로 돌았다가 다시 옆으로 비켜

섰다가 도로 뒤로 돌아서는 그의 모습이 개운치 않았다. 문 앞을 서성이는 안씨의 뒷모습을 보면서 혜원은 그가 무언가 할 말이 있음을 알아챘다.

"저, 혜원아."

노인은 마침내 결심한 듯 혜원을 향해 뒤돌아섰다. 무슨 어려운 말이 있는지 혜원을 바라보는 눈동자가 흔들렸다.

"말씀하세요."

혜원은 그가 몹시 초조해하고 있음을 느꼈다.

"그래, 그럼…… 경원이가 없는 곳에서 잠깐 이야기할 수 있겠니?"

혜원은 경원이 없는 곳에서 이야기하자는 말에 이마를 찌푸렸다. 혹시 경원에 대한 걱정의 말씀을 하려는 것일까? 아이를 걱정하며 서울로 돌아가라고 잔소리를 해대려는 것일까? 그런 말이라면 듣고 싶지 않았다. 그렇더라도 예의상 그냥 가시게 하는 건 도리가 아니었다.

"경원아, 잠깐 할아버지 배웅해드리고 올 테니까 텔레비전 보고 있어. 알았지?"

"응!"

이미 만화에 정신을 빼앗긴 경원은 대답도 하는 둥 마는 둥 텔레비전 화면만 바라보고 있었다. 혜원은 그런 경원의 모습을 다시 한 번 확인한 뒤 문밖으로 나갔다. 펜션 앞의 작은 티 테이블에 마주 앉는 동안에도 안씨의 표정은 수시로 변했다. 이걸 말해야 하나, 말아야 하나 고민하는 눈치가 역력했다.

"말씀하세요, 아저씨."

"으응, 그래."

혜원은 차분히 기다렸지만 안씨는 좀처럼 입을 떼지 못했다. 그렇게 한참이나 뜸을 들이고 나서야 얘기하기 시작했다.

"혜원아, 먼저 하나만 물어보자. 경원이 애비가 죽은 지 얼마나 되었냐? 천도재天道齋◆라도 올린 거니?"

안씨의 뜬금없는 질문에 혜원은 어리둥절했다. 갑자기 천도재라니? 갑자기 왜 이런 말을 하는지 이해되지 않았다.

"갑자기 그건 왜……?"

"글쎄, 그게 중요하단다. 말해다오. 천도재는 올렸느냐?"

"아니요. 아무것도 올리지 않았어요."

"그럼, 실종된 지 며칠이 지났니?"

"실종된 지…….."

그제야 혜원은 남편이 돌아오지 않은 지 얼마나 지났는지를 손꼽아보았다. 지금껏 날짜가 가는 줄도 몰랐던 그녀는 많은 날이 지났음을 실감했다. 열흘이 지난 뒤로는 제대로 날을 꼽아본 적

◆죽은 사람의 영혼을 극락으로 보내기 위한 불교 의식이다. 천도재는 죽은 후 49일에 행해지는 사십구재 외에도 100일 후, 일 년 후에도 행해진다. 그중 사십구재를 가장 중시하는데, 이 기간이 죽음을 당한 자가 악업을 소멸하고 엉킨 실타래를 푸는 기간이기 때문이다. 영가靈駕는 일곱 번의 심판을 받게 되는데, 한 번의 심판에 이승의 시간으로 약 7일이 걸린다. 따라서 49일 동안 영가(영혼)는 살아생전에 지었던 잘못과 죄악을 참회하고 악업을 소진하기 위해 애를 쓴다. 이 기간에 산 사람이 천도재를 지내는 것은 영가가 악업을 소진하도록 돕는다는 의미가 있다.

이 없었다. 날짜의 흐름을 까맣게 잊고 있다가 안씨의 질문을 받고서야 날짜를 세어보았다. 하루, 이틀, 사흘……. 어느새 시간은 흐르고 흘러 스무 날이 훌쩍 지나 있었다. 시간이 많이 지났음을 깨달은 혜원의 입에서 한숨이 새어나왔다. 서울에 있는 시댁 식구들은 얼마나 자신을 찾고 있을까. 그녀의 직장에서도 난리가 났을 것이다. 경원이랑 자신이 말도 없이 사라져버린 후에 다들 얼마나 걱정하고 있을지……. 다들 꺼져버린 혜원의 휴대전화를 얼마나 원망하고 있을지……. 한숨이 나왔다.

"스물다섯 날쯤……."

"그래, 그렇구나."

어물거리는 혜원의 대답에 안씨가 고개를 크게 끄덕였다.

"본래 천도재란 죽은 지 49일째 되는 날에 하는 것인데……. 아직 천도일이 지나지는 않았구나. 그래도 다행이다."

안씨의 미간에 깊은 주름이 파였다.

"혜원아, 내 말을 잘 들어라. 아까 경원이랑 이야기하다 보니 걱정스러운 점이 있어서 말이야. 경원이는 아버지가 돌아가신 것을 모르더구나. 네가 말하지 않았다니 모르는 게 당연하지. 하지만 혜원아, 문제는 저 아이가 아버지를 너무나 보고 싶어 한다는 거란다."

"그게 무슨 말씀이에요, 아저씨?"

안씨의 말에 혜원은 눈을 크게 떴다. 아들이 아버지를 그리워하는 건 당연한 일인데, 그것이 왜 문제가 된다는 건지 이해되지 않았다.

"그래, 그래. 안다. 무슨 말인지 잘 이해되지 않을 게야. 혜원아, 이게 모두 늙은이의 노파심일지 모르겠다. 그래, 그랬으면 얼마나 좋겠니. 하지만…… 어쩐지 자꾸 이상한 기분이 들어서 네게 말하는 편이 나을 것 같구나."

안씨는 혜원과 눈도 마주치지 못하고 이리저리 눈동자를 굴렸다. 혜원의 눈치를 보며 걱정하는 얼굴이었다.

"혜원아…… 예부터 제주는 저승이 코앞에 있다고들 했다. 그래서 제주 앞바다 코앞에는 저승으로 가는 이어도가 있고, 그곳이 우리네 뱃사람들이 죽어서 가는 곳이라고들 했지. 그런 옛말이 진짜인지 어쩐지는 모르겠지만, 예부터 제주도에서 귀신을 보는 것은 다반사고, 죽은 사람과 얘기를 나누는 만신萬神도 많았단다. 그래서 뭍에서 낳아온 아이들이 여기서 살게 되면 한동안 고생을 한다고들 말하지. 여간한 강심장에 정신력이 없으면 애들은 혼이 다 빠진다고 하지. 저승길이 가까워서 못 견딘다는 게야. 이 나이가 되도록 보아온 바로도 그 말이 생판 거짓은 아니더구나. 뭍에서 내려온 사람들을 보면 어른이나 아이나 사고도 많고 죽는 일도 많더라. 섬에서 태어나고 자란 우리들이야 저승길이 가까워봤자 어떻게든 여서 살아가지만, 뭍에서 태어난 아이들은 버티질 못하고 저승길로 꼴딱꼴딱 넘어간다는 게야."

안씨는 잠시 혜원의 표정을 살펴보았다. 별로 좋지 않은 말을 예상한 혜원의 표정이 딱딱하게 굳어 있었다. 달갑지 않은 말인 줄 알면서도 안씨는 말하지 않을 수가 없었다.

"제주에서 태어난 애들은 어려서부터 귀신을 잘 본단다. 내가 아는 만신이 그러더구나. 제주에 사는 애들은 늘 귀신이 붙어 다닐 정도라고. 하지만 제주서 나고 자란 애들은 귀신이 붙어도 잘 견딘다는 거야. 워낙에 태어날 적부터 땅기운에 익숙하니까 말이야. 하지만 뭍에서 살던 아이들은 귀신하고 놀았다 하면 원인도 모르게 시름시름 앓다가 송장을 치르게 된다고 하더라."

안씨는 다시 한 번 혜원의 표정을 살폈다. 그녀는 쓰디쓴 약이라도 삼킨 듯 찡그린 얼굴로 눈을 내리깔고 있었다. 차갑게 가라앉은 혜원의 목소리는 몸서리가 쳐질 정도로 냉랭했다.

"그래서 우리 경원이가 귀신이라도 씌었다는 거예요?"

"내가 이런 쓸데없는 말을 주저리주저리 하는 건 경원이가 걱정돼서란다. 네 배로 낳았다지만 경원이도 뭍에서 나고 자란 아이 아니니? 나는 그게 걱정이 되는구나."

"다 미신이에요!"

혜원은 매몰차게 대꾸했다. 더 이상 안씨의 말을 듣고 싶지도 않았다. 저런 구닥다리 전설이나 말하는 안씨에게 화가 나고 가슴이 답답했다.

"아니다, 그렇지 않아. 혜원아, 아까 경원이와 놀아주면서 좀 이상한 걸 느꼈다. 어항 속의 물고기를 구경하고 있는데, 손님 중에 누군가가 애 어깨를 툭 쳤던 모양이야. 그런데 경원인 당연하다는 듯이 얼굴을 돌리며 아빠냐고 묻더구나. 이내 아닌 줄 알고는 잊어버린 모양이지만……. 나는 그때 소름이 끼쳤단다. 이상하지 않니? 아빠 얼굴을 못 본 지가 꽤나 되었을 텐데, 어깨를 치는 사람한테 망설임도 없이 아빠냐고 묻다니 이상하지 않느냐 말이다."
 "아빠가 살아 있다고 생각하니까 그렇지요."
 여전히 혜원의 음성은 차가웠다.
 "그래, 혜원아. 그럴 수도 있을 게야. 암, 그럴 수도 있지. 하지만…… 하지만 이 나이까지 살아본 내 눈에는 뭔가 이상하더구나. 바로 어젯밤에도 아빠를 만난 아이처럼 자연스럽게 말하는 그 모습이 이상하게 생각되더구나. 혹시 경원이의 아빠가 나타난 건 아닌지, 그 사람이 귀신으로 나타나 경원이를 만난 게 아닌지 모르겠구나."
 "아저씨!"
 혜원은 더 이상 참을 수가 없었다. 안씨의 이상한 말을 더 이상 들어줄 수가 없어서 아예 자리에서 벌떡 일어섰다.
 "혜원아!"
 그런 혜원을 안씨가 꽉 붙잡았다.
 "네가 이럴 것 같아서 말을 할까 말까 망설였던 게다. 하지만, 혜원아. 조금만 더 내 말을 들어봐라, 응? 제발 부탁이다."
 그는 혜원의 팔을 붙들고 놓지 않았다. 자식 같은 혜원을 모른 척할 수가 없었다.
 "너도 같은 일을 겪어봤으니 알 게야. 혜원아, 말해봐라. 내 아들이 몇 명이었느냐? 너랑 같이 바닷가에서 뛰어놀던 내 아들이 몇이었니?"
 혜원은 갑작스러운 안씨의 질문에 어안이 벙벙했다. 갑자기 왜 그런 질문을 하는지, 뜬금없는 말에 머릿속이 멍해졌다. 대체 왜 이런 질문을 하는 걸까? 자신도 같은 일을 겪었다고? 머리를 굴려봐도 안씨의 말을 이해할 수가 없었다.

"세 명이었잖아요."

혜원이 짤막하게 대답했다.

"그래, 그래. 셋이었지. 셋이었고말고. 혹시 걔들 이름도 기억하느냐?"

혜원은 안씨가 왜 이런 걸 물어보는지 도통 이해되지 않았지만, 그가 말하는 대로 아이들의 이름을 떠올려보았다.

"태우, 태영이, 태진이요."

"그래, 맞다. 맞아. 아주 잘 기억하고 있구나. 그 애들의 얼굴도 다 기억하지?"

"옛날에 걔들하고 매일 놀았는데 제가 모를 리 있겠어요?"

혜원이 퉁명스럽게 대꾸했다.

"그래, 그렇겠지. 그럼 하나만 더 물어보자. 혜원아, 그중에 누가 첫째고 누가 막내인지 기억하느냐?"

"당연하죠. 태우가 첫째고 태진이가 막내였어요. 당연히 기억하고 있죠. 그런데 그게 왜요?"

혜원은 슬슬 짜증이 나기 시작했다. 안씨가 왜 이런 말을 하는지 도저히 이해할 수가 없었다.

"네가 그렇게 말할 줄 알았다. 그래, 혜원아, 네가 그렇게 대답할 줄 알았어."

갑자기 안씨가 눈물을 훔치기 시작했다. 혜원은 도무지 영문을 몰라 다시 의자에 주저앉았다. 눈물까지 흘리는 안씨를 두고 매몰차게 방으로 들어갈 수가 없었다.

"혜원아, 네 대답은 틀렸다. 첫째는 태우가 아니라 태진이었다. 태우는 둘째아이야."

"네?"

혜원은 안씨의 엉뚱한 대답에 멍한 표정을 지었다. 태우가 자신과 마찬가지로 고등학생이던 때에 태진은 초등학생이었다. 그런 태진이 어떻게 첫째란 말인가? 혜원은 마주 앉은 안씨의 얼굴을 뚫어지게 바라보았다. 그가 제정신인지 의심스러웠다. 하지만 그의 눈은 지극히 정상이었다.

모든 걸 다 떠나 지금 왜 이런 말을 하는 것일까? 혜원은 아들 삼형제 이야기를 꺼낸 안씨의 의도를 파악할 수가 없어 머릿속이 복잡했다. 왠지 모를 두려움이 일었다. 갑자기 가슴 한구석이 서늘해졌다.

제주의 바람은 한시도 쉬지 않았다. 봄, 여름, 가을, 겨울 사계절 쉼 없이 언제나 매서웠다. 오늘 유독 그 바람이 거세게 느껴졌다. 처음에는 안씨와의 대화가 그저 짜증나기만 했던 혜원은 그의 말에 점점 빠져들고 있었다. 알 수 없는 서늘한 기운이 안씨의 이야기에 담겨 있었다.

"무슨 말씀이에요. 태우가 둘째고, 태진이가 첫째라니요. 제일 어린 태진이가 어떻게 첫째가 돼요. 그게 무슨……."

혜원은 안씨를 보며 고개를 흔들었다.

"혜원아, 그래. 내 찬찬히 말해주마. 한번 들어보아라."

바닷바람을 등지고 안씨의 이야기가 시작되었다.

"혜원아, 네 말대로 내게는 세 아이가 있었지. 태진이, 태우, 태영이……. 그렇게 사내 녀석 셋이 있었다. 너희는 어릴 적부터 친남매처럼 항상 같이 뛰놀았지. 중학교에 들어가면서 남녀 학교로 나뉘어 자주 만나진 못했지만 초등학교에 다닐 때만 해도 정말 친하게 잘 놀았다. 그런데 나나 내 처나 네 엄마 모두 너희가 노는 모습을 보면서 참 이상하다고 생각한 적이 많았다. 하지만 다들 건강하게 잘 뛰어놀고 별탈이 없어서 내버려뒀지. 그렇게 친남매 같던 너희도 사춘기가 오니까 멀어지더구나. 더구나 혜원이 네가 섬사람이라면 질색을 하면서부터 많이 소원해졌지. 결국 너는 고등학교를 졸업하자마자 뭍으로 나갔고 섬에는 거의 오질 않았다. 그래, 네가 이 섬에 계속 남아 있었다면 알았겠지……. 네가 없는 동안에 일어난 일이니까 말이야."

안씨는 잠시 생각에 빠져 있었다. 무얼 먼저 이야기해야 할지 고민하는 얼굴이었다.

"혜원이 네가 제주를 떠나고 아마 일 년쯤 후였을 게다. 이름도 잊히지가 않는구나. 승훈이…… 그래, 승훈이란 아이가 우리 집에 놀러 왔단다. 애 엄마가 민박이라도 치자고 해서 시작한 일이었지. 승훈이란 아이는 제주에 사는 친척 집에 놀러 왔다가 그 집에 방이 부족해서 우리 집에 한동안 묵기로 했단다. 방학 내내 지냈으니까 아마 한 달 넘게 있었던 것 같구나. 그때 걔는 초등학교

6학년이었고 우리 집 막내 태영이도 초등학교 6학년이었을 게다. 둘은 같은 또래라서 자주 어울려 놀았단다. 그런데 그 아이들이 노는 모습이 예전에 너희가 노는 거랑 비슷하더구나. 좀 이상한 생각이 들긴 했지만 잘 뛰어노는 애들을 보면서 별걱정을 안 했다. 근데…… 승훈이가 집으로 가기 며칠 전에 갑자기 고열로 쓰러져버렸단다. 병원 응급실로 실려갔지만 열이 떨어지질 않았단다. 아무리 검사해봐도 병명조차 알 수 없고, 딱히 치료법도 없던 그때 병원에서 만난 할머니가 말씀하시더구나. 만신을 찾아가라고 말이야. 서울에서 놀러 온 그 아이의 부모는 그런 이야기에 관심도 안 기울였지만 나랑 내 처는 그냥 흘려들을 수가 없었단다. 그 애들이 놀던 생각을 하면…… 자꾸 이상한 기분이 들어서 말이야. 그래, 한라산 초입에 계시던 만신 한 분을 찾아갔단다. 그리고 그날 천도재 이야기를 들었단다."

 안씨는 과거의 기억으로 깊숙이 빠져들었다. 그때 겪었던 괴이한 일을 지금도 잊을 수가 없었다.

 "혜원아, 너는 그럴 리가 없다고 했지만…… 우리 집 장남은 태진이었다. 그리고 그 밑으로 태우와 태영이가 있었단다. 태진이는 혜원이 너보다 두세 살 많았을 게야. 너와 우리 애들도 모두 기억이 가물거리나 본데…… 태진이는 열 살이 되던 해에 저세상으로 가버렸단다."

 "무슨…… 아저씨, 도대체 무슨 말씀이에요!"

 안씨의 말에 혜원은 고개를 세차게 흔들었다. 그럴 리가 없었다. 절대로 그런 일은 있을 수가 없었다. 그의 말이 사실이라면 수년간 함께 뛰놀았던 그 아이는 누구란 말인가? 그녀가 이곳을 떠나기 전까지 책가방을 메고 초등학교에 다니던 그 아이는 대체 누구란 말인가? 어린 동생이었던 태진이가 생생하게 기억나는데, 그 애가 장남이었다고? 그 애가 두세 살이나 많았다고? 게다가 그 애가 열 살 때 죽었다고? 혜원은 세차게 고개를 흔들었다.

"아저씨, 아저씨가 무슨 말씀을 하는지 모르겠어요. 태진이가 첫째라고요? 열 살 때 죽었다고요? 그게 대체 무슨 말씀이에요! 제가 섬을 떠날 때까지도 멀쩡하게 살아 있던 태진이가 죽었다고요?"

"혜원아, 내 말을 잘 들어라. 그래, 네 말이 맞다. 너는 태진이를 보았을 게야. 계속해서 그 아이를 보았겠지. 하지만 그건…… 살아 있는 아이가 아니었단다. 이 섬을 떠돌던 태진이의 혼령이었어."

그 순간 혜원의 두 팔에 싸늘한 한기가 밀려왔다. 소름이 머리끝부터 발끝까지 퍼져 내려갔다. 등줄기에서 식은땀이 주르륵 흘렀다. 온몸이 얼음장처럼 차가워지는 게 느껴졌다.

"말도 안 돼요!"

혜원이 고개를 흔들었다. 안씨 아저씨가 제정신인지 의심스러웠다. 지금 자신이 치매 환자와 이야기하고 있는 게 아닌가 하는 생각마저 들었다. 섬을 떠난 뒤에 아저씨에게 무슨 일이 생긴 걸까? 멀쩡해 보이지만 정신질환이 생긴 것인가.

"혜원아, 내 말을 잘 들어보거라. 찬찬히 기억해보려무나. 네가 섬을 떠나기 전에 태진이는 몇 살이었니? 대답해보거라."

안씨는 손을 내저으며 흥분을 가라앉히라는 시늉을 했다. 그리고 뜬금없이 태진의 나이를 물어보았다.

"몇 살이었냐고요? 글쎄…… 나이는 잘 생각나지 않지만 분명히 초등학생이었죠."

그의 질문에 혜원은 진지하게 대답했다. 제주를 떠나기 전에 마지막으로 보았던 태진의 얼굴을 떠올려보았다. 어린아이의 얼굴……. 몇 학년이었는지, 몇 살이었는지 구체적으로 생각나진 않았지만 서부초등학교에 다니고 있었던 것 같았다.

"그럼 네가 중학생일 때는?"

안씨의 말에 혜원은 다시 자신의 중학생 시절로 기억을 되돌렸다. 중학교에 다니면서부터 친남매 같았던 옆집 삼형제와의 사이가 멀어지고 소원해졌던 기억이 떠올랐다. 혜원도, 옆집의 태우도 사춘기에 들어서면서 동성의 또래 친구들과 더욱 붙어 다니게 되었다. 그렇다고 매일 마주치는 그 아이들의 얼굴을 잊을 리 없었다. 태진의 얼굴도 분명히 기억했다.

"그때는…… 그때도 초등학생이었죠. 아마 초등학교 저학년이었을 테지요."

"그럼 혜원아, 네가 초등학생일 때는 그 아이가 몇 살이었니?"

"그때는……."

그 순간 혜원의 온몸에 두드러기가 솟는 것 같았다. 상상도 못했던 무시무시한 공포가 그녀의 등 뒤를 휘덮는 느낌이었다.

"대답하지 않아도 안다. 그때도 태진이는 초등학생이었을 테지. 죽은 이후로 죽었을 당시의 그 모습 그대로 나이는 한 살도 더 먹지 않았을 테니까."

안씨는 혜원의 눈을 똑바로 쳐다보며 무서운 이야기를 하고 있었다. 그래, 그의 말대로였다. 혜원의 기억 속 어디에서나 태진의 모습은 항상 똑같았다. 10년이 지나고도 언제나……. 그래, 언제나 초등학생의 모습이었다.

"이게…… 이게 대체 어떻게 된 일이에요?"

어느새 혜원의 입술이 파랗게 질려 있었다.

4

안씨는 태진이 저세상으로 떠나던 날을 기억했다. 어느 날 밤, 어린 태진은 갑작스럽게 열이 끓더니 하루도 버티지 못하고 조용히 세상을 떠나고 말았다. 한없이 고요하게 잠든 얼굴로 부모 형제를 모두 버리고 뭐가 그리 급한지 혼자 먼 나라로 떠나버렸다. 그때 그 아이의 나이는 열 살이었다.

부모보다 먼저 떠난 불효자식이라 무덤도 만들지 못하고 하얀 뼛가루만 제주 앞바다에 뿌렸다. 작은 배의 선장이던 안씨가 직접 배를 몰고 나가 아내와 단둘이서 그 아이의 뼛가루를 뿌려주었다. 하얀 가루가 멀리멀리 퍼지는 동안 두 사람은 아픔도 고통도 없는 곳에서 행복하게 살라고 빌어주었다. 비밀스럽게 뼛가루를 뿌린 부부는 큰 고민에 빠졌다. 남은 아이들에게 어떻게 얘기해야 할지 알 수 없었기 때문이다. 특히 태진과 신나게 놀던 태우와 혜원이 걱정되었다. 아직 어린 태영은 사리분별을 못할 때라 덜 걱정되었지만 태우와 혜원은 달랐다. 늘 같이 놀던 아이가 보이지 않으면 분명 의아해할 것이다. 하지만 어떻게 말해야 좋을까? 두 사람은 아직 죽음이 무언지도 모르는 어린아이들에게 어떻게 얘기해야 좋을지 몰라 망설였다.

특히 아버지의 죽음도 제대로 받아들이지 못하는 혜원은 오빠로, 친구로 지내온 태진이 죽었다는 말을 들으면 그 충격이 너무나 클 것 같았다. 그래서 안씨 내외와 혜원의 엄마까지 세 사람은 아이들에게 태진이 죽었다는 말을 못하고 있었다. 그렇게 어른들이 고민하는 사이 시간은 조금씩 흘러갔다. 하지만 신기할 정도로 아이들은 동요하지 않았다. 태진의 행방을 궁금해하거나 태진이 어디로 떠났는지 묻지도 않았다. 다행이긴 하지만 언젠가는 태진이 죽었다는 사실을 얘기해주어야 했으므로 어른들은 모두 가시밭을 밟고 있는 기분이었다. 언제가 되었건 태진의 빈자리를 느낄 날이 올 것이다. 특히 바닷가에서 모래성을 쌓거나, 아니면 소꿉놀이를 할 때 매일 한 자리를 맡았던 태진을 인식하게 될 것이다. 그때가 언제일지 어른들은 조마조마하기만 했다.

그런데 이상하게도 아이들은 묻지 않았다. 태진이 어디 있는지 궁금해하지도 않았고 놀면서 빈자리가 생겼을 텐데도 전혀 불편해하지 않았다. 어른들은 의아한 생각이 들었지만 한편으로는 다행스러웠다.

 그러던 어느 날 안씨의 처가 아이들이 노는 모습을 지켜보게 되었다. 집안일을 하다가 짬을 내어 아이들을 따라가본 것이었다. 그런데 아주 요상한 모습을 보게 되었다.

 그날도 아이들은 여느 때처럼 바닷가로 나갔다. 아이들이 언제나 가는 곳이 있었다. 그곳에는 좁긴 하지만 부드럽고 하얀 모래밭이 있었다. 아이들은 손에 양동이, 손삽, 인형 같은 것을 들고 그곳으로 달려갔다. 그리고 누가 먼저랄 것도 없이 모래성을 쌓으며 놀기 시작했다. 태우와 혜원, 그리고 아직 코흘리개인 태영까지 세 아이는 안씨의 처가 곁에 있건 말건 놀이에 열중했다. 아직 손이 야물지 못한 어린 태영은 두더지 집을 지었고, 태우와 혜원은 조금 더 세밀한 것들을 만들었다. 도로도 만들고, 집도 만들고, 연결 통로도 만들었다. 다들 정신없이 놀이에 몰입해 있었다.

 그런 아이들의 모습을 보면서 안씨의 처는 안도했다. 아이들은 함께 놀면서도 따로따로 자신만의 놀이를 하고 있었다. 즉 한 명이 빠지더라도 문제가 되지 않는 놀이였다. 이런 식이었으니 그동안 태진이 없어도 불편하지 않았던 모양이다. 안씨의 처는 안도의 숨을 내쉬면서 뒤돌아섰다. 그런데 뒤돌아서는 그녀의 발걸음을 붙잡는 목소리가 들려왔다.

 "태진아, 그렇게 하지 마!"

 안씨의 처는 얼굴이 하얗게 질렸다. 분명 혜원의 목소리였다. 혜원은 조금 짜증스러운 말투로 태진을 부르고 있었다. 그렇게 얼어붙은 듯 멈춰 서서 뒤를 돌아보지 못했다. 너무나 놀라서 몸이 움직이지 않았다.

안씨의 처는 그렇게 한참이 지나고 나서야 아이들이 있는 바다 쪽으로 고개를 돌렸다. 아이들은 잘 놀고 있었다. 그녀가 고개를 돌리기 전처럼 정신없이 집을 짓고 부수었다. 그곳엔 여전히 혜원, 태우, 태영뿐이었다. 당연히 태진은 없었다.

'잘못 들었겠지. 아니면 태우를 잘못 불렀던가…….'

안씨의 처는 그렇게 생각하면서도 좀처럼 그 자리를 떠날 수가 없었다. 그래서 조금 더 떨어진 자리에 주저앉아 아이들의 모습을 지켜보기로 했다.

아이들은 한 가지 놀이를 오래하지 않았다. 자기들만의 집을 짓고 도로를 연결하더니 어느 순간 손삽으로 모든 것을 무너뜨렸다. 잠시 후에는 새로운 놀이가 시작되었다. 그림자밟기라고 이름 붙인 아이들만의 놀이였다. 서로의 그림자를 밟지 않는 것이 규칙인 모양이었다. 아이들은 서로의 그림자 너머로 점프하거나 서로를 피해 다니면서 그림자를 밟지 않으려 애썼다. 아이들은 정말 재미있는지 깔깔거리며 즐거워했다. 잘못해서 누가 자기 그림자를 밟으면 아프다는 시늉을 하면서 그림자 밟은 사람을 장난스럽게 밀치기도 했다. 그렇게 해맑은 아이들을 바라보는 안씨의 처도 스르르 미소가 지어졌.

서로 멀찍이 떨어지면 그림자를 밟지 않아도 되지만, 아이들은 일부러 가까이 다가가고 건드리는 데서 묘미를 느끼는 모양이었다. 상상력이 풍부한 아이들은 그림자를 하나의 실존하는 대상으로 여기면서 그림자도 아프고 감정을 느낀다고 생각했다. 그러한 상상 속에서 모래 위를 뛰어다니는 게 그저 즐거운 모양이었다. 그런데 놀이를 하는 아이들을 보면서 문득 안씨의 처는 이상한 점을 발견했다.

"꺄악, 저리 가!"

"우와, 난 몰라!"

혜원과 태우가 서로 가까이 붙어 있지 않은데도 몸을 비틀며 도망가는 모습이 가끔 보였다. 마치 투명인간이라도 있는 것처럼 아이들은 뭔가를 피하며 점프를 하고 달아나곤 했다.

안씨의 처는 아이들이 왜 그런 행동을 하는지 유심히 지켜보았다. 이제 겨우 아장아장 걸음을 옮기는 태영은 나이 차이가 많이 나는 형과 누나 사이에서 이리저리 깡충거릴 뿐, 놀이 상대가 되지는 못했다. 태영이 버둥거리며 태우와 혜원에게 다가가면 아이들은 까르르 웃으며 도망갔다. 태영은 그게 재미있는지 한참을 쫓아다니다가 지친 듯 모래밭에 풀썩 앉아버렸다. 그런데 태영이 쫓아가지 않는데도 태우와 혜원은 까르르 웃으며 도망을 다녔다. 마치 풀썩 주저앉은 태영 대신에 누군가가 쫓아다니는 것처럼.

안씨의 처는 어쩐지 가슴이 서늘해지는 느낌을 받았다. 그녀는 그 모습을 보는 것이 무서워졌다. 아이들이 노는 모습을 더 이상 지켜볼 수가 없었다.

"얘들아! 오늘은 좀 일찍 집에 들어가자. 오늘은 얼른 들어가.

너희끼리 나오지도 말고. 알았어?"

그래서 뛰노는 아이들을 데리고 서둘러 집으로 돌아왔다. 아이들은 서운한 듯 툴툴거렸지만 그녀의 말을 거역하진 않았다. 아이들은 양동이와 손삽, 그리고 인형 등을 다시 챙겨서 곧장 집으로 돌아왔다. 집에 돌아온 안씨의 처는 혜원 어머니를 불러 그 이야기를 들려주고, 바다에서 돌아온 안씨에게도 같은 이야기를 해주었다.

"뭔가 이상해요. 정말로 이상하더라니까요. 뭐라고 꼭 집을 수는 없지만…… 아이들이 태진이를 보는 것 같았어요. 내 눈에는 안 보였지만 한 명이 더 있는 것 같았어요. 그러니까 그게…… 태진이와 같이 노는 것 같더라니까요."

그녀의 말에 혜원 어머니와 안씨 모두 놀랐다. 두 사람 역시 아이들이 한 번도 태진에 대한 이야기를 하지 않는 것이 의아했다. 그런데 안씨 처의 말을 듣고 보니 기분이 묘했다.

"죽은 사람을 보면 같이 간다는데……. 다른 애들도 잘못되는 건 아닌가 모르겠어요."

안씨의 처가 하도 두려워하니 혜원의 어머니도, 안씨도 덩달아 겁이 났다. 그래서 그날 저녁 아이들을 불러다가 낮에 누구랑 놀았느냐고 세세히 물어보았다.

"태우, 태영이랑 놀았지."

혜원은 당연하다는 듯이 그렇게 말했다. 안씨 처의 말과 달리 얼마 전에 죽은 옆집 맏이의 이름은 나오지 않았다.

"누구랑 놀긴? 혜원이랑 태영이랑 놀았지."

태우도 마찬가지였다. 죽은 아들의 이름은 나오지 않았다. 아이들의 대답을 듣고 안씨의 처도 안도했다. 신경이 너무 곤두섰던 모양이라고 한 발 물러섰다.

시간이 지나고 나서 안씨도 아이들이 노는 모습을 살펴본 적이 있었다. 아내의 말이 괜스레 마음에 남아서 배를 타지 않은 어느 날, 하루 종일 아이들이 노는 모습만 바라본 적이 있었다. 하지만 아내의 말처럼 이상한 행동은 관찰할 수가 없었다. 하루 종일 뙤약볕 아래서 지칠 줄 모르는 아이들을 보면 그냥 미소만 지어졌다. 태진도 갑자기 그렇게 가지 않았다면 넷이서 정신없이 놀았을 텐데 아쉬움만 커져갈 뿐이었다.

해가 뉘엿뉘엿 떨어지기 시작하자 안씨는 몸을 일으켜 세웠다. 먼저 집에 들어갈까 해서였다. 아이들은 말하지 않아도 배가 고파지면 집으로 돌아오니 걱정할 것은 없었다. 안씨가 그렇게 뒤돌아 집 쪽으로 향하는 그때였다.

"으악, 형! 너무해!"

"오빠, 꺄하하하!"

태우와 혜원이 동시에 소리쳤다. 분명 '형'과 '오빠'라면서…….

"뭐야?"

그 순간 안씨는 자신도 모르게 버럭 소리를 질렀다. 그리고 곧장 아이들 쪽을 바라보았다. 태우와 혜원은 모래 바닥에 엎드려 놀란 얼굴로 안씨를 올려다보고 있었다. 두 사람보다 조금 앞쪽에 있던 어린 태영 역시 안씨의 목소리에 깜짝 놀라 토끼 눈을 하고 있었다.

"너희들, 좀 전에 뭐라고 했어? 응?"

안씨는 깜짝 놀란 아이들에게 다가갔다. 그리고 태우와 혜원을 무섭게 다그쳤다.

"……."

그런 안씨의 모습에 겁이 났는지 두 아이는 아무 말도 하지 않고 입을 다물었다.

"너희…… 형이라고 했지? 분명히 오빠라고 했지? 누가 형이야? 누가 오빠야? 누구한테 그런 거야, 응?"

"……."

아이들은 어깨를 움츠리며 시선을 피했다. 아무런 말도 없이 겁에 질린 얼굴들이었다.

"말해봐. 말해보란 말이야! 여기에 너희 말고 누가 있니? 누가 있어!"

"우와아앙!"

결국 울음을 터뜨린 건 막내 태영이었다. 어린 태영은 아빠의 얼굴이 무서운지 그 자리에 누워서 울기 시작했다. 작은 얼굴이 순식간에 시뻘겋게 달아올랐다. 깜짝 놀란 안씨는 태영을 안아 올렸다. 하지만 아무리 어르고 달래보아도 아이는 뻘겋게 달아오른 얼굴로 발악하듯 울기만 했다.

"으아아앙…… 꺼억! 꺼어억!"

뒤로 넘어가고 경기까지 하며 울어대니 더 이상 어찌할 수가 없었다. 안씨는 그대로 태영을 안고 부리나케 집으로 뛰어 들어갔다.

"태영아, 무슨 일이니? 태영아!"

아내가 달려 나와 태영을 안았다. 그러자 태영이 언제 그랬냐는 듯 울음을 뚝 그치는 것이 아닌가! 한시름 놓긴 했지만 안씨는 더욱더 이상한 기분이 들었다. 안씨의 뒤를 따라 혜원과 태우도 터덜터덜 돌아오고 있었다. 안씨는 태영을 아내에게 맡겨두고 다시 두 아이에게 다가갔다. 이제 마음이 조금 진정된 안씨는 아이들을 붙들고 찬찬히 물어볼 셈이었다.

"얘들아, 너희 아까 누굴 보고……."

"으아아앙! 꺼억! 꺼어어어어!"

그가 아이들에게 아까의 상황에 대해 물으려는 순간, 또다시 태영이 울며불며 넘어가는 소리가 들렸다. 금방이라도 숨을 멈출 것처럼 꺽꺽거리며 경기하는 모습이 위급해 보이기까지 했다.

"태, 태영아!"

아내는 그런 아이를 안은 채 당황했고, 안씨도 다시 태영 쪽으로 몸을 돌렸다.

안씨가 태영을 안아들자 아이는 다시 언제 그랬냐는 듯 울음을 그쳤다. 이상하게도…… 정말 이상하게도 안씨가 두 아이와 얘기하려고 돌아서면 태영이 자지러지게 울어대는 것이었다. 결국 안씨는 아이들의 이상한 모습에 대해 더 이상 말을 꺼낼 수가 없었다.

그때부터…… 조금 이상하다는 생각은 들었다. 무어라 딱히 뚜렷한 증거를 대긴 어렵지만 아이들의 모습이 조금 기묘했다. 태진에 대해 한 번도 묻지 않는 것이 가장 찜찜했고, 그 아이 없이도 별다른 불편을 느끼지 않고 예전처럼 논다는 것이 또한 괴상했다. 태진에 대한 이야기만 하려고 하면 울어대는 태영도 괴이했다. 하지만 심증이 아닌 분명한 물증이나 정황증거를 대라고 하면 그 무엇도 말할 수가 없었다.

그렇게 이상하다는 생각을 하면서도 어른들은 아이들을 가만히 내버려두었다. 아이들이 아픈 것도 아니고, 딱히 말썽을 일으키지도 않는데 굳이 들쑤셔서 고름을 터뜨릴 생각은 하지 않았던 것이다.

태진이 죽고 많은 날이 지났다. 죽은 자에게는 어떠할지 모르지만 남아 있는 사람에게는 시간이 한없이 빠르게 지나갔다. 맏아들이 죽었다는 깊은 상처도 아물어 그 흔적만 조금 남았을 무렵, 승훈이란 아이가 안씨의 집에 나타났다. 아장아장 걸어 다니던 막내 태영이 어느새 초등학교 졸업반이 되었고 옆집에 살던 혜원은 서울로 떠나버린 후였다.

"안녕하세요. 친척 집에 놀러 왔는데 한 달쯤 후에 돌아갈 거예요. 잘 부탁드려요."

사람 좋은 엄마와 아빠, 그리고 외아들 승훈이 안씨의 집에 장기 민박을 하게 되었다. 친척 집에 초대를 받았지만 집이 너무 좁다면서 근처에 숙소를 정한 것이다. 승훈은 방학 내내 제주도에서 머물기로 했다면서 또래인 태영과 무척 친하게 지냈다. 태영은 서울 촌놈에게 제주 이곳저곳을 구경시켜주는 재미에 푹 빠져 하루가 짧기만 했다.

어느 날인가는 승훈과 태영이 모래밭에서 놀았다며 온몸에 흙과 모래를 잔뜩 묻히고 들어왔다. 초등학교 고학년인 아이가 그렇게 지저분한 모습으로 들어오자 승훈 엄마가 무척 놀랐다.

"승훈아, 도대체 뭐하고 놀았기에 이러고 왔어?"

"으응, 되게 재밌었어. 그림자밟기 놀이도 하고 모래로 집도 지었어."

신나게 자랑하는 승훈을 보며 안씨 내외도 환하게 미소를 지었다. 예전에 혜원과 태우, 그리고 아장거리던 태영이 함께 놀던 모습이 생각나서였다.

"누구랑 놀았어? 태영이랑 둘이서 놀았어?"

"응, 태영이랑도 놀았고 태진이도 같이 놀았어."

와장창창!

태진이라는 이름이 나온 순간 안씨의 처는 심장이 멎는 줄 알았다. 민박 손님을 위해 음식을 차리던 그녀는 순간 쟁반을 뒤엎고 말았다.

"어머나, 아주머니 괜찮으세요?"

승훈 엄마가 달려오고 다른 사람들도 모두 놀랐다.

"아니, 미안해요. 괜찮아요."

안씨의 처는 팔을 휘저으며 떨어뜨린 그릇과 반찬들을 주워 담았다. 안씨 역시 그 곁으로 다가와 아내를 도왔다. 두 사람은 서로가 무엇에 놀랐는지 알고 있었지만 섣불리 입 밖에 내지 않았다.

'아닐 거야. 태진이라는 다른 친구가 있나 보지.'

그들은 같은 이름을 가진 다른 아이가 있을 거라고 생각하며 태진이 누구인지 애써 확인하지 않았다. 하지만 그들은 그 행동을 두고두고 후회해야 했다. 이상한 점을 발견했을 때 바로 알아보았어야 했다. 이 기묘한 상황을 알아채고 조금 더 빨리 대처했다면 그토록 아픈 상처를 만들지는 않았을 것이다. 그 사소한 행동이 승훈에게, 그리고 아이 부모에게 엄청난 슬픔을 안길 줄은 까마득히 몰랐다.

승훈이 갑자기 쓰러진 것은 그로부터 며칠 후였다. 갑자기 열이 나다가 손을 대기 무서울 정도로 펄펄 끓었다. 안씨는 급히 구급차를 불렀고, 아이는 병원 응급실로 직행했다.

갓난아이도 아닌, 초등학교 고학년이 갑작스럽게 고열이 나자 병원에서는 이런저런 검사를 실시했다. 우선 무언가를 먹고 탈이 난 게 아닌가 싶어 위와 장의 내용물을 검사했지만 별다른 이상은 없었다. 무리하거나 충격을 받은 일도 없고, 낮까지 문제없이 잘 놀던 아이가 왜 갑자기 쓰러졌는지 도무지 원인을 알 길이 없었다. 결국 병원에서도 원인 찾기는 포기하고 열을 내리는 데만 집중했다. 아이의 옷을 모두 벗긴 다음 알코올로 닦아보기도 하고 이마에 얼음주머니를 올리기도 했다. 하지만 그 모든 시도가 헛수고로 끝나버렸다. 시간이 지나도 40도 이상의 고열이 지속되었고, 아이는 인사불성이 되어 정신을 차리지 못했다.

아이의 엄마 아빠는 서로를 붙들고 울며불며 제정신이 아니었다. 이렇게 오랫동안 열이 끓으면 뇌에도 이상이 생길 거란 말을 듣자 슬픔은 더해갔다.

"내 저런 것을 본 적이 있지."

그때 환자복을 입은 노파가 안씨 내외 옆으로 다가와 그렇게 말을 걸었다. 노파는 간호사나 의사의 제지를 받지 않고 여기저기를 돌아다녔다. 병원에서 지낸 지 오래된 노인 같았다. 어디서 외지 아이가 들어왔다는 말을 들었는지 승훈이 누워 있는 침대로 와서는 주절주절 떠들어댔다.

"할머니!"

그런 할머니를 붙잡은 건 안씨의 처였다. 안씨의 처는 무슨 생각이 들었는지 노파의 팔을 부여잡고 아는 대로 이야기해달라고 애원했다.

"저 사람들을 보아하니 뭍에서 온 사람들 같군. 아이도 그럴 테고. 그렇지?"

노파는 안씨의 처 옆에 자리를 틀고 앉아 이야기를 풀었다.

"뭍사람들이 이 땅에 오래 있으면 꼭 저런 일을 당하더라니까. 특히 병약한 사람이나 아이에게는 저런 일이 많아. 옛말이 그렇지. 제주는 저승하고 가까워서 그렇다고. 저승하고 가까우니까 그렇게 사는 데 익숙지 않은 뭍사람들은 금방 귀신에게 끌려가는 게야. 이어도가 발치인데 안 끌려가고 배기겠어? 병원에 아무리 있어봐야 살릴 수가 없어. 무당한테 가야 해. 굿을 해야 귀신이 떨어지지. 그러지 않으면 금방 귀신을 따라가버릴 게야."

노파의 말에 신빙성이라곤 눈곱만치도 없었다. 밑도 끝도 없이 옛말이 그렇다고 하는데 신뢰감이 들지 않았다. 승훈의 부모는 크게 화를 냈지만 안씨 내외는 그 말을 그냥 흘려버릴 수가 없었다. 모든 것이 자신들의 탓인 듯했고 어떻게든 아이를 살리고 싶었다. 안씨의 처가 승훈 엄마와 조심스레 얘기해보았지만 기막힌 얼굴로 미신을 믿느냐는 반문에 입을 다물 수밖에 없었다.

그런데도 안씨 내외는 가만히 있을 수가 없었다. 정말 어린아이가 이대로 세상을 떠나버릴 것 같아 무서웠다. 결국 안씨 내외는 용하다는 만신을 찾아가기로 했다. 승훈의 부모에게는 말하지 않고 자기들만 몰래 다녀올 생각이었다.

두 사람은 많은 무당집 중에서도 아주 용하다고 소문난 만신을 찾아갔다. 만신은 오십대쯤 되는 여자였다. 진한 눈 화장과 빨간 립스틱이 무척이나 인상적이었다. 안씨 내외는 그녀에게 승훈에 대한 이야기를 풀어놓았다.

"구신이 씌었구먼."

만신의 첫말이었다. 아무런 고민도 없이 툭하니 그런 말이 튀어나왔다.

"귀신이라뇨?"

안씨 내외가 두 손을 벌벌 떨며 물어보자 오히려 만신은 이렇게 되물었다.

"몰러? 알고 있을 것인데?"

그녀는 당연하다는 듯이 안씨 내외를 바라보았다.

"죽은 아들내미가 있을 것인데? 그 애가 구천을 떠돌고 있는데?"

무녀가 말하는 사람이 누구인지는 분명했다. 태진이…… 큰아들 태진을 말하는 게 분명했다.

"그 애가 구천을 떠돌면서 놀아줄 친구를 찾고 있구먼. 제주도 애들이라면 같이 놀아줄 만하겠지만 서울 애는 안 돼. 서울 애는 구신을 홀랑 쫓아가버리거든. 쯧쯧, 어린애 하나가 민박을 잘못 들어서 죽게 생겼구먼."

무녀는 아주 무심하게 죽음을 이야기하고 있었다. 그 말을 듣는 안씨 내외는 가슴이 타들어가는 것 같았다.

"어떻게 해야 하나요? 우리 애를 곱게 저승으로 보내려면 어떻게 해야 하나요?"

"천도재를 치러줘야지. 애가 죽은 담에 천도재 안 했지?"

무녀의 말대로였다. 부모보다 먼저 간 아이라서 제사도 못 지내고 무덤도 만들지 않았다. 그런 아이니 천도재는 당연히 지내주지 못했다.

"천도재를 해줘야 해. 그래야 갈 길을 가지. 천도재를 해주고 나면 지 길 찾아가버릴 게야. 이렇게 구천에서 떠돌지도 않을 거구."

안씨 내외는 무당의 말대로 천도재를 지내주기로 했다. 무녀가 말하길, 어린아이가 죽은 후에 부모가 먼저 간 자식이라며 돌봐주지도 않고 모른 척한 것이 원인이 되었다는 것이다. 안씨는 그동안 아이가 구천을 떠돌고 있다는 걸 눈치채고도 천도재를 지내줄 생각을 한 번도 하지 않은 걸 뼛속 깊이 후회했다. 그 어린것이 천도재를 해주지 않아 십수 년간 구천을 떠돌았을 생각을 하니 불쌍하기 짝이 없었다.

천도재를 지내기 위해 이레 동안 정성스럽게 재를 준비하고 마음과 몸을 정화시켰다. 빨리 끝내달라고 무녀에게 빌고 닦달한 끝에 7일 만에 천도재 준비가 끝났다. 형형색색 좋은 물건만 골라 제사상에 올렸다. 생전에 태진이 좋아하던 과자와 사탕도 놓았다. 제상이 차려지고 준비가 끝나자 무녀가 굿을 시작했다.

딸랑…… 딸랑…… 딸랑…….

덩! 더엉! 덩덕 쿵덕!

무당네 앞마당에 두꺼운 자리가 펼쳐지고 북 치는 사람이 앉았다. 안씨 내외는 두 손을 모아 기도했다. 울긋불긋한 청홍靑紅의 신령의복神靈衣服을 입은 무녀가 북소리에 맞춰 공중으로 뛰어올랐고 양손에 들린 방울 꾸러미는 귀가 멀도록 쟁쟁 울려댔다. 무녀가 입은 홍철릭이 펄럭일 때마다 사위를 감싼 공기의 흐름이 달라졌다.

덩! 덩! 덩더덕 덩!

북소리가 거세지고 방울에 달린 오방천이 춤을 추듯 휘날렸다. 적, 백, 황, 청, 흑, 다섯 가지 색깔의 천이 검은 하늘을 휘감으며 나비처럼 펄럭이기 시작했다.

"어허! 어린아이의 영혼이 떠돌고 있사오니, 우리 오방신장이 두루 살피시어 불쌍한 영혼 하나를 인도하시고, 아이로 인해 괴롭힘 당하는 이들 부부를 안과태평安過太平하게 하소서!"

자신의 신에게 죽은 아이의 영혼을 찾아달라고 부탁하며 사방을 빙빙 돌던 무당이 마침내 태진의 영혼을 불러냈다. 그리고 아이의 혼을 안씨의 처에게 빙의시켰다. 태진이 빙의되자 안씨 처의 행동이 홱 달라졌다. 목소리나 태도가 갑자기 싹 달라져서 마치 어린아이처럼 말하고 행동했다.

"저승사자가 왔을 때 왜 안 따라갔니?"

무당이 묻자 안씨의 처가 새된 목소리로 대답했다.

"난 그런 거 못 봤는데요?"

"처음 죽었을 때 저승사자가 왔을 텐데?"

"바다에서 누가 손짓을 하긴 했는데요…… 그때 우리 엄마가 나를 불러서 도로 집에 왔어요."

"집에 와서는 뭐했는데?"

"울었어요. 엄마랑 아빠가 날 안 보고 모른 척해서……. 하지만 태우랑 혜원이랑 태영이는 나랑 놀아줬어요. 그래서 나는 걔들하고만 놀았어요. 바닷가에 놀러 오면 매일 같이 놀았어요. 하지만 다들 커버리고 나서는 나랑 놀아주지도 않고 심심했어요. 근데 승훈이가 오면서 다시 재밌게 놀았어요. 승훈이랑 나랑 태영이랑 재미나게 놀았어요. 난 친구가 좋아요."

무녀는 엄마의 몸에 빙의된 태진과 오랫동안 이야기를 나누었다. 태진의 영혼이 어쩌다 구천을 떠돌게 되었는지, 어떤 점이 서운한지, 어떻게 하면 떠날 것인지에 대해 시시콜콜 이야기를 나누었다. 태진의 영은 악의가 없었지만 친구를 만들고자 하는 의지만은 강했다. 구천을 떠도는 외로운 영이 원하는 것은 단 하나, 함께 놀아줄 친구였다.

"얘, 승훈이 말고도 친구가 많은 곳이 있는데. 그리로 가자, 응?

저승에 너랑 놀아줄 사람이 많으니까 그리로 같이 가자, 응?"

"싫어!"

무당은 태진을 저승으로 보내기 위해 회유했지만 아이는 좀처럼 고집을 꺾지 않았다.

"싫어, 외롭단 말야! 혼자 가기 싫어!"

태진의 영이 빙의된 안씨의 처는 어린아이의 말투로 투정을 부려댔다. 표정과 말투, 그리고 행동이 모두 어린아이와 하나도 다르지 않았다.

"얘, 얘. 저승길 가는 노잣돈도 주고 친구도 불러줄게. 그러니 같이 가자, 응?"

무당 역시 물러서지 않고 계속해서 태진의 영을 달랬다. 그렇게 태진을 회유하던 중에 잠시 동안 침묵이 흘렀다. 무당의 말에 줄곧 대답하던 안씨의 처가 입을 꾹 다물고 움직이지 않았다. 무당은 눈을 꾹 감고 미동도 않는 안씨의 처에게 다가갔다. 그리고 그녀의 뺨을 두서너 차례 후려쳤다.

"어디 갔어?"

애써 불러 잡아둔 태진의 영이 어딘가로 사라져버린 모양이었다. 무당이 볼을 쳐도 꼿꼿이 서서 목석같이 움직이지 않던 안씨의 처가 갑자기 정신을 잃고 그 자리에 쓰러졌다. 그 모습을 보며 무당이 혀를 끌끌 찼다.

"어허, 가엾은 영가야, 돌아오너라. 어서 돌아오너라. 어허!"

둥…… 두둥…… 두둥둥…….

무당은 다시 태진의 영을 부르려는지 방울을 흔들며 허공을 경중경중 뛰었다. 북소리도 빠르게 울려대고 오방기 역시 사방으로 날아올랐다. 마당 위를 뱅글뱅글 돌며 춤춘 지 한참이 지났다.

"나 왔어."

간신히 안씨의 처가 입을 열었다. 하얗게 눈을 뒤집고 넘어졌던 안씨의 처가 발딱 일어서더니 생글생글 미소를 지었다. 태진이 다시 돌아온 것이다.

"그래, 왔구나. 자, 노잣돈 줄게. 저승 가자, 응?"

무당은 송골송골 맺힌 땀방울을 닦으며 다시 영가와의 대화를 시작했다.

"친구도 하나 붙여줄게. 여기 계신 산신할아버지가 데려다주실 게야. 걱정하지 말고 따라가거라, 응?"

그렇게 무당의 회유가 시작되었는데, 처의 입에서 예상치 못한 말이 흘러나왔다.

"부를 필요 없어. 내가 벌써 승훈이 데려왔으니까. 나 승훈이랑 갈 거야."

순간 무당의 얼굴이 바싹 굳어버렸다. 한순간 주변의 모든 것이 정적 속에 묻혔다. 안씨는 태진의 말이 무엇을 의미하는지 깨달았다. 뒷골부터 싸한 한기가 밀려왔다.

"안 돼!"

안씨는 그렇게 아들의 천도재를 다 보지 못하고 뒤돌아 나왔다. 무당집에서 나와 미친 듯이 내달렸다. 그는 온몸이 땀으로 흠

흠뻑 젖은 채 병원을 향해 달렸다. 불안한 마음이 사실이 아니길 빌고 또 빌며 승훈의 병실을 찾았다.

"아이고…… 아이고…… 승훈아! 승훈아아!"

안씨의 불안한 예감은 적중했다. 그를 기다리고 있는 것은 통곡하는 부부였다. 그곳엔 떠나간 아들의 시신을 부여잡고 오열하는 부모의 모습만 남아 있었다. 새하얀 침대에 누운 승훈은 마치 잠든 것 같았다. 반가운 누군가를 만난 것처럼 입가에 배시시 미소도 어려 있었다.

그렇게 어린 승훈은 떠났다. 오랜 세월 이승에 머물러 있던 태진의 손에 이끌려 저승으로 떠나버렸다. 부모의 가슴에 깊은 상처만 남긴 채 철없이 먼 곳으로 가버린 것이다.

세찬 바람이 불어왔다. 바람은 찬 기운을 머금고 아프도록 시리게 밀려왔다.

부르르…….

혜원은 자신도 모르게 몸을 떨었다. 바람이 차가워서인지, 안씨의 이야기 때문인지 그녀 자신도 알 수가 없었다.

"……그렇게 승훈이는 가버렸단다. 통곡하는 부모만 남겨두고 어린애는 영안실에 안치되었단다. 얘기를 들어보니 승훈이가 떠나는 순간에 그 애 엄마가 꿈을 꾸었다는 게야. 승훈이를 돌보다가 깜빡 잠이 들었던 모양인데, 꿈속에서 낯선 애가 와서 승훈이를 일으키더란다. 그래, 아마 죽은 태진이었겠지. 태진이가 와서 승훈이를 흔들어 깨우더란다. 그래, 그 애가 '승훈아'라고 부르니까 승훈이가 '어, 태진아'라고 하더란다. '승훈아, 가자' 하니까 '응, 알았어' 하더란다. 그 애가 '나랑 같이 가자, 승훈아' 하니까 승훈이가 '응, 같이 가' 하면서 침대에서 일어나 신나게 창밖으로 날아가더라는 게야. 그 순간 승훈 아빠가 흔들어 깨웠더란다. 하도 이상하고 생생한 꿈이라서 승훈 엄마가 벌떡 일어났던 모양이야. 근데 애 아빠의 말이 더 가관이었단다. 애가 이상하다고……. 며칠 동안 정신도 못 차리고 혼수상태에 빠졌던 애가 좀 전에 또렷한 목소리로 '어, 태진아', '응, 알았어', '응, 같이 가'라고 하더라는 게야. 승훈 엄마가 꿈속에서 들었던 것과 똑같은 말을 중얼거린 게야. 그 즉시 아빠가 애를 흔들어보았단다. 그랬더니 좀 전만 해도 쌕쌕거리던 숨이 멈춰 있더라는 게야. 의사가 별짓을 다 해봤지만 숨은 끊어지고 심장이 뛰지 않더란다."

안씨는 믿을 수 없는 이야기를 하고 있었다. 혜원이 똑똑히 기억하고 있는 아이, 태진이……. 그 아이가 죽은 아이라는 이야기였다. 혜원은 그것이 사실이라고 생각하니 오한이 밀려왔다. 두려움보다 막연히 춥다는 생각이 치밀어 올랐다.

"옛날부터 그런 말이 있잖니. 귀신이 세 번 불러 세 번 다 대답하면 저승길로 따라가게 된다고 말이야. 혼자 저승길 가기가 무서웠던지 태진이는 그렇게 승훈이란 애를 붙들고 떠나버렸단다. 제 말에 대답해주는 승훈이를 붙들고 말이다."

안씨는 과거를 회상하며 눈가가 촉촉하게 젖어들었다. 승훈을 살리지 못한 죄책감과 태진을 위로하지 못한 안타까움이 여전히 그의 가슴속에 한(恨)으로 남아 있었다.

"내가 이런 이야기를 하는 건 네가 내 말을 믿지 않을까봐 그런 게다. 그런 일을 바로 눈앞에서 보고 겪은 사람이 하는 말이니 흘려듣지 말아다오."

안씨는 혜원의 눈을 또렷이 바라보았다. 촉촉한 두 눈에 걱정이 그득했다.

"노파심일지 모르겠지만 그때 느꼈던 기분을 경원이에게서 느꼈단다. 누가 어깨를 치니까 당연히 아빠를 찾는 저 아이가 아무래도 자기 아빠를 만난 것만 같아서 말이야. 아주 가까운 시간에 죽은 아빠를 만났는지, 금방이라도 제 아빠가 올 것처럼 행동하는 게 나는 아주 꺼림칙하구나. 경원이가 너무 멀리 보는 게 아닌가 싶다. 이승에서 살아갈 아이가 아빠를 생각하다가 정말로 아빠를 부른 게 아닌가 싶구나. 그래, 예전에 승훈이가 우리 태진이 손을 붙들고 떠나버린 것처럼 경원이가 아빠를 따라 저승길로 가버리는 건 아닌가 퍼뜩 걱정이 되더구나."

마른침을 삼키는 안씨는 한마디 한마디가 쉽지 않아 보였다. 그런데도 혜원에 대한 걱정으로 어렵사리 말을 이어갔다. 자글자글 주름진 손이 혜원의 손을 꼭 붙잡았다. 거칠고 투박한 손이 진심을 전하고 있었다.

"혜원아, 아저씨 말 잘 들어라. 어서 짐을 싸서 서울로 올라가거라. 여기서 더 이상 머무르면 안 될 것 같다. 제주도는 저승길과 너무 가까워. 뭍의 아이가 버티기엔 쉽지 않은 곳이야. 행여나 죽은 사람을 그리워하면 더욱더 그렇단다. 이어도가 지척이니 언제 귀신이 나타날지 모른다. 그러니까 내 말 흘려듣지 말고 어서 짐을 싸거라. 그래서 경원이를 데리고 서울 집으로 돌아가거라."

안씨는 딸 같은 혜원에게 진심을 다해 이야기했다. 그 마음을 전하기 위해 차가워진 혜원의 손을 부여잡으며 몇 번이고 흔들었다. 처음엔 모든 이야기가 언짢게만 들리던 혜원도 안씨의 손에서 진심 어린 마음을 느꼈다. 아저씨는 자신에게 불쾌감을 주려는 것도 아니고, 두려움을 심어주려는 것도 아니다. 그저 자신과 경원이 걱정되고, 돌봐주고 싶을 뿐인 것이었다.

"알겠어요, 아저씨. 생각해볼게요."

혜원이 고개를 끄덕였다. 아직 제주도를 떠나야겠다는 생각은 들지 않았지만 진심을 다해 부탁하는 아저씨의 말을 무시할 수가 없었다.

"그래, 내가 도울 일이 있으면 언제든 찾아오너라. 저기 길 건너편 상가 뒤쪽에 우리 집이 있단다. 파란 대문은 하나밖에 없으니까 금방 찾을 수 있을 게야. 내일이라도 놀러 오면 좋겠지만…… 그보다는 내일이라도 여기를 떠나는 게 좋을 거 같구나. 혜원아, 내 말 새겨들어라. 절대로 그냥 흘려보내지 말거라, 응?"

안씨는 그렇게 몇 번이나 다짐을 받은 후에야 혜원을 놔주었다. 혜원이 혼자 남겨둔 경원이 걱정되어 서둘러 방으로 돌아가는 뒷모습을 보면서도 안씨는 연신 염려스러운 눈빛을 지우지 못했다.

하지만 혜원은 제주도를 떠날 수가 없었다. 왜인지 몰라도 아직은 그녀의 마음이 그곳을 떠나고 싶지 않았다. 매일 남편이 떠나버린 바다를 보지 않으면 안 될 것만 같아서였다. 죽은 사람의 몸이라도 확인한다면 깨끗이 잊고 떠나련만 깊은 바다는 모든 것을 삼켜버리고 육신조차 돌려주지 않으니 참으로 가혹하기만 했다.

실내로 들어온 혜원은 경원을 바라보았다. 아이는 여전히 만화에 빠져 뚫어져라 텔레비전을 응시하고 있었다. 동그란 눈에 까만 눈동자……. 어디 하나 나무랄 데 없이 귀여운 얼굴이었다. 그 얼굴에 아버지를 잃은 슬픔이나 위축된 느낌 따위는 없었다. 그리고 무엇보다도 아이는 한없이 건강해 보였다.

혜원은 그런 아들을 바라보며 의자에 앉았다.

'괜한 걱정이야. 안씨 아저씨도 늙으셨으니까…….'

태진에 대한 이야기는 충격적이었지만 승훈이라는 아이와 경원이가 같은 지경에 처할 일은 없을 거란 생각이 들었다. 경원인 너무나 건강하고 저렇게 눈이 생생한데……. 그럴 리가 없었다.

혜원은 아들의 옆모습을 넋을 놓고 바라보았다. 남편과 너무나 닮은 코, 입, 눈매……. 혜원의 눈에서 주르륵 눈물이 흘러넘쳤다. 어느새 머릿속은 남편에 대한 생각으로 가득 차버리고 안씨 아저씨의 이야기는 기억 저편으로 사라져버렸다. 깊은 슬픔이 모든 생각을 휘덮었다. 지독한 슬픔과 그리움 외에는 그 무엇도 그녀의 가슴을 붙잡지 못했다.

5

치지직…….

혜원은 귀에 거슬리는 소리를 듣고 눈을 떴다. 자욱한 기계음이 두 귀에 박혔다. 겨우 눈을 뜨니 온 방이 환했다. 고요한 가운데 텔레비전만 소리를 내고 있었다. 이미 방영 시간이 끝나서인지 회색 화면이 시끄러운 기계음을 내는 중이었다.

혜원은 자리에서 부스스 일어섰다. 의자에 앉은 채로 잠이 든 모양이었다. 어느새 날은 저물어 캄캄한 밤이 되었고 텔레비전을 보던 아들도 잠들어버린 후였다. 경원이 언제까지 깨어 있었는지는 모르지만 텔레비전 앞에 리모컨을 들고 비스듬히 누워 있는 모습이 보였다.

몸을 일으킨 혜원이 지직거리는 텔레비전의 전원을 껐다. 갑작스럽게 모든 것이 깊은 정적 속으로 빠져들었다. 스산한 기운이 두 팔에 밀려들었다. 혜원은 몸을 부르르 떨었다. 바다 쪽으로 난 창을 두꺼운 암막 커튼으로 가려버렸다. 깊이 잠든 경원을 데려다 침대에 바로 눕혔다. 아이는 쌔근쌔근 숨소리만 냈다. 혜원은 하얀 침구를 아이의 목까지 덮어주었다. 아이의 까만 속눈썹이 무척이나 길었다. 하얀 얼굴은 바삭바삭 윤기 없이 메말라 보였다.

혜원은 잠든 아들의 얼굴을 내려다보며 심한 죄책감을 느꼈다. 저녁도 먹지 않고 잠들어버린 것이다. 남편이 실종된 뒤로 그녀는 경원을 제대로 돌보지 못하고 있었다. 학교도 보내지 않고, 밥도 제대로 챙겨주지 않고, 이렇게 텔레비전만 보게 했다. 그동안 혜원이 한 일이라곤 멍하니 바다만 쳐다본 것뿐이었다. 마치 그녀의 어머니처럼.

그녀는 칼로 도려내는 것 같은 흉통을 느꼈다. 견딜 수 없는 죄악감이 스스로를 나무랐다. 그런데도 혜원은 제주도를 떠날 수가 없었다. 왜인지 이유를 댈 수는 없지만 아직 바다를 더 바라보아야 될 것 같은 기분이 들었다. 그렇게 실컷 바다를 바라봐야 남편을 잊고 새 출발을 할 수 있을 것 같았다. 혜원은 이미 몸도 마음도 지쳐 있었다. 안씨 아저씨의 말처럼 서울로 돌아가야 한다는 걸 잘 알고 있었다. 하지만 머리로는 알아도 이곳을 떠나기는 힘들었다.

혜원은 지친 몸을 이끌고 경원이 어질러놓은 방 안을 치웠다. 침대에서 떨어진 이불이며 구겨진 종잇조각과 딱지, 그리고 과자 봉지를 하나하나 주웠다.

"으응, 아빠……."

그때 경원의 목소리가 들렸다. 꿈을 꾸고 있는 건가? 아빠를 부르고 있었다. 평소 같으면 그냥 넘어갔겠지만 순간 혜원의 가슴이 파르르 떨렸다. 낮에 들었던 안씨 아저씨의 이야기가 생각났다.

'승훈이가 떠나는 순간에 그 애 엄마가 꿈을 꾸었다는 게야. 승훈이를 돌보다가 깜빡 잠이 들었던 모양인데, 꿈속에서 낯선 애가 와서 승훈이를 일으키더란다. 그래, 아마 죽은 태진이였겠지. 태진이가 와서 승훈이를 흔들어 깨우더란다. 그래, 그 애가 '승훈아'라고 부르니까 승훈이가 '어, 태진아'라고 하더란다. '승훈아, 가자' 하니까 '응, 알았어' 하더란다. 그 애가 '나랑 같이 가자, 승

훈아' 하니까 승훈이가 '응, 같이 가' 하면서 침대에서 일어나 신나게 창밖으로 날아가더라는 게야.'

혜원은 고개를 흔들었다. 괜히 안씨 아저씨의 말을 들었나 보다. 두려운 마음만 일으키는 이야기를 뭐하러 들었나 싶었다. 그렇게 그녀가 고개를 흔들며 생각을 떨쳐내려는 순간.

"응. 알았어, 아빠. 같이 가."

잠자는 경원의 입에서 잠꼬대로 여겨지지 않을 만큼 너무나도 선명한 대답이 흘러나왔다. 혜원의 입술이 새파랗게 질려버렸다.

'옛날부터 그런 말이 있잖니. 귀신이 세 번 불러 세 번 다 대답하면 저승길로 따라가게 된다고 말이야. 혼자 저승길 가기가 무서웠던지 태진이는 그렇게 승훈이란 애를 붙들고 떠나버렸단다. 제 말에 대답해주는 승훈이를 붙들고 말이다.'

안씨 아저씨의 말이 너무나도 생생하게 되살아났다. 안씨 아저씨의 말이 아니더라도 귀신이 세 번 불러 대답하면 끌려간다는 말은 혜원도 들어본 적이 있었다. 그게 사실이 아니라 미신일 뿐이라고 해도 지금 이 순간은 그냥 넘어갈 수가 없었다. 불길한 예감이 혜원의 심장을 짓눌렀다.

"경원아, 경원아! 일어나! 엄마야, 일어나!"

혜원은 아들의 몸을 세차게 흔들어댔다. 두 번…… 경원이 두 번 대답하지 않았나. 세 번째 대답이 이어지기 전에 잠든 아들을 깨워야 한다. 그게 다 거짓이라 해도…….

"경원아!"

혜원은 아들을 거칠게 흔들어보았지만 아이는 눈도 깜짝하지 않았다. 귀찮다며 손을 휘젓지도, 얼굴을 찡그리지도 않았다. 굳은 것처럼 입을 다문 채 눈을 감고 있었다. 온몸이 축 늘어진 채 힘이 하나도 없었다.

"경원아아!"

혜원은 아들의 뺨을 후려쳤다. 이대로 아이가 눈을 뜨지 않을까봐 무섭고 두려워서 견딜 수가 없었다.

"우웅……."

마침내 경원이 살짝 눈을 떴다. 오른손으로 눈을 비비며 일어나려 했다.

"아아, 경원아!"

혜원은 눈을 뜬 경원을 보고서야 한숨을 돌릴 수 있었다. 혜원은 아들의 얼굴을 때린 게 미안해서 비몽사몽인 아이의 몸을 꼬옥 안아주었다.

"으응, 아빠."

그때였다. 눈을 비비던 경원이 그렇게 대답한 것은 혜원이 아이를 꼬옥 안아주던 그때였다. 아이는 아빠를 부르고 있었다. '으응'이라고 대답하고 있었다. 세 번째…… 세 번째 대답이었다.

"겨, 경원아……."

혜원은 얼굴이 새파랗게 질려서 아들을 바라보았다. 그런데 이게 어떻게 된 일인가. 좀 전까지만 해도 눈을 비비며 일어나려던 경원이 입도 눈도 도로 꾹 닫고 잠들어 있었다. 몸이 축 늘어져 돌덩이처럼 무겁게 느껴졌다. 아이의 몸이 아니라 단단한 바윗돌 같았다.

"경원아?"

혜원은 아들의 몸을 흔들었다. 더욱더 세게, 더욱더 거칠게 아들을 깨워보았다. 하지만 아들은 일어나지 않았다. 두 눈을 꾹 감은 채로, 온몸을 축 늘어뜨린 채로 기절한 듯 움직이지 않았다.

"경원아!"

찰싹! 찰싹! 찰싹!

혜원은 불안감에 몸서리치며 아들의 뺨을 때렸다. 손바닥이 빨갛게 부어올랐지만 아들은 꿈쩍도 하지 않았다. 바윗돌이 된 듯 핏기도 사라졌다.

"경원아아아!"

혜원은 경원의 얼굴에 귀를 대보았다. 숨소리를 듣기 위해서였다. 그저 모든 것이 고요했다. 경원은 숨을 쉬지 않았다. 들숨도 날숨도 멈춘 채 눈만 감고 있었다. 아들은 깊은 잠에 빠진 것처럼 두 눈을 감고 고요히 누워 있었다.

6

쾅쾅쾅쾅!

"아저씨, 아저씨!"

고즈넉한 바닷가 마을. 새벽에 울려 퍼지는 소리로는 걸맞지 않은 굉음이 동네를 뒤흔들었다. 꿈인지 생시인지 몽롱한 정신에도 안씨는 벌떡 몸을 일으켰다. 곁에 누워 있던 안씨의 처도 부스스 일어났다. 꼭두새벽에 누가 저렇게 소리를 지르는지 기가 막혔다.

"여보, 우리 집인 것 같아요."

아내의 말에 안씨가 고개를 내둘렀다. 늙은이 둘만 사는 이 집에 새벽 댓바람부터 누가 찾아와서 저리 소란을 떤단 말인가. 설마 그럴 리 없다고 생각하는데 소리치는 목소리가 너무나 생생했다.

쾅쾅쾅쾅!

"아저씨, 아저씨이!"

또다시 악을 써대는 목소리가 들린 후에야 안씨는 후다닥 밖으로 달려 나갔다. 심장이 벌렁벌렁 요동쳤다. 설마, 설마. 제발 아는 목소리가 아니길. 안씨는 자신의 집 문이 아니길 바라며 현관문을 벌컥 열어젖혔다.

"아저씨!"

문이 열리자마자 매서운 바람과 함께 젊은 여자가 안씨의 품으로 무너졌다.

"헤, 혜원아!"

"뭐라고요? 혜원이라고요?"

헉헉 숨을 내쉬는 아내의 목소리가 안씨의 뒤통수에서 들려왔다. 안씨는 무릎 꿇은 혜원을 일으켜 세우며 아내가 보지 못하게 막아섰다.

안씨는 낮에 혜원을 만났다는 이야기를 하지 않았다. 그러지 않아도 친구란 이유로 혜원 아빠가 죽은 뒤로 그 집의 뒤치다꺼리를 하느라 집안을 제대로 돌보지 못해서 아내의 원망이 많았다. 다행히 혜원 엄마가 죽은 후에는 잠잠해졌지만. 그런데 이제 혜원의 일에까지 참견하는 걸 알게 된다면 아내가 여간 귀찮게 하지 않을 것이 뻔해 안씨는 아무 말도 하지 않은 참이었다.

"아냐, 그런 게 있어."

안씨는 대충 말을 얼버무리며 현관 앞에 걸려 있는 작업용 외투를 걸쳤다.

"당신은 그냥 자고 있어. 나오지 말고 그냥 있으라고. 내 다녀와서 얘기해줄게."

아내가 남편의 뒤통수에 대고 외쳐대는 소리가 들렸지만 안씨는 허겁지겁 문을 닫아버렸다. 그는 바닷바람에 머리가 헝클어진 혜원을 일으켜 서둘러 대문을 빠져나갔다. 바다만큼이나 짙은 남빛 하늘 아래 하늘과 바다가 구분되지 않았다. 이토록 바람이 매섭게 불어대는 꼭두새벽에 안씨를 찾아온 혜원은 반쯤 넋이 나가 있었다.

"아저씨! 살려주세요! 경원이가…… 경원이가!"

혜원은 제대로 말도 잇지 못하고 통곡했다. 안씨는 무슨 일인지 몰라 당황스러웠지만 앞뒤 잴 것 없이 펜션으로 달려갔다. 사설이 없어도 큰일이 났다는 걸 짐작했다.

드문드문 켜져 있는 가로등을 제외하고 모든 것이 캄캄한 어둠 속에 묻혀 있었다. 그중에서 유독 하나, 환한 불빛이 등대처럼 빛났다. 혜원과 경원이 묵고 있는 방에 켜진 불빛이었다. 유독 그곳만 문이 활짝 열려 있어 부엌 겸 거실의 내부가 훤히 들여다보였다. 혜원이 얼마나 황급하게 안씨를 찾아 달려왔는지, 그 모든 정황이 말해주고 있었다.

"아저씨, 경원이가…… 경원이가!"

안씨는 신발도 벗지 않고 부리나케 방 안으로 뛰어 들어갔다. 작은 거실을 지나 침실로 달려가니 하얀 침구 위에 두 발을 나란히 올리고 얌전히 누운 경원이 보였다.

"경원아! 경원아!"

안씨는 아이를 흔들어보았다. 그래도 아무런 반응이 없자 귀를 대고 심장박동 소리를 들었다.

"……!"

안씨의 얼굴이 새파랗게 질렸다. 경원의 심장에서 실낱같은 숨소리가 들릴락 말락 했다.

"아저씨, 어떡하면 좋아요. 아빠를 세 번 찾더라고요. 경원이가 '네, 아빠'라고 대답을 하더라고요. 그러더니, 그러더니……."

"허이구!"

안씨는 그 자리에 털썩 주저앉았다. 뒷골이 자르르 떨려왔다. 우려했던 일이 벌어지고야 말았다. 설마설마했는데……. 기이한 생각이 들면서도 설마 아니겠지 했는데 반나절도 지나지 않아 이 사달이 나다니, 기가 막혔다.

"안 된다, 안 돼! 이렇게 갈 수는 없다! 안 된다!"

안씨는 안간힘을 쓰며 일어섰다. 어린 경원을 평평한 바닥에 눕히고 심장을 마사지하기 시작했다. 아이 앞에 무릎을 꿇고 앉아 두 손을 겹치고는 작은 심장을 내리눌렀다. 꾹 눌렀다가 풀어 주고 또다시 내리누르기를 반복했다. 혜원은 그런 안씨 곁에서 덜덜 떨고만 있었다. 사지에서 힘이 다 빠져나가 일어설 힘조차 없었다. 안씨는 이를 악물었다. 이렇게 아이를 보낼 수는 없었다. 아무것도 모르던 그때, 승훈이란 아이를 보낸 걸로 충분했다. 말년에 이런 꼴을 또 볼 수는 없었다. 그것도 딸 같은 혜원…… 그 아이에게 하나 남은 자식까지 잃게 할 수는 없었다.

"경원아, 안 된다! 경원 애비야! 경원 애비야! 제발 부탁한다. 경원이를 데려가면 안 된다, 안 된다! 우리 혜원이 혼자 어찌 살라고 그러냐, 안 된다!"

심장을 누르던 안씨가 소리를 지르며 아이의 멱살을 쥐고 흔들었다. 안씨는 간절한 희망을 그러모아 실종된 경원 아빠를 불렀다. 어느새 안씨의 이마에 굵은 땀방울이 주렁주렁 맺혔다.

"혜원아, 너도 어서 이리 오너라! 정성이 깊으면 하늘도 감복해서 죽은 사람도 일어난다는 말이 있잖니! 이렇게 보낼 수는 없다, 어서!"

"아저씨……."

안씨의 말에 혜원은 기운을 냈다. 무릎 아래가 후들후들 떨려서 일어나기조차 힘들었지만 아들을 구하겠다는 일념에 두 다리를 질질 끌었다.

"제발…… 경원이는 안 돼요. 여보, 경원이는 안 돼요! 우리 경원이 살려줘요. 제발…… 데려가지 말아요!"

혜원은 두 손을 모으고 간절히 기도했다. 그러고는 안씨가 내리누르던 경원의 가슴에 한 손을 얹었다. 하염없는 눈물이 폭포처럼 쏟아졌다.

"경원아! 돌아오너라, 어서 오너라!"

안씨도 온 마음을 다해 경원을 불렀다. 혜원과 안씨는 시간이 흐르는 것도 알아차리지 못한 채 온 마음을 다해 아이에게 매달렸다. 간절한 마음을 담아 아이를 붙잡고 끈질기게 늘어졌다. 기도의 힘으로 아이를 부르고 또 불렀다.

팔랑······.

시간이 얼마나 흘렀을까. 반짝이는 무언가가 보였다. 안씨는 감은 두 눈으로 그 모습을 똑똑히 보았다. 푸른 날개 사이로 회색 인분鱗粉을 날리며 날아가는 그것은 고운 점박이 무늬의 푸른부전나비◆였다. 안씨는 두 눈을 번쩍 떴다. 그리고 곧장 혜원을 바라보았다. 어찌 된 일일까? 혜원 역시 커다랗게 눈을 뜨고 안씨를 바라보고 있었다.

"보았니?"

"네, 아저씨. 푸른 나비가······."

◆ 한반도 전역에서 폭넓게 관찰되지만 제주에서 관찰된 기록은 없다. 한 해에 여러 번 발생하며, 가시나무가 많은 상록수림에서 볼 수 있다. 얇고 가느다란 날개를 톡톡 튀듯이 날며, 바람에 금방이라도 날려갈 듯 여리여리한 나비종이다. 예로부터 우리나라는 영혼을 나비에 비유하는 일이 많았다. 무당은 영혼을 부르거나 접대할 때 영혼이 이승의 세계에서 벗어나 저승의 세계로 나비처럼 훨훨 날아가기를 바라는 의미로 나비춤을 추기도 한다. 동양의 전설이나 무속신앙에서만 영혼이 나비에 비유되는 것은 아니다. 예컨대 그리스 신화에 나오는 '프시케'는 그리스어로 '나비'를 뜻한다. 그와 동시에 '영혼' 또는 '정신'의 뜻을 가지고 있다. 고대 그리스인들 역시 묘지 주변을 날아다니는 나비가 영혼이라고 생각했기 때문이다.

혜원 역시 감은 두 눈 속에서 그 나비를 보았다. 푸른빛이 너무나도 고운 나비였다. 두 사람은 동시에 경원의 얼굴을 바라보았다.
"......!"
순간 혜원과 안씨 모두 숨이 막히는 것 같았다. 감은 눈 속에서 보았던 그 아름다운 나비가 경원의 콧잔등 위에서 하늘하늘 날갯짓하고 있었다. 혜원과 안씨는 숨을 내쉬지도 못했다. 저 연약하고 보드라운 나비가 혹여 숨 바람에 휘날릴까 걱정스러운 마음이 들었다.
팔랑…….
가만가만 위아래로 날개를 흔들던 푸른 나비가 경원의 콧잔등 위로 살살 날아올랐다. 그러더니 눈 깜짝할 사이에 창문께로 날아갔고, 안씨와 혜원은 최면에 걸린 사람처럼 멍하니 그 뒤를 따랐다. 분명 펜션의 통창은 닫혀 있었다. 거대한 유리로 막힌 창에는 작은 틈도 없었다. 그런데 그 연약한 나비가 거침없이 투명한 유리창을 뚫고 어둑어둑한 새벽하늘로 날아갔다.
"가, 가지 마라! 경원아!"
안씨와 혜원은 누가 먼저랄 것도 없이 나비를 따라 밖으로 뛰쳐나갔다. 두 사람 모두 그것이 경원의 영혼임을 직감했다. 왜 그런 생각이 드는지 설명할 수는 없지만, 분명 그 작은 나비가 경원의 영혼이란 느낌이 들었다.
작고 푸른 나비는 거센 바람이 불어오는 검은 하늘을 유유히 날아갔다. 목이 터져라 불러대는 혜원과 안씨의 목소리가 들리지도 않는지, 은빛 비늘을 사르르 떨구며 팔랑팔랑 바다를 향해 날아가고 있었다.
"가…… 가자! 가자꾸나!"
안씨는 혜원을 이끌고 나비를 따라 달려갔다. 나비는 벌써 저만치 바다 위를 날고 있었다.
"저기에 내 배가 있다. 얼른 가자꾸나!"
안씨는 외투 주머니에 들어 있는 시동 열쇠를 꺼내 들었다. 젊은 시절부터 배를 탔고, 중년에는 선장으로 일했으며, 나이가 들어서는 낚싯배를 모는 안씨였다. 바닷사람은 늙어서도 바닷사람인 법이다. 바다에서 생을 마감해 이어도로 떠나는 것이 제주 뱃사람의 운명이니 싶었다. 그렇게 평생토록 배를 탄 안씨가 작은 어선에 시동을 걸었다. 나비 한 마리를 따라 배를 띄운다는 것이 터무니없을지도 모르지만 지금 안씨와 혜원에게 이보다 간절한 일은 없었다.
진한 남빛 하늘과 검은 바다 사이에서 어디가 바다이고, 어디가 하늘인지 분간하기도 힘들었다. 그런 상황에서 작은 나비 한 마리를 찾을 수 있을까 싶었지만, 정말 희한하게도 그들은 반짝이는 은빛 가루를 쫓아갈 수 있었다. 두 사람의 애원에 하늘이 감복한 것일까? 아니면 아들 경원이 아빠를 따라가고 싶은 마음만큼 엄마 곁에 남고 싶은 마음도 강해서일까? 나비는 줄곧 잡힐 듯 말 듯, 잡힐 듯 말 듯 아슬아슬한 거리를 유지하며 날아가고 있었다.
"경원아, 경원아!"
혜원은 갑판에 나와 온 마음을 다해 사죄했다. 그동안 혼자 내

버려두었던 것, 자신이 겪은 외로움을 아들에게도 안겨주었던 것에 대해 빌고 또 빌었다.

"미안하다, 경원아! 미안해. 제발 엄마를 용서해줘. 여보, 경원이는 안 돼요. 내가 잘 키울게요. 제발 경원이만은…… 경원이만은!"

혜원은 배의 난간에 올라 몇 번이고 나비를 잡아보려 했지만 헛수고였다. 빌고 또 빌어도 아들의 영혼은 좀처럼 잡히지 않았다.

통통통통…….

고요한 바다에 엔진 소리만 요란했다. 안씨는 연신 나비의 행방을 확인하며 배를 몰았고, 혜원은 갑판에서 푸른 나비를 향해 빌고 애원했다. 도대체 얼마나 왔을까? 안씨는 계기판을 바라보았다. 나비는 줄곧 남동쪽 해상을 향해 날아가고 있었다. 이 작은 배로는 더 이상 나비를 따라가기가 벅차 보였다.

'날이 밝아온다면 어떻게 될까?'

시간이 흐를수록 안씨는 더욱 걱정되었다. 어쩐지 아침이 되면 경원의 영혼을 담은 나비가 스르르 사라져버릴 것만 같은 불안감이 엄습했다. 신기루처럼 눈앞에서 영원히 사라져버릴까봐 가슴이 조마조마했다. 안씨는 조타실 밖을 내다보았다. 갑판 저쪽에서 푸른 나비를 향해 팔을 휘젓는 혜원이 보였다. 아슬아슬 위태로운 나비와 혜원의 사이로 저 멀리 하나로 붙었던 바다와 하늘이 서서히 갈라지려 하고 있었다. 밤새 어디가 하늘이고 어디가 바다인지 구분되지 않던 세계가 곧 나뉘려는 낌새를 보였다.

'제발, 조금만 기다려주거라. 해야, 천천히 떠라. 혜원이가 나비

를 잡을 때까지만 기다려라. 제발······.'

배를 모는 안씨의 손바닥에 땀이 흥건했다.

팔랑······.

나비는 잡힐 듯 말 듯 혜원을 괴롭히며 날아갔다. 거센 파도와 바람 속에서 아무것도 느껴지지 않는지 나비는 연약한 날개를 파닥이며 저 멀리 앞으로, 앞으로 날아가기만 했다.

"경원아, 제발! 경원아!"

혜원은 이제 눈물이 다 마를 지경이었다. 차가운 바람 속에서 온몸이 굳을 대로 굳어 팔도 손도 마음처럼 뻗어지지 않았다. 하지만 아무리 고통스러워도 나비를 잡으려는 노력을 멈출 수가 없었다.

"조금만, 조금만 더······."

그 애타는 마음을 알아차리기라도 한 걸까? 어느새 나비는 혜원의 손에서 겨우 한 뼘가량 떨어진 곳을 날고 있었다. 배가 조금만 더 빠르거나, 그녀가 조금만 더 손을 뻗으면 잡을 수 있을 것 같았다. 그곳에······ 그곳에 경원이 있었다.

덜커덩!

그런데 이게 웬일인가! 앞으로 나아가도 부족한 판에 갑자기 배가 요동치더니 그대로 멈춰버렸다. 안씨는 깜짝 놀라 사방을 돌아보았다. 너른 바다, 그 무엇도 앞을 막지 않았다. 암초 지대도 아니었다. 그런데······ 배가 멈춰 섰다. 마치 눈앞에 보이지 않는 거대하고 투명한 벽이 막아선 것처럼 배는 옴짝달싹도 하지 않았다.

팔랑······ 팔랑······.

푸르른 은빛의 나비는 여전히 앞을 향해 날아가건만 안씨의 배는 그 자리에 멈춘 채 꼼짝하지 않았다.

"아저씨!"

혜원의 애타는 목소리가 들렸지만 방법이 없었다. 안씨는 영문을 알 수가 없었다. 그는 갑작스럽게 멈춘 배 때문에 비지땀이 줄줄 흘러내렸다. 빨리 달려도 모자랄 판에 이놈의 배가 왜 말을 안 듣는 걸까?

안씨는 계기판을 뒤흔들었다. 어떻게 된 일인지 통 이해할 수가 없었다.

"아저씨!"

참다못한 혜원이 조타실로 들어왔다. 온 얼굴에 눈물범벅이 되어 안씨를 바라보고 있었다.

"혜원아, 이게 어찌 된 일인지…… 나도 모르겠구나."

안씨는 비지땀을 흘리고 있었지만 상황을 바꿀 수가 없었다. 혜원은 안씨가 가리키는 계기판을 바라보았다. 계기판의 모든 바늘이 미친 듯이 뱅글뱅글 돌고 있었다.

"왜 이런 일이……."

안씨와 혜원 모두 안타까운 마음으로 바깥을 내다보았다. 그때 그들의 눈에 이상한 광경이 들어왔다.

"저, 저게 뭐죠?"

"세상에!"

두 사람은 제정신을 차리지 못하는 계기판에서 눈을 떼고 좁은 선실에서 빠져나왔다. 그리고 눈앞에 펼쳐진 낯선 광경에 주목했다.
 팔랑……
 저 멀리 경원의 영혼을 담은 푸른 나비가 날아가고 있었다. 나비가 나는 그곳은 은빛 안개로 자욱했다. 그 자욱한 안개 속에 푸르른 무언가가 있었다. 혜원도 안씨도 반쯤 넋이 빠지고 말았다.
 기암괴석으로 뒤덮인 섬이 하늘 높이 솟아 있었다. 바다에서 평생을 보낸 안씨도 처음 보는 거대한 섬이 그들의 앞을 막아섰다. 아니, 단순히 섬이라기엔 그 모양이 기괴하고 장대했다. 바다 위에 백두산이 우뚝 솟은 것처럼 엄청난 규모의 푸른 섬이 바다와 하늘을 가린 채 까마득히 버티고 선 것이다. 거무튀튀한 바위는 현무암인 듯 새까만 빛이었지만 바위 위를 타고 오르는 푸르른 식물들은 울창하게만 보였다.
 "아저씨, 저게…… 저게 뭐지요?"
 혜원의 목소리가 사시나무처럼 떨렸다.
 이곳에 섬이 없다는 사실은 누구보다도 안씨가 잘 알고 있었다. 제주도의 남동쪽으로 주욱 달려왔는데, 그렇게 배를 몬 것이 어제오늘의 일이 아닌데, 살아생전 저토록 거대한 섬이 하늘을 찌를 것처럼 우뚝 선 모습은 본 적이 없었다. 지도를 보고 계기판을 확인하지 않더라도 그건 분명한 사실이었다.
 안씨도 혜원도 저 섬의 이름을 직감하고 있었다.
 "이…… 이어도!"
 환상 속에만 존재한다는 그 섬! 죽은 사람만 들어갈 수 있다는 그 환상의 섬이 그들의 눈앞에 나타난 것이다.

 털썩!

 혜원은 다리의 힘이 쭈욱 빠지는 것을 느꼈다. 후들거리는 다리를 더 이상 버틸 힘이 없어서 갑판 위에 그대로 쓰러지고 말았다. 이어도……. 어린 경원의 영혼을 실은 푸른 나비가 낯선 섬을 향해 멀어져갔다. 그 모습을 그저 바라만 봐야 한다는 사실에 남아 있던 모든 기운이 삽시간에 빠져나가는 기분이었다. 이대로 모든 것이 끝나버렸다는 생각에 눈앞이 캄캄하기만 했다.

 "아저씨! 어떡해요, 우리 경원이 어떡해요, 아저씨이이!"

 혜원은 안씨를 붙잡고 오열했다. 더 가까이 다가가려 해도 안씨와 혜원의 눈앞에 보이지 않는 비눗방울처럼 뭉글뭉글한 투명벽이 있어서 손가락 하나 들어가지 않으니 미칠 것만 같았다. 이렇게 무력하게 아들이 떠나는 모습을 바라봐야 한다는 게 견딜 수 없이 괴로웠다. 여기까지 쫓아왔는데, 이렇게 죽도록 따라왔는데, 저렇게 멀어져가는 모습을 멍하니 바라만 봐야 한다니!

 안씨도 괴롭기는 마찬가지였다. 자신과 혜원이 어떻게 될지는 조금도 걱정되지 않았다. 여기까지 따라와 아이의 영혼을 그저 바라볼 수밖에 없다는 사실이 안타까울 뿐이었다.

 "허어…… 허어어어……."

 안타까움이 커지자 한숨 같은 실소가 새어나왔다. 하도 기가 차고 속이 상해 울음 끝에 웃음이 나왔다. 안씨는 오열하는 혜원의 어깨를 붙잡고 이제는 보이지도 않는 푸른 나비의 흔적을 바라보았다. 작은 나비는 그렇게 두 사람을 버려두고 안개 저편의 거대한 섬을 향해 사라져버렸다.

경원의 영혼이 사라져버리자 눈앞의 안개가 점점 더 자욱해졌다. 섬을 완전히 가릴 만큼 자욱해지더니 코앞까지 짙은 안개가 밀려들어왔다. 삽시간에 한 뼘 앞의 사물도 분간하지 못할 만큼 깊은 안개 속에 묻히고 말았다.

"혜원아……."

안씨는 혜원의 어깨를 흔들었다. 자욱한 안개 속에서 그녀의 얼굴이 보이지 않지만, 숙인 고개 아래로 어떤 표정을 짓고 있을지 알 것 같았다.

"가자, 이제 돌아가자. 할 만큼 했어. 너는 할 만큼 했단다."

안씨는 움직이지 않으려는 혜원을 잡아끌었다. 한없이 흐느끼는 그녀를 그대로 두었다간 줄초상을 치를 것 같은 불안감이 들었다. 안씨는 한 치 앞도 보이지 않는 안개를 헤치며 혜원을 이끌고 선실로 들어갔다. 좁은 선실 한편의 작은 의자에 혜원을 앉히고 나서야 엉망으로 휘돌던 계기판을 확인했다.

"하아……."

안씨는 안도의 숨을 내쉬었다. 거짓말처럼 계기판의 모든 바늘이 정상으로 돌아와 있었다. 가슴은 아프지만 남은 사람은 살아야 한다. 이대로 그들까지 이어도로 들어갈 수는 없지 않은가! 안씨는 배를 움직이기 위해 일단 시동부터 걸어보려 했다.

그때였다. 그의 귀에 낯선 기계음이 들려왔다.

투투투투…….

아직 시동을 걸지 않은 안씨의 배는 고요했다. 근처에 다른 배가 있는 게 분명했다. 그 소리는 정확히 안씨의 배를 향해 다가오고 있었다. 안씨는 시동을 걸지 않았다. 대신 환하게 불을 켜놓고 자욱한 안개 저편만 뚫어져라 응시했다. 심상치 않은 낌새에 바짝 긴장이 되었다.

투투투투…….

정신없이 울던 혜원도 고개를 들었다. 이제 낯선 배의 소리가 너무나 또렷하게 들려왔다. 그 배는 낚싯배 코앞까지 다가온 것 같았다.

"이보세요, 그쪽으로 가겠습니다!"

잠시 후 바다 저편의 멀지 않은 곳에서 확성기를 타고 들려오는 목소리는 낯설었다. 익히 알고 있는 바닷사람들의 음성과 달리 차갑게 가라앉은 남자의 목소리였다.

"누구요!"

안씨는 힘껏 소리를 질렀다. 보이는 것은 자욱한 안개뿐이라서 한 치 앞도 분간할 수 없었다.

출렁!

잠시 배가 흔들렸다고 생각되는 순간, 안씨는 재빨리 선실 밖으로 달려 나갔다. 혜원도 그 뒤를 따랐다. 자욱한 안개 속, 눈앞의 모든 것이 희미한 그곳에서 안씨와 혜원은 뚫어져라 앞을 바라보았다.

팔랑…….

믿을 수 없는 일이 일어났다. 갑판에 선 그들의 앞에서 작은 나비가 새파란 날개를 팔락이고 있었다.

7

자욱한 안개 속에서 나타난 푸른 나비에 혜원도 안씨도 넋을 잃고 말았다. 그들은 온몸이 굳어버린 듯 그 자리에 못 박혀 있었다. 하도 놀라고 당황해서 기뻐할 생각도, 나비를 잡을 생각도 못했다.

"어서 받으세요."

자욱한 안개를 헤치며 그들 앞에 나타난 것은 어린 소년이었다. 하얀 한복을 입고 머리를 동그랗게 자른, 까만 눈의 소년이 두 손으로 푸른 나비를 잡아 혜원과 안씨 앞에 내밀었다.

"아, 아아……."

혜원은 반사적으로 두 손을 내밀었다.

팔랑…….

어린 나비가 날개를 펄럭이는 순간, 작은 소년이 혜원의 두 손에 푸른부전나비를 안겨주었다. 그리고 나비가 날아갈 수 없도록 혜원의 손을 그러모았다. 남빛으로 팔락거리는 나비의 날개가 혜원의 손바닥을 간질였다. 하늘거리는 약한 존재 하나가 혜원의 두 손 사이, 작은 공간에 들어앉았다.

"보아하니 아직 남은 생이 있는데 영혼이 떠돌아다니더라고요. 이 나비를 찾아 여기까지 오신 것…… 맞지요?"

어린 소년이 빙긋이 미소 지으며 안씨와 혜원을 바라보았다.

팔랑…….

혜원의 손아귀에서 다시 한 번 작은 날개의 펄럭임이 느껴졌다. 겁을 먹은 듯 파르르 떠는 작은 나비의 움직임에 혜원의 가슴이 오열했다.

"아아, 우리 경원이, 경원이가……."

혜원은 나비를 품은 두 손을 가슴에 안고 기쁨의 눈물을 흘렸다. 두 손 사이에서 팔락이는 날갯짓이 느껴지자 그제야 모든 것이 실감났다.

"그 아이의 이름이 경원인가 보죠? 걱정 마시고 돌아가세요. 나비를 아이의 가슴에 대주면 금세 생기가 돌아올 거예요. 이곳에 오실 때처럼 간절한 마음으로 기도하며 나비를 놓아주세요. 그러면 다시 정신을 차릴 거예요."

하얀 한복을 입은 아이가 싱긋 웃으며 혜원을 바라보았다. 혜원의 두 눈에 눈물이 가득 흐르는데도 반짝이는 아이의 눈동자가 가슴에 박혔다.

"그보다…… 여긴 지금 매우 위험하답니다. 그러니 어서 밖으로 나가세요. 지체하다가는 경원이뿐만 아니라 할아버지랑 아주머니도 저세상 사람이 될 수 있어요. 이곳은 이승과 저승의 경계니까요."

아이는 또박또박 이야기했다. 아이의 말이 혜원이나 안씨의 귀에 오랫동안 맑게 남아 있을 정도로 그 소리가 청명했다.

"너, 너는 대체 누구냐! 너는 산 사람이냐, 죽은 사람이냐?"

안씨는 떨리는 목소리로 소년에게 말을 건넸다. 하얀 한복을 입은 그 아이가 범상치 않아 보였다. 천상에서 내려온 천상동자天上童子인가도 싶었다.

"저는 산 사람이에요."

노인의 말에 아이가 빙긋 웃으며 대답했다.

"그럼 너도 어서 여길 떠나야겠구나. 여긴 저승과 이승의 경계라면서?"

안씨는 경원을 찾았다는 안도감에 조금 여유가 생긴 모양이었다. 산 사람이라는 이 낯선 아이에게까지 퍼뜩 걱정이 밀려왔다.

"저는 괜찮아요."

나비를 찾아준 소년은 다시 빙긋 웃으며 대답했다.

"괜찮다니? 여긴 저승과 이승의 경계라며? 예가 바로 이어도 아니냐? 이어도는 죽은 사람이 들어가는 문이야. 너도 어서 우리랑 같이 돌아가자꾸나."

하지만 안씨의 걱정에도 아이는 여전히 보일 듯 말 듯한 미소를 지었다.

"제 걱정은 하지 마세요. 저는 본디 저승과 이승의 경계에 있는 사람이거든요."

"뭐라고?"

안씨가 되묻자 아이가 머리를 긁적였다.

"산 사람이지만 이승과 저승 사이에 서 있는 사람이지요. 그런 사람을 무당이라고 부르지요. 전 어린 박수무당이거든요."

아이는 혜원의 손에 담긴 푸른 나비를 흘끗 쳐다보더니 몸을 돌렸다.

"어서 여길 떠나세요. 어서요!"

그 말을 마지막으로 소년은 순식간에 눈앞에서 사라졌다. 처음 나타났을 때처럼 배가 조금 출렁인 순간 소년은 안개 저편으로 사라져버렸다. 출렁거리던 배가 잠잠해진 뒤에도 한동안 두 사람은 움직일 수가 없었다.

"귀신이 곡할 노릇이구나. 우리가…… 귀신을 만난 건가?"

안씨는 이 상황이 너무나도 이상해서 혼자 중얼거렸다.

"아아, 이러고 있을 때가 아니지!"

안씨는 서둘러 선실로 돌아갔다. 어서 이곳을 떠나야 한다는 소년의 말이 안씨의 정신을 퍼뜩 들게 했다. 안씨의 뒤를 따라 혜원도 선실로 들어왔다. 그녀의 두 손에는 아들의 영혼을 담은 푸른 나비가 날개를 팔락이고 있었다.

통통통통…….

안씨는 곧장 시동을 걸었다. 그리고 제주 앞바다를 향해 전속력으로 달리기 시작했다.

통통통통…….

낡은 엔진이 앓는 소리를 내며 안개 속을 헤쳐 나가기 시작했다. 그들이 그곳에서 벗어나자 안개는 거짓말처럼 사라지고 남빛

바다가 또렷하게 나타났다.

저 멀리 수평선 너머로 막 밝아지려는 파르스름한 새벽하늘도 눈에 들어왔다. 내달리는 뱃전에서 안씨는 뒤를 돌아다보았다. 하지만 어찌 된 일인지 좀 전까지 그들의 앞을 막아섰던 거대한 섬이 보이지 않았다.

"허어, 정말 귀신이 곡할 노릇이구나!"

안씨는 혀를 끌끌 차면서도 그곳에서 눈을 뗄 수가 없었다. 살아서는 결코 볼 수 없다는 이어도를 한 번만 더 보고 싶었다. 하지만 안씨가 아무리 돌아보아도 하늘을 찌를 것처럼 웅대한 섬을 다시 볼 수는 없었다. 아마 살아생전에는 다시 못 볼 것이다.

자욱한 안개가 서서히 걷히는 가운데 아쉬운 마음을 접고 본섬을 향해 힘껏 달려가던 안씨는 한 번 더 괴상한 광경에 직면했다.

"아니, 저것이 대체……!"

좀 전에 이어도가 있었음직한 그곳을 수십 척의 배가 둥그렇게 둘러싸고 있었다. 그 배들은 일반 낚싯배나 고깃배가 아니었다. 해경이나 해군의 배처럼 공격력을 갖춘 웅장한 규모의 군함과 고속선이었다. 마치 전쟁이라도 벌어질 것처럼 사라진 이어도를 에워싼 거대한 배의 행렬이 줄을 잇고 있었다.

안씨는 심장이 철렁 내려앉는 것만 같았다. '여긴 지금 매우 위험하답니다'라고 말하던 소년의 눈동자가 가슴을 후벼 팠다. 그 위험한 곳에 안씨와 혜원, 그리고 경원의 영혼을 담은 나비를 구해준 어린 박수무당이 홀로 남았다는 것이 가슴을 서늘하게 했다.

"왜 이런 일이……."

두려운 마음이 쉬이 진정되지 않았다. 웬만한 군사작전에서도 보지 못한 엄청난 규모의 배들이 어째서 텅 빈 바다로 속속들이 모여드는지 불안했다.

"혜원아, 경원이가 깨어나면…… 곧장 이 섬을 떠나거라. 한시라도 빨리 뭍으로 가거라. 알겠지?"

"네에, 아저씨. 네에……."

떨리는 목소리가 안씨를 향해 대답했다. 혜원 역시 무언가 심각한 일이 일어날지도 모른다는 걸 온몸으로 느끼고 있었다. 안씨는 지금 자신이 보고 있는 모든 것을 눈에 담아두려고 애를 썼다. 하지만 사실을 다 말한다 해도 누가 믿어줄까. 잔뼈가 굵은 뱃사람들도 안씨의 말을 고이 들어줄 것 같지가 않았다.

"허허허……."

의미 없는 마른 웃음이 바람을 타고 퍼져나갔다.

저 멀리 금빛 실반지 같은 것이 움찔움찔 요동치더니 하늘과 바다가 완연히 갈라졌다. 시퍼런 파도가 심술부리듯 작은 낚싯배를 훑고 지나갔다.

오래지 않아 익숙한 제주의 풍광이 눈에 들어왔다. 섬을 떠난 바닷사람들을 기다려주는 늘 한결같은 어머니의 품이 그곳에 우뚝 서 있었다.

-12권에 계속

신비소설 무 11 길이 끝나는 곳

초판 1쇄 발행 2016년 11월 25일
초판 2쇄 발행 2018년 10월 24일

지은이 · 문성실
펴낸곳 · 달빛정원
펴낸이 · 전은옥

출판등록 · 2013년 11월 14일 제2013-000348호
주소 · 03935 서울 마포구 월드컵북로 260, 31-309(성산동)
전화 · 02-337-5446
팩스 · 0505-115-5446
전자우편 · garden21th@naver.com
블로그 · blog.naver.com/garden21th

ⓒ 문성실 2016

ISBN 979-11-87154-19-8 04810
　　　979-11-951018-6-3 (세트)

- 이 책은 저작권법에 따라 보호받는 저작물이므로 무단 전재와 무단 복제를 금지하며,
  이 책 내용의 전부 또는 일부를 이용하려면 반드시 저작권자와 달빛정원의 동의를 받아야 합니다.
- 잘못된 책은 바꾸어 드립니다.
- 책값은 뒤표지에 있습니다.

이 도서의 국립중앙도서관 출판예정도서목록(CIP)은 서지정보유통지원시스템 홈페이지(http://seoji.nl.go.kr)와
국가자료공동목록시스템(http://www.nl.go.kr/kolisnet)에서 이용하실 수 있습니다. (CIP제어번호: CIP2016027262)